ハッピーエンドにさよならを

歌野晶午

角川文庫
16442

目 次

おねえちゃん

八時までには行けるからと太鼓判を押していたのだが、実際に到着したのは九時三十分だった。

「出ようとしたら救急外来から連絡が来ちゃって。それがさ、診てみたらなんてことはない、ただの風邪で、熱も七度三分しかなくて、それっぽっちで時間外に来るってどういう常識？　それで出るのが遅れたら、間が悪いことに駐車場でMRにつかまっちゃって。S製薬のあいつ、いったんしゃべりはじめたら止まらないんだよ。あんた、いったいいつ息継ぎしてるのよって感じで、さよならを言うタイミングを与えてくれないの。あいつ、絶対にわたしに気があるよなあ」

美保子は玄関先で理奈にそう言い訳して、ケーキの紙箱を差し出した。件《くだん》の医薬情報担当者《Medical Representative》の手みやげである。

「うわー、かわいい」

淡いピンクの箱の中には、モンブランにスフレにミルフィーユと、全部違う種類の小さなスイーツが入っていた。理奈はそれを大仰に捧《ささ》げ持ってキッチンに入り、美保子はリビングルームのソファーで一服つけた。医者の不養生とはよくいったもので、診察室の外だとすぐ手が伸びてしまう。

「どっちがいい？」

理奈がケーキと紅茶を運んでくる。プレートとカップは揃いのボーンチャイナだ。

「お母さんは？」

美保子は新聞を畳み、タバコを消した。

「いない」

「生け花？」

「知らない」

「由里もお出かけ？」

「みたい」

「金曜だから、飲みかな？」

「かも」

「それともカレシ？」

「知らない。ねえ、どっちがいい？」

「半分こしよう」

美保子は体を起こし、とりあえずガトーショコラとフランボワーズのムースが二段重ねになっているほうを選択した。フォークで真ん中から切り分け、半分を豪快に一口で頬張る。

「おー、これはうまい」

「美精堂だもん」

「有名な店？」

「知らないの？」

「知らない」

「テレビや雑誌にしょっちゅう出てる。こんなにちっちゃくて、一個六百円くらいするんだよ」

「あんにゃろ、奮発したな」

「ていっても、会社のお金で買ってくるんでしょう」

「前はね。今は経理がシブくて、手みやげは自腹だって。あの業界も再編の動きが激しくて大変なんだよ」

美保子は理奈のプレートに手を伸ばすと、フルーツ満載のタルトにフォークを入れ、半分かっさらう。

「で、相談って？」

「うん」

理奈は目を伏せ、プレートの端に落ちたキウイをフォークですくう。

「進路？」

「ううん」

「あ」

美保子がフォークの先を突きつけると、理奈はびくりと身を引いた。

「彼」

「え？」

「好きな子ができた？ それとも、現在進行形でつきあっているんだけど、うまくいってない」

「ううん、カレシのことじゃない」

理奈は胸の前で小さく手を振る。

「違うの？ じゃあ何よ。あ」

美保子は目を見開き、身を乗り出した。

「理奈、あなた、まさか」

美保子は声をひそめ、そして飲み込む。

「な、何よぉ」

理奈はまた身を強張《こわば》らせる。

「病気をうつされたの？」

「え？」

「セックスで」

「違うよ、違う」

理奈は顔を赤くして手を振る。美保子はさらに声を落とす。

「妊娠？」

「ちょっ……、ヤだ、ミホちゃん、なに言ってるの」

「違うの？」

「違うよぉ。どうしてそっちのほうを考えるかなあ」

「あなたが思わせぶりだからよ。夕方もらったメールでも、『一言では説明できない』だし」

美保子は少し怒ったように言って、新しいタバコをくわえる。

「で、何なの？」

「うん」

「はっきり言わないと、もっと想像しちゃうよ。四十歳バツイチの担任教師と結婚したいとか、大学には進学せず声優の専門学校に行きたいとか、ストーカーにつきまとわれているとか、渋谷《しぶや》に遊びにいった時にタトゥーを入れたけどエイズはだいじょうぶだろうかとか、覚醒剤《かくせい》がやめられなくてヤバいとか」

「うわー、そこまで信用されてないか」

「信用の問題でなく、心配で言ってるの」

美保子は腰の両脇に手を当て、目の前の少女をきっと睨《にら》みつけた。

「ありがとう。ミホちゃんだけだよ、あたしをそこまで思ってくれるのは」

理奈は瞼《まぶた》を半分閉じ、頬骨の前頭突起あたりをわざとらしくこすった。

和泉理奈は十七歳、私立の女子高の二年生である。IT関連企業の取締役である父親、専業主婦の母親、そして大学生の姉と一緒に、都内の分譲マンションに住んでいる。

新村美保子は理奈の母親の妹、つまり理奈の叔母《おば》にあたる。キャリア十年の内科医で、母校N大学の付属病院に勤務している。独身かつ住まいが近いこともあり、月に一度はこの家にやってくる。学生だった時分にはその三倍顔を出し、ちゃっかり食費を浮かせていた。

ミホちゃんは家族以上の存在だよ。

理奈は美保子と二人きりの時、よくそんなことを言う。

父親より真剣に宿題を手伝ってくれるし、母親にも言うのがためらわれる恋や体の悩みも、ミホちゃんになら相談することができる。休みの日には映画や買物に連れていってくれるし、音楽やタレントの趣味も合っていて、姉と語り合うよりずっと楽しい。

なのだそうだ。

「で、何の相談？　わたしの想像がこれ以上暴走しないうちに言いなさい」

美保子はあらためてうながした。

「どこから話せばいいのかな」

ぽつりと言い、理奈は紅茶で唇を湿らす。

「どこからでも」

「話せば長くなるんだけど」

「どうぞどうぞ。明日は午後の回診だけですから」

美保子はフォークをくわえたまま大きく背伸びをする。

「ミホちゃんのそういうところも好きなんだよね、うん」

「はい？」

「三十もなかばを過ぎたいい大人は、フツーそんな行儀悪いことしないよね」

「うるさい」

美保子はフォークを口から離す。

「褒めてるんだけど」

「雑談するだけなら帰るよ」

「あたし、嫌われてるよね」

「え？」

「親に」

「そんなことないよ」

「そんなことあるよ」

「どうしてそんなこと思うのよ」

「ミホちゃんも感じてるくせに」

「えー？」

「見えていても見えないふりをする。大人ってみんなそうよね。あー、ヤだヤだ」

理奈は片目をぎゅっと閉じ、ケーキの真ん中にフォークを突き立てた。

「ねえ、どういうこと？」

美保子は眉根《まゆね》を寄せ、首を突き出し、さらに少し傾ける。

「迫真の演技だね」

「嫌われているとはどういうこと？」

聞こえなかったふりをして美保子は尋ねた。

「あたしのこと怒るじゃない」

「お母さんが？」

「ほら、やっぱりわかってんじゃん」

理奈がふっと笑う。

「怒られるから嫌われている？」

「そう」

「なに言ってるの。子供を叱るのが親の仕事じゃないの」

美保子は笑ってみせる。

「倖子《さちこ》の怒り方はフツーじゃない」

「お母さんのことをそんなふうに呼ばないの」

「とにかく怒り方が異常なの。ほとんど目の敵《かたき》」

「そうかなあ」

「ミホちゃんがいる時にはセーブしてる。ぶちぶち小言を言うくらいでしょ。ミホちゃんがいない時にはその百倍怒る。金切り声をあげる。怒鳴りつける。手も出す」

「体罰はよくないわねえ」

「肩や手の甲をはたくくらいだけどね。あと、頬をつねるとか。でも、怒鳴る？　金切り声？　あたしは幼稚園児かってーの。ガミガミガミガミガミガミガミガミ、二十分も三十分も続くんだよ。高校生を相手に、フツーそんなに怒る？」

「たまたま虫の居所が悪かったんじゃないの？」

「たまたま毎日？」

「毎日……」

「ほとんど毎日。普通じゃないよね」

「うーん」

「注意するとか諭すとかいう感じじゃなくて、いきなり怒る。急にそんな攻撃を受けたら、こっちも声を張りあげて反発するじゃん。そしたら口答えするなと手が飛んでくるわけ。だいたいさあ、頭ごなしに叱られたのでは、何に対して怒られているのかわからない。話して、それで通じないのなら怒る、というのが筋じゃない？　この言い分、間違ってる？」

「そうねえ」

美保子は溜《た》め息まじりに言って額に手を当てる。

「姉と姪《めい》、どっちの味方につくか迷ってるな？」

理奈が美保子を指さして茶化す。

「ふざけないの。怒られるようなことは何もしていないの？」

「してないよぉ。たまーに、寝坊して遅刻とか、洗面台の髪の毛を捨てるのを忘れたとかいうことがあるけど、たいていはこっちには何の落ち度もない。八十五パーセントは、あたしは悪くないね、神に誓って。神様も仏様も信仰してないけど」

理奈はぺろりと舌を出して、

「たとえば、テストで八十一点取って怒られるって、ありえなくない？　二百点満点じゃないよ、百点満点」

「それは厳しいわ、たしかに」

「八割できればたいていの大学に入れるよ。そう言うと、こう言い返されるのよ。東大はとても無理、早慶《そうけい》も厳しい。ちょっとちょっと、あたしがいつそんな大学を志望したっていうのよ」

「少しでも高いレベルのところに行ってほしいと願うのが親よ」

「自分はどこの学校出てんのよ。高望みしすぎ」

たしかにと美保子は苦笑して、

「それはそれとして、理奈のことを思ってるからこそ厳しく言うんだよ。愛していないのなら、どこの学校に行こうが、行儀作法がなってなくて外で恥をかこうが関係ないじゃない」

「違うね」

理奈は言下に否定した。

「おねえちゃんが東大に行けと言われたことあった？」

「由里？」

「おねえちゃん、八十点なんて年に何回取っただろう。五十点でもいいほうで、追試はあたりまえ。なのに怒られたことがあった？　今度がんばろうねと頭をなでられながら言われてそれでおしまい。名前も聞いたことがなかったFランク大学にしか受からなかったのに、合格祝いでエルメスのバッグを買ってもらってる。ありえなーい！」

「………」

「あたしにだけ無理難題をふっかけてる。あたしにだけ厳しくあたる。つまり嫌がらせ、虐待。あたしのことを嫌っている証拠」

「それは違うわ」

「どう違うの？　どうしておねえちゃんとあたしで差別があるの？」

理奈は挑発するように顎《あご》を突き出す。美保子は答えられない。

「隼人にしても、倖子のように怒りはしないけれど、だからといってあたしをかばうわけではない。倖子が怒り出すときまって、新聞を畳んですっと姿を消す」

「だから、そういう呼び方はやめなさいって」

隼人とは、理奈の父親の名前である。

「だいたい、今に始まったことじゃないじゃん」

「何が？」

「またとぼける。この家ではずっと昔から、上の子は優遇、下の子は冷遇。たとえば、うん、おやつにクッキーを食べてて、最後の一枚になった。これは自分のものだと、おねえちゃんとあたしが取り合う。すると母親はフッー、上の子を叱るよね。おねえちゃんだから我慢しなさいって。それか、公平に半分こしなさいと言うか。ところがうちはというと、体が大きい人がたくさん食べて当然と、下の子が我慢させられた。お人形ごっこでお姫様役を取り合いになった時も、チャンネル争いも、おねえちゃん優先。挙げていったらきりがない。いっつもいっつもおねえちゃんばっかりでずるいと駄々をこねようものなら、怒られる、怒鳴られる、叩《たた》かれる。この不公平のどこに愛があるの？」

美保子は何と応《こた》えていいかわからない。黙って耳を傾けていると、理奈のテンションがますますあがる。

「そうよ、あたしは小さいころからずっと虐げられている。箸《はし》がバッテンになっていると手の甲をはたかれ、布団の上を歩いたとお隣にまで聞こえる声で注意され、百回に一回くらいの不注意で宿題を忘れたら、計算ドリルと漢字の書き取りを一時間やらされる。おねえちゃんは、ご飯を二十回嚙《か》まなくても、勉強机でアイスを食べても、十五点のテストを捨てて帰ってきても、あらあらいけないわねえの一言で許されるのに。あたしだけ、あらを探されて因縁をつけられているとしか思えない。

でも小さいころは、それが理不尽だとは思わなかった。自分の側に落ち度があるから叱られるのだと自分に言い聞かせていた。実際、宿題を忘れたり布団を踏んだりするのって、こっちに落ち度があるわけでしょ。八十点のテストにしても、二割の落ち度があるわけでしょ。それを大目に見てもらおうというのが甘い、百点を取れば決して怒られることはない、おねえちゃんがどうあれ、自分ががんばろうってね。けなげないい子でしょう？」

美保子は苦しまぎれに笑う。

「けど、どれだけがんばったところで、一点もミスらない人間になんてなれっこないよね。結局毎日怒られ続けるわけで、そうするうちに気持ちが萎縮《いしゅく》して、また怒られるんじゃないかと、四六時中びくびくしていることになる。ご飯の時にも、箸の上げ下げを気にして、音を立てちゃだめだめと言い聞かせながらお味噌汁《みそ》を飲んで、回数を数えながらしっかりと嚙む。焼肉の時にもお寿司《すし》の時にもね。味なんかしないよ。お正月も夏休みも家族旅行のハワイでも、息をひそめて過ごしてるわけ。かわいそうな子でしょう？　今はさすがにそこまで神経衰弱じゃないし、堂々と反発もするけど、けどね、反発する〇・〇一秒くらい前に、自分が悪かった、完璧《かんぺき》を目指さなければという思いがふとよぎるんだ」

理奈が自嘲《じちょう》気味に笑った時、隣の部屋で携帯電話が鳴った。重たすぎる話題だっただけに、いいブレイクができたと美保子はほっとした。しかし理奈は出ようとしなかった。

「いいの？」

美保子は言った。

「いいよ、ほっといて」

着メロは切れ、理奈は話を再開した。

「少し大きくなると、おねえちゃんと自分の違いを考えるようになった。二人揃っての盗み食いが見つかっても、叱られるのはあたしだけなのよね。ということは、盗み食いという行為そのものが怒りの対象になっているのではない。悪事が発覚したあとの、母親の前でのおねえちゃんとあたしの態度の違いが関係しているんじゃないかしら。子供にしてはなかなかの論理思考じゃない？　で、そう仮説を立てて振り返ってみると、うん、たしかに違いがあった。おねえちゃんは、頭を掻《か》きながら、てへへと笑ったりしてるのね。一方あたしはというと、しょぼーんと背中を丸め、顔を伏せ、怒られる前から、ごめんなさいごめんなさいと繰り返している。泣いちゃったりもしてね。そうか、これがいけないんだと思った。あたしはシンキクサイのよ。その雰囲気が母親の癇《かん》にさわり、つい不快をあらわにしてしまう。うじうじしたいじめられっ子が、ますますいじめられるのと一緒ね。その点おねえちゃんはからっと明るいので心証がいい。まあいいかと許す気を起こさせる。じゃああたしも人なつっこい路線でいけばよくない？　どうよ、カンペキな論理的帰結でしょう？　そうと気づいたら実践するしかないよね。朝顔に水をやり忘れたり靴の踵《かかと》を踏んづけたりで母親が怒りそうになったら、ぺろりと舌を出してニコッとスマイル、これで万事オッケー」

理奈は両手を顔の横にあげ、ピースサインを作る。すぐに、

「じゃなかったんだよねぇ。ふざけてごまかすとは何ごとかと、余計に怒られる始末」

とVの字を倒し、それに合わせるようにがくりと首を折る。

また隣の部屋で電子音が鳴った。

「あーもー、ケータイってウザイね、無遠慮で」

理奈が顔をあげ、唇を尖《とが》らせた。

「メールじゃない？」

美保子は言った。先ほどとは違うメロディーで、数秒で鳴りやんだので、そう思った。

「だれ」

「見なくていいの？」

「いいよ」

「さっき電話してきた人じゃないの？」

「その可能性は大きいね」

「だったら急ぎの用かもしれない」

「いいって、ろくな用事じゃないから。こっちの話のほうが千倍大切。ええと、どこまで話したっけ、そうそう、明るくふるまう作戦が失敗に終わったところだったね。おねえちゃんと同じ悪さをして、おねえちゃんと同じようにおどけてみせても、やっぱりあたしは怒られる。怒られる原因は、落ち度の内容にあるのではない。その後の態度でもない。じゃあおねえちゃんとあたしの間に何の違いがあるのだろうと考えた。毎晩毎晩、布団の中で、登下校の途中で、テストの最中にも考えた。そして一つの結論に達した」

理奈はそこで言葉を切り、フォークの柄をつまみあげた。皿のあちこちに散ったケーキの破片を拾い集めては口に運び、その途中で出し抜けに言った。

「あたしは拾われっ子なんだ」


「バカなこと言わないの」

美保子は目の前の顔をはたくように手を振った。

「証拠はあるよ」

「あるわけないでしょう」

「知ってた？　この家には、あたしが赤ちゃんだった時の写真がほとんどないんだよ。おねえちゃんのはアルバム二冊分もあるのに。ビデオも、おねえちゃんのしかない。ある程度大きくなってから、幼稚園前くらいからの写真はある。ということはまさに、それ以前に拾われてきた、だから写真がない、ということじゃん」

「それは……」

「ある年のクリスマスイブのこと、和泉隼人と倖子は、白い息を吐きながら帰りの道を急いでいた。まだ幼い長女の由里は実家に預け、夫婦水入らずでクリスマスディナーを楽しんだのだった。終電二つ前の電車を降り、駅前の商店街を抜けて静かな住宅地に入り、そのあたりの氏神様を祀《まつ》る神社にさしかかったところ、薄暗い街灯に照らされて、石段脇の枯れた草むらの中に段ボール箱が見えた。ぞんざいに閉じられた蓋《ふた》を開けてみると中には、毛布にくるまれた赤ん坊がいた。泣き声は立てておらず、瞼《まぶた》もかたく閉じている。しかし握りしめられた手に触れてみると、体温がたしかに感じられた。毛布の胸の部分には便箋《びんせん》が畳んで置いてあり、開いてみると、つたない丸文字で『理奈』とだけあった。いったんはそのまま家路につこうとした和泉夫妻だったが、いつの間にか雪もちらついている。二人は引き返し、段ボール箱の中から『理奈』を抱えあげ、暖かいわが家に足を急がせた。

「やめなさい」

捨て猫を拾って帰るみたいに」

美保子はたまらず口を挟んだ。

「それか、親戚《しんせき》の子を引き取ったのね。事故かなんかで幼くして両親を亡くしてしまった女の子を」

「うちにそんな親戚はいません」

「つまり、おねえちゃんは本当の子、あたしは他人の子。血のつながりのある子はかわいがられ甘やかされ、ない子は厳しくあたられる」

「理奈!」

「という想像を、よくしてたなあ。雪のクリスマスイブを台風の晩に換えてみたり、本当の親は遊園地のなんとか戦隊のショーに出ている駆け出しの役者で、そのうちブレイクして迎えにくるとか、バリエーションは百も二百もあった。いま思えば、自分を悲劇の主人公にして想像の中で遊ぶことで、精神のバランスを保っていたんじゃないかなあ。どう、医者としての意見は？」

「知りません」

「でもそんなおとぎ話に納得できていたのは、せいぜい小学校の四年生くらいまで。だってさ、どう見てもあたしは、和泉隼人と倖子の間にできた子なんだよね」

「あたりまえでしょう」

「顔が激似。成長すればするほど似てきてさ。DNA鑑定をするまでもない」

理奈は髪をかきあげ、耳たぶを引っ張る。ぷっくりと膨れたそこは母親に生き写しである。

「あたしは正真正銘この家の子。なのにかわいがられない。和泉隼人と倖子が根っからの子供嫌いというわけではない。長女のことはごく普通にかわいがっているのだから。次女だけがつらくあたられている。とくに出来が悪いわけでもないのに、というか、長女よりずっと出来がいいというのに。どうして？」

理奈は薄く笑って小首をかしげる。叔母《おば》のとまどいを楽しんでいるようにも見える。

「小四、五、六、中一、二──相変わらず叱られどおしだった。けど、あたしはもう子供じゃなくなった。どうやって子供ができるのか、わかっちゃったんだな。コウノトリが運んでくるのでもキャベツ畑から生まれるのでもなく、人間の男と女によって作られる。作るか作らないかは本人たちの意志で決めることができる。そっか、そういうことだったんだ。あたしは望まれなかった子供なんだ。和泉隼人と倖子は、子供は一人で十分と考えていた。ところが避妊に失敗し、もう一人授かってしまった。そうやって仕方なしに生まれてきたのが、あたし」

「やめなさい」

「望んで産んだ子でないから、欠点にばかり目がいく。一の欠点が五にも十にも拡大されて見えてしまう。そして感情が爆発する。あーもー、こんな子いらなかったのに！」

「いいかげんになさい。冗談でもそんなこと言うもんじゃない」

「冗談じゃないから言ってるの。証拠？　あるよ。望んで産んだ子でないから写真がないんじゃん。いらない子の写真なんて撮る気にならないよね」

「それは……」

「違うって？　何が違うのよ。じゃあ訊《き》くけど、あたしが異常に厳しくされる理由、ほかにある？　あるなら教えてちょうだい。何の理由もなく、おねえちゃんがえこひいきされているのなら、そっちのほうがよっぽど問題じゃない？」

美保子は返答に窮した。

「あたしは望まれて生まれてきた子じゃなかった。だから何かにつけてつらくあたられるのだ。ようやく納得がいった。感情的には納得できないよ。仕方なく産み落とされ、嫌々育てられているなんて。毎日怒鳴られ、叩《たた》かれ、それに耐えながら息をひそめて生きているあたしは何なのよ。いったいあたしは何のために生きているのよ。だったら育てなくていいよ。生まないでくれたほうがよっぽどよかったよ。悲しいよ。せつなすぎるよ。納得できないよ。毎晩泣いた。でも、望まれずに生まれてきたという理由それ自体には納得がいった。ものごころついたころからずっと探していた答が見つかったことで、重しのようなものがなくなり、ある種すがすがしい気分になった。そして、夜が来ても涙が出なくなったころ、未来に向かって気持ちを切り替えられるようになった。望まれていない？　上等上等。こっちから消えてやるわ。地方の大学を受けようっと。こめかみに青筋を立てずにすんで寿命が延ばば、そっちにとっても願ったり叶《かな》ったりよね。目障りな子がいなくなれびるってもの。お互いハッピーハッピー。ところがうちのバカ親ときたら、女の子に独り暮らしはさせられない、この家から通える大学に進めなんて命令しやがる。しかも、できれば東大、早慶、なんて無理難題も押しつける。どこまで意地悪をすれば気がすむの？　シンデレラの継母《ままはは》も真っ青だわ。もうこれは勝手にこの家を出ていくしか道はないよね」

「まさか、家出？」

美保子は驚いて尋ねた。

「まさに家出」

「今日の相談というのは、家出について？　手助けをしろ？」

「先週は真剣にそう考えていた。こっそり新しいバッグも買ったし。レスポのウィークエンダー。見る？」

「早まっちゃだめ」

美保子は身を乗り出し、姪《めい》っ子の手を取る。理奈はそれをやんわりと振り払って、

「ミホちゃんこそ早まらないで。家出モードだったのは先週の話。今週は事情が変わった」

「事情が変わった？」

「おかわりする？」

理奈は美保子の質問を無視して、空のティーカップをトレーに載せた。

「事情が変わったって、何よ？　どうしたのよ？」

待ちきれず、美保子はキッチンに向かって声をかけた。たしかな理由はわからないが、さっきから胸がドキドキしている。

「ミホちゃんは知ってるはずだけどな」

「わたしが？　何を？」

その問いかけはケトルの笛の音にかき消された。

新しい紅茶が運ばれてくる。

「さっきのと葉っぱが違うんだよ」

香りを楽しむ余裕は、今の美保子にはなかった。

「ではお聞きください。それは日曜日の午後のこと。おねえちゃんは朝からシャワーを浴び、普段の一・五倍時間をかけて髪と顔をととのえ、夕飯もいらないからと出かけていきました。たぶん、男でしょう。あたしもブランチのあと図書館に行く予定でした。二週間後に迫った全国統一模試に備えての勉強です。家出を考えていながら受験勉強もする、そういうどっちつかずのところが和泉理奈の弱点なのです。この優柔不断な性格が、将来己に大きな災いをもたらすような気がしてならない十七の秋。それはさておき、あたしは図書館に出かけるつもりだったのですが、食事のあとなんだか頭が痛くなり、鎮痛剤を飲んで自分の部屋のベッドで横になりました。そのまま少し眠ってしまったようです。ビクッと痙攣《けいれん》し、それで目が覚めました。何か悪い夢を見たのかもしれません。うっすらと寝汗もかいていました。頭はまだぼーっとしていて、起きあがろうにも体に力が入りませんでした。なのでそのままベッドに横になっていたのですが、といって眠れるわけでもなく、起きたいよぉ起きられないよぉと心の中で繰り返しながら、無駄に時間を費やしていました。あーもー、めんどくさいからフツーにしゃべるね。で、ベッドの上でうだうだしていたら話し声が聞こえたのね。父親と母親の声。声の遠さからして、このリビングで話をしているようだった。ほとんど雑音みたいで何を言ってるかわからなかったんだけど、ときどき声が大きくなって、断片的に聞き取ることができた。よく出てきたのが、『仕方ない』という台詞《せりふ》。父親が繰り返し使っていた。それから、『イショク』というのも。衣服と食物の衣食？　人にまかせる委嘱？　目立った特色を表わす異色？　ううん、草木を植え替える移植、角膜や肝臓を人から人へ移し替える移植。あ！」

出し抜けに指さされ、美保子はびくりと身を引いた。

「ミホちゃん、やっぱり知ってたんだね」

「な、何を？」

「あたしの出生の秘密」

「え？」

「とぼけないとぼけない。『移植』と言ったら顔色が変わった」

「それは、急に指さされたからでしょう」

「違うね。指さす前に変わった。チクショー、ミホちゃんもグルだったんだ」

「グルって、いったい……」

「すっかり騙《だま》されていたわ。ミホちゃんだけはあたしの味方だと信じていたのに、実はあいつらと一緒にあたしを不要品扱いしていたのね。あー、まいったまいった」

理奈はゆがんだ笑いを漏らし、両手を広げて天を仰いだ。つぶらな瞳《ひとみ》がうるんでいる。

「理奈、あなた、何か勘違いしてる」

美保子は理奈の肩に手を伸ばした。理奈は身をよじって美保子の手を拒絶した。

「白状しないのなら、動かぬ証拠を出してあげる。さっきの続き。いったい何の話だろうと、あたしはベッドの上で聞き耳を立てていた。口調から判断して、ずいぶん深刻な話のようだった。娘たちには聞かせられない大人の話、そんな雰囲気。次女も図書館に行って不在だと勘違いしていたみたい。もしこっちが物音を立てて、部屋に残っていることが知れてしまったら、話はそこで終わってしまうような気がした。だからあたしは息を殺して神経を研ぎ澄まし、壁の向こうから伝わってくる単語を拾い集めた。

『おねえちゃん――白血病――仕方ない――移植――あの子は――理奈――おねえちゃんのために産んだ――骨髄――仕方ない――ドナー――あの子は――おねえちゃんのために――仕方ない――骨髄移植のために――理奈は――』

おねえちゃんが白血病？　おねえちゃんのために産んだ？　誰を？　あたしを？　骨髄移植？　移植のために産んだ？　あたしを？　何、それ？」

理奈は片目をぎゅっとつぶり、一つの目で正面を見据える。美保子は目をそらし、言葉を探す。見つかる前に理奈が続けた。

「胸がものすごくドキドキしてきた。たぶんその段階で真相を察していたのだと思う。テレビや新聞やネットを通じて、知らず知らずのうちにいろんな知識が頭に入っているからね。でも、それらの知識を引き出し、つなぎ合わせることは、その場ではできなかった。たぶん、本能が待ったをかけていたのだと思う。知ってはいけない、知ったら不幸になる、何も聞かなかったことにしてしまいなさい、と。けれどあたしは知りたい欲求を抑えられなかった。といって、リビングに押し入り、両親に向かって、今の話は何なのと詰め寄ってもだめだろう。すっとぼけて口を閉ざすに決まっている。母親など、何ぐずぐずしてるのさっさと図書館に行って勉強しなさいと逆ギレするよね、絶対。だからあたしはこっそり部屋を抜け出して図書館に急いだ。学習室で英文法の問題集を解く代わりに、医学書の棚の前で白血病の本をひもといた。そしてわかった。あたしはおねえちゃんに骨髄を提供するために生産された」

「なにバカなことを」

美保子は両手を前に突き出した。理奈は止まらなかった。

「図書館で見つけた小児白血病の本に、アメリカのこんな事例が載っていた。

ある女の子が急性リンパ性白血病に罹《かか》った。化学療法の効果があがらず、造血幹細胞移植の必要に迫られた。ところが骨髄の型が適合する骨髄提供者が見つからない。そこで女の子の両親は賭《か》けに出た。新しく子供を作り、その子をドナーにしようというのだ。HLA型が適合する確率は、赤の他人では数百から数万分の一にすぎないが、同じ両親から遺伝子を受け継いだ兄弟姉妹では二十五パーセントと、劇的に高い。一年待ってもドナーは見つからないかもしれない。それなら自分たちでドナーをつくってしまおうというわけ。二十五パーセントなので、受精がうまくいき、無事出産したとしても、適合しない子供が生まれる可能性のほうが高い。けれど、現われる保証のないドナーを漫然と待つよりははるかに期待できる。そして両親の願いは実を結び、HLA型が一致した子供が生まれ、白血病の女の子は救われた。

これ、そっくりそのまま、うちにあてはめられるじゃん。白血病の女の子が和泉由里、ドナーとなるために生まれてきた子が和泉理奈」

「いいかげんな想像はやめなさい」

「想像じゃないよ。これは推理。

『おねえちゃん――白血病――仕方ない――移植――あの子は――

理奈――おねえちゃんのために産んだ――骨髄――仕方ない――ドナー

――あの子は――おねえちゃんのために――仕方ない――骨髄移植のために――理奈は――』

盗み聞きした会話を手がかりとし、文献をあたって意味づけを行なった。それを想像と嗤《わら》うのなら、喉《のど》を見て聴診器を当てただけでただの風邪とするお医者さんの見立ても想像じゃなくって？

結論。あたしはモノとして生産された。美人だろうがブスだろうが、頭がよかろうが悪かろうが、絵の才能があろうが歌がうまかろうが、素直だろうがひねくれていようが、そんなことはどうでもよかった。人間としての個性は何一つ必要なく、愛する一人娘、和泉由里と同じ型の骨髄が必要だっただけ。そして彼女を助けられたあかつきには、それでお役御免。もはや用なし。真珠の採取を終えたアコヤガイのようなもの。といって、いちおう人間なので廃棄処分するわけにはいかず、仕方なく生かしている。それが今のあたし。愛されなくて当然だわ。一方おねえちゃんは、生死にかかわる病気を乗り越えたということで、大切に扱われている。それもまた当然」

理奈は顔を天井に向け、震えた溜《た》め息をつく。

「理奈、違う。それは違うわ」

美保子は顔をゆがめ、首をゆるゆると振る。理奈も首を左右に振る。美保子よりもずっと速く、耳を塞《ふさ》いで、きかん坊のように振る。

「そうとわかってみると、一つ合点のいくことがある。幼稚園や小学校の低学年のころ、病院に定期的に行っていた。R記念病院。熱があるわけでもおなかが痛いわけでもないのに連れていかれるの。血を採られたり首の付け根をさわられたり簡単な問診を受けたりで、健康診断と聞かされていた。当時はそれで納得していた。けどよく考えてみると、健康診断なんて一年に一度が普通じゃない。ひと月に一度とかだったのよね。それがふた月に一度になり、季節に一度になり、半年に一度になり、そのうち全然連れていかれないようになったんだけど、あれ、骨髄を提供したあとの体を観察していたんじゃないのかなあ。なにしろ生まれて間もなく骨髄採取したのだから、体に大きな負担がかかっていておかしくないもんね。あと、将来ドナーとなる赤ちゃんのためにも、データをいろいろ取っておきたいじゃん」

「違う……」

美保子はそうとしか応《こた》えられない。

「あたしは和泉由里の命を救うためにこの世に送り出され、その使命をはたした時、あたしの存在意義も消滅した。今ここにいるあたしは生きる屍《しかばね》。真珠を抜かれたアコヤガイ、セミの抜け殻、産卵を終えたサケ、ハードディスクの壊れたパソコン」

理奈が自暴自棄に比喩《ひゆ》を繰り返す。美保子はかけるべき言葉を探す。

着メロが鳴った。理奈はカーディガンのポケットから、ストラップをじゃらじゃらぶら下げた携帯電話を取り出した。瞼をこすりながら二つに開き、親指でボタンを押す。メールのようだ。

こういう深刻な話をしている時でもメールが気になるのが今の子なのよねと、美保子は病院の若い職員のことを思い出し、そして小さな違和感をおぼえた。

理奈はダイヤルキーの上で親指を高速で動かしたのち、フリップを閉じ、端末をポケットに戻した。

「取ってきたの？」

美保子は尋ねた。

「何を？」

「ケータイ」

「取ってくる？」

「さっき、あっちで鳴ってたよね」

美保子は隣室に続くドアを指さす。

「あれはあたしのじゃないよ」

「あら、そう。だから出なかったんだ」

と言ってから、美保子はふたたび違和感に包まれた。先ほど感じたものよりずっと大きい。

現代人にとって携帯電話は体の一部のようなものである。持たずに出かけることは、財布や鍵《かぎ》を忘れるのと同じくらい稀《まれ》なことである。

「みんな、出かけているんだよね？」

美保子は確認した。

「だから、相談というのは、そのこと」

理奈は意味不明の答を返して立ちあがった。美保子がきょとんとしていると、応接セットを離れ、おいでおいでと手招きする。美保子はスリッパを履いて彼女の方に寄っていった。

理奈はドアを開けた。

美保子は息を呑《の》んだ。

ドアの向こうは、先ほど携帯電話が鳴っていた部屋で、六畳の和室である。

和泉隼人がいた。倖子と由里もいた。

三人が折り重なるように倒れていた。


「学校から帰ってきたらさあ、笑い声がするんだよ。リビングには誰もいなくて、この和室から聞こえた。ドアを開けたら、三人が輪になって坐《すわ》っていた。『ただいま』って言っても、隼人がちらっとこっちを見ただけで、誰も『お帰り』と言ってくれなかった。『何してるの？』と尋ねてもガン無視で、けらけら楽しそうに笑っている。三人の真ん中には写真が散らばってた。スヌーピーやスパイダーマンが写ってた。たぶん、この間おねえちゃんが大阪に行った時の写真。三人はそれを見ながら談笑していた。

あたしのことなんか無視して。

ここはどこ？　たこ焼きはおいしかった？　と両親が尋ね、大阪城にも通天閣にも行かなかったのよねえとおねえちゃんが写真を説明している。

あたしを仲間はずれにして。

それはあたしが家族の一員として認められていないから。

あたしは家族として和泉家にやってきたのではない。和泉家の長女の病気を治すために生産された。そして目的は達成され、用ずみとなった。不要だけど、捨てるわけにはいかないから、この家に住まわせ、ただ生かしている。あたしは生かされている。しょうがなく。

気がついたら庖丁《ほうちょう》を握っていた。

母親が畳に体を投げ出していた。首から血を流し、ビクッ、ビクッと痙攣《けいれん》していた。なぜか潮干狩りのことを思い出しちゃった。浅瀬にはまった小魚が、ちょうどこんな感じで、ビクッ、ビクッと跳ねてたよなあ。千葉の富津《ふっつ》で潮干狩りしたんだ、小一か二の時。家族で行ったんじゃなくて、学校の遠足。

父親とおねえちゃんは畳に坐っていた。あたしを止めるでもなく、逃げるでもなく、救急車を呼ぶでもなく、徐々に動きを弱くしていく倖子のことを呆然《ぼうぜん》と見つめていた。人間、極度のパニックに陥ったら、体が動かなくなるんだよね？　頭も働かなくなる。真っ白けになるってやつ。二人はちょうどそんな感じだったんじゃないかな。だからあたしが庖丁を振りあげて近づいていっても、無抵抗で刺されちゃった」

美保子はドアを閉め、理奈をソファーに連れていった。

「隼人、夜の飛行機で札幌出張だったみたい。それで荷物を取りに帰ってきてた。運がないね。さっきの電話とメールは札幌からじゃないのかなあ。空港に迎えに行ったら予定の便から降りてこなかったので焦って電話してきた。ここで死んでるって知ったら、もっと焦るよね」

理奈は膝《ひざ》を叩《たた》いて笑った。美保子は水を汲《く》んできて、彼女に精神安定剤を飲ませた。鎮痛剤や胃薬をはじめ、ひととおりの薬は常に持ち歩いている。

「おねえちゃんはさ、あたしが生産されなければとっくに死んでいたのだから、恨む筋合いはないよね。余計に人生を楽しめたということで。ね？　そうだよね？」

「もういいから」

美保子は理奈の横に坐り、か細い肩を抱き寄せた。

「ミホちゃん」

「何？」

「相談に乗ってくれるよね」

「あ？」

「あたし、どうしたらいいのかな。こういうこと、はじめてだし」

三人とも蘇生《そせい》の見込みはない。

「理奈」

「何？」

「ううん、何でも……」

(あなたは大きな勘違いをしている)

喉《のど》まで出かかった言葉を美保子は飲み込んだ。今さらそれを言ってどうなる。

(理奈、あなたは自分のことを『用ずみ』だと決めつけているけど、よく考えてみなさい。あなたのことを必要としていないお父さんとお母さんが、あなたをいい大学に行かせようとする？　いらない子なんて、どんな学校に行こうがかまわないんじゃないの？　ううん、進学させないよ。それだけお金がかかるのだし)

「警察に電話しなきゃだよね？　そしたら逮捕される？　いちおうまだ未成年なんだけど。学校とかはどうなるのかなあ」

(おねえちゃん――由里が小児白血病だったというけれど、もしそれが本当だとしたら、移植を受けた由里も、治癒したあとも定期的に病院に行かないといけないはずだよね。由里はそうしていた？)

「死体を隠したらどうかなあ。畳もきれいに掃除する。でもだめか。会社や学校に出てこなかったらおかしく思われるよね」

（あなたは、お父さんお母さんにとってかけがえのない子なの。嫌われているからあたられるのではない。期待されているから注文が多い。由里よりもずっとずっと期待されている。ただ、期待があまりに大きいために、それが厳しさとなって現われてしまう）

「ミホちゃん？」

「あ？　うん」

「どうして返事してくれないの？」

「ああ、ごめん」

「考え中？」

「う、うん。考えてる」

（お父さんとお母さんはね、あなたに負い目を感じさせたくなかった。だから大人になるまで隠しておくことにした。それは愛情からきたものなのよ。けれど——）

「ありがとう。やっぱりミホちゃんだ。相談してよかった」

（けれど、それが裏目に出てしまった）

「よろしくお願いします。お茶、飲む？」

　理奈は美保子から離れ、キッチンに入っていく。

「理奈」

「何？」

理奈が振り返る。

「ううん、何でも……」

やはり美保子は言えない。

（あなたが『おねえちゃん』なのよ）

和泉理奈が急性骨髄性の乳児白血病を発症したのは生後二カ月のことだった。抗癌剤による症状の改善がなく、造血幹細胞移植の必要に迫られた。

しかし骨髄の型が適合するドナーが見つからない。高い確率での適合が期待される血縁のきょうだい——姉の由里とも合わなかった。両親はそこで、新しく子供を作り、その子のＨＬＡ型に賭《か》けることにした。

一年後、女の子が生まれた。ＨＬＡ型は理奈と合致し、骨髄移植が行なわれた。

乳児白血病は五年生存率が五十パーセント以下という難しい病気なのだが、移植は成功、理奈の回復力も強く、一般健常者と変わらない生活を送れるまでになるのにそう時間はかからなかった。

しかし、鳴美が死んだ。ドナーとして生まれてきた和泉家の三女である。骨髄を提供したことは死因と関係なく、不幸な事故により、わずか一歳で小さな命を散らした。

鳴美は、本来なら和泉夫妻の予定になかった子である。由里、理奈と二人授かった時点で、子供はこれで十分と思っていた。鳴美という子は、骨髄移植を目的として計画的に出産した。理奈の言葉を借りれば生産した。きっかけはたしかにそうだった。しかしだからといって、和泉夫妻が愛していなかったというわけでは決してなかった。由里や理奈と同じように愛《いと》おしく思い、健やかな成長を望んでいた。

和泉倖子が理奈に厳しいのはそれゆえである。鳴美のぶんまで充実した人生を送ってほしい、鳴美はあなたのために生まれてきて、あなたを助けて去っていったのよ——。

理奈は理奈、鳴美は鳴美、別人格であるし、一人で二人ぶん生きるのは無理というものだ。倖子もそれは十分承知している。承知しているが、つい過剰な期待をかけてしまう。鳴美のぶんまで立派に育ってほしい。その思いが、度の過ぎた厳しさとなって理奈に向かってしまう。

赤ん坊のころ白血病で、妹からの骨髄移植で命を救われ、しかしその妹は死んでしまったと知れば、理奈は負い目を感じてしまうに違いない。だから両親は、彼女が大人になるまでは事実を隠しておこうと決めた。

理奈が幼いころの写真がこの家にないのも同じ理由からだ。写真はたくさんある。由里が赤ん坊だった時の写真がアルバム二冊分なら、理奈のは五冊ある。病院のベッドの上での様子を毎日カメラに収めていた。しかしこれを理奈に見られると病気のことが知れてしまうので、時期が来るまでは彼女の目が届かないところに保管しておくことにした。

そういう気配りをしながらも、一方ではつらくあたってしまう。自分の中の二つの気持ちをうまくコントロールできないと、倖子は美保子によくこぼしていた。

苦しい胸の内は夫婦で分かち合っていた。子供たちが眠ってしまったあとや家を空けている時に、鳴美の死を嘆き、理奈に対する態度を悔やみ、慰め合っていた。

死んだ子のことは思い出しても仕方がない。隼人は言う。結局、そう割り切るしかない。倖子もわかっている。わかっているが、鳴美を思い出してしまう。理奈の中にその面影を求めてしまう。過大な期待を寄せ、叱咤《しった》してしまう。そして後悔し、慰めがほしくて夫にすがる。十何年間、その繰り返しだった。

先の日曜日もそうだった。理奈が家に残っているとも知らずに。盗み聞かれ、間違って解釈されると、どうして予想できよう。

そして今日。

倖子たちは理奈を無視したわけではなかった。話のタイミングが合わなかっただけだ。しかし日曜日の盗み聞きが理奈を疑心暗鬼にさせてしまった。

事実をひた隠しに隠してきたことが裏目に出てしまった。理奈のためを思ってそうしてきたというのに。

しかし、一度出てしまった目は変えようがない。ドアの向こうの時間を巻き戻すことも。

問題は、過去ではなく未来だ。

理奈をどうすればいい。

死体を隠し、何も起きなかったことにしてしまうなど、とうてい無理な話だ。警察を呼び、法によるしかるべき処分を仰ぐしかない。それは仕方ない。十七歳の少女にとっては酷な未来が待っているが、しかし十七歳ならやり直しもきく。

問題は、真実をどういう形で理奈に伝えるかだ。彼女はドナーではなくレシピエントだったという真実を。

真実を知った時、十七歳の少女の精神は崩壊してしまうことだろう。事実、すでにバランスを崩しかけている。

理奈はキッチンのカウンターの前に立っている。カウンターの上には美精堂の箱がある。繊細な細工のケーキを手で掴《つか》み、ガツガツ頬張っている。

真実を隠し通すことは可能だろうかと美保子は考える。不可能だと、すぐに否定する。仮にこの場で美保子が伝えなくても、いずれ彼女の耳に入る。警察の取り調べに対し理奈は、自分がモノとして用ずみであることを恨みに思い、その感情が爆発したと動機を語るだろう。しかし警察が裏を取ればすぐに、理奈が事実誤認しているとわかる。両親が真実を隠していたことが殺人のきっかけになっているのだから、それを明らかにすれば量刑は軽くなる。弁護士がこれを利用しないはずがない。

他人の口から無遠慮にそれを知らされれば、精神は間違いなく崩壊する。修復不能なほどにこなごなに砕けてしまうだろう。崩壊を最小限に食い止めるには、近くにいる人間が配慮して伝える必要がある。それが、彼女の両親とともに事実を隠してきた共犯者としての責務でもある。

そこまではすぐに考えられた。しかし話をどう切り出し、どういう順番で伝えたらいいのか、美保子にはかいもく見当がつかない。

先ほど理奈は言った。

「あたし、どうしたらいいのかな。こういうこと、はじめてだし」

わたしだってはじめてだよと美保子は腹立たしくなる。しかも、姪《めい》は相談を持ちかける叔母《おば》がいたが、では叔母の自分は誰に相談すればよいのだ。

「理奈」

美保子は声をかけた。

「うん？」

クリームで汚れた指を舐《な》めながら、理奈はこちらに顔を向けた。美保子はほほえみ、そして言った。

「叔母さんにもケーキをちょうだい」

サ ク ラ チ ル

1

常盤《ときわ》さんが越していらしたのは昨年の、そう、桜の花が散り、透き通るような青葉が目にまぶしい、春の終わりのことでした。

向かいのお宅はごらんのとおりのあばら屋で、もう何年も借り手がつかずにほったらかされていたので、このまま取り壊しになるだろうと思っていたところ、そこに常盤さんが越していらしたのです。

越していらしたその晩、奥さまがお一人でご挨拶《あいさつ》にみえました。

「何かとご迷惑をおかけすることもあるかと思いますが、どうかよろしくおつきあいくださいませ」

奥さまはそうおっしゃって、菓子折りの包みを差し出されました。

いま思えば、あれはたんなる決まり文句ではなかったのかもしれません。奥さまはあの時すでに、一年後のこの時が見えていたのかもしれません。覚悟を決めていたとは申しませんが、予感めいたものは抱いていたのではと、わたくしにはどうもそう思えてなりません。

常盤さんの奥さま、芙美子《ふみこ》さんは、わたくしより歳上とお見受けしましたが、わたくしなどよりずっと腰が軽く、それはまめに働かれる方でした。

ごらんなさい、あの咲き誇った菜の花を。夏には茄子《なす》の薄紫の花が、冬には青々とした大根の葉が、それはもう見事なものでした。芙美子さんが、雑草をひと株ひと株、根っこから引き抜いて、荒れほうだいだった庭を立派な菜園へと変えたのです。

専業主婦がなぐさみにこしらえたのではありません。芙美子さんは二つも三つも職を持っていらっしゃいました。朝に夕に働きながら、その合間合間に畑仕事もされていたのです。

神田さんの奥さまは、小坂町のご実家に帰られた折、何度か芙美子さんを見かけたことがあるそうです。パンパンに膨らんだ買物カートを引っ張って、一軒一軒のポストに不動産会社のチラシを投げ入れていたとか。小坂町はその名のとおり坂の多い町です。石段でしか入れない家も少なくありません。昨夏の、あの記録的な猛暑のさなかも、芙美子さんは流れ出る汗をぬぐおうともせず、一心不乱にチラシを配っていたそうです。

宮村さんの奥さまは、市民病院で芙美子さんと出くわしています。病棟のお手洗いを借りようとしたところ、バッタリと。芙美子さんは手ぬぐいを頭に巻き、青い作業着に身を包んで、タイルの目地をせっせとこすっていました。驚き、挨拶をすると、芙美子さんは気まずそうに顔をそむけ、デッキブラシを放り出して外に出ていったそうです。

わたくしも三本木街道で見かけたことがあります。高宮交差点のところに二十四時間営業の牛丼屋がございますでしょう、そこの通用口に入っていかれるところを。朝の五時ごろでしたか。車の中からちらっと見えただけですけど、あの猫背といい、ほつれた後れ毛の感じといい、右脚を引きずって歩く様子といい、芙美子さんであったと確信しております。

そうなのです。芙美子さんは脚がお悪かったのです。杖《つえ》を突いていらしたこともありました。なんでも低気圧が近づくとしくしく痛むそうで、ご本人は、「わたしの膝《ひざ》は天気予報よりずっとあてになるのよ」と首をすくめていらっしゃいましたが、その笑顔の裏側にどれほどのご苦労があったことか。そんな体で仕事をかけ持ちされたのでは、ますます具合が悪くなるばかりです。

それもこれも、旦那《だんな》がいけないのです。よそさまにはよそさまの事情がおありでしょうからあれこれ尋ねたり意見したりはいたしませんでしたが、それがもうやくざな旦那でして。

やくざといっても暴力団組員ということではありません。見た目はいたって普通なのです。寂しい髪の毛を簾《すだれ》のようになでつけていて、黒縁の眼鏡をかけていて、服はポロシャツにチノパンで、おなかがぽこんと出っ張っていて、どこにでもいるくたびれた中年男性なのです。

語弊はありますが、三下やくざのほうがまだましです。毎日組事務所に出ていって、事務所の掃除やら借金の取り立てやら、汗水垂らして働くのですから。

芙美子さんの旦那はまるで働きやしない。昼日中に縁側に腰かけて煙草をぷかぷかしている。コンビニの袋を提げて、鼻歌でも歌いながら歩いている。毎日毎日そんな調子です。

定年退職という歳ではありません。ずいぶんくたびれたおじさんでしたが、せいぜい五十くらいでしょうかね。病弱で働けないといった感じでもなかった。通りで出会ったら、さっと顔を伏せて、だだだっと走り去りましたからね。芙美子さんに較べたら、まったくの健康体ですよ。うまそうに煙草を喫《す》っていることだし。この間なんか、縁側で一升瓶を抱えていました。

夜勤とも考えられません。夜は夜で、毎日のように芙美子さんに怒鳴り散らしていましたから。ほら、あそこの窓、ガムテープで修繕されているでしょう。旦那がものを投げて割ったんですよ。ヒモのくせに暴力を振るうのだから、まったく処置なしです。

芙美子さんが不憫《ふびん》でなりませんでした。でも結局、芙美子さんが好んで甘やかしていたのでしょうね。彼女のほうが歳上だったようなので、若いころからずうっと旦那のわがままを許してきて、それが今になっても続いていたのでしょう。旦那が暴れた次の日に、仲睦《むつ》まじく手をつないで買物しているのを見たこともありますから、夫婦の仲というものは、端からではどうにもはかりかねます。それから、難しい年ごろの息子さんのことを考えると、おいそれと別れるわけにはいかなかったのだと思います。

だからわたくしは、こういう結末が訪れようとは、ゆめゆめ考えていませんでした。そのうち芙美子さんが旦那に殺されるのではと心配したことはありましたが、その逆はまったく想像しておりませんでした。

2

常盤泰三《たいぞう》は栃木の小山《おやま》に生まれた。実家は小さな造り酒屋で、泰三は、その名からわかるように三男坊だった。

彼は幼い時分から酒が好きだった。といってもミルク代わりにたしなんでいたわけではなく、蔵から漏れ出てくるその香りがたまらなく好きだった。甘く、やわらかく、涼しげでもあり、濡《ぬ》れ縁に腰かけてその匂いに包まれていると、バケツを持って廊下に立たされたことも、捕りそこねたオオクワガタのことも、心の中から連れ去っていってくれた。祖母が買ってきてくれる洋菓子や絵本も好きだったけれど、酒の香りはその何十倍ものしあわせを与えてくれた。

彼はしかし、酒を飲む人間を嫌悪していた。あれほど芳醇《ほうじゅん》だった香りが、ひとたび人の口に入ってしまうと、得体のしれない臭気に変わる。そして人は人でなくなってしまう。彼の父親がその典型だった。昼間は無口で毅然《きぜん》としているのに、晩酌が進むにつれて下品な笑い声を発しはじめる。家族を集めて、説教とも愚痴ともつかぬ繰り言を口にする。それに退屈した素振りを見せようものなら、容赦なく拳骨《げんこつ》が飛んでくる。

学校を卒業したのち常盤泰三が上京したのも、そういう父親から逃れたかったからだろう。彼は三男坊だったので、家を離れることには何の障害もなかった。

彼の就職先は品川の機械部品工場だった。始業は午前八時で、終業は午後六時。働くことが美徳の時代で、十時十一時まで油にまみれることも珍しくなく、土曜も日曜もなかった。世の中の景気はどん底にあり、高い教育を受けていなかった彼の給料など、それだけ働いてもたかがしれていた。

けれど彼は進んで時間外も働いた。銀座や浅草ではしゃぐこともなく、わずか三十分の昼休みに指す賭《か》け将棋が唯一の楽しみだった。

理不尽を感じたことはある。先輩が言うには、会社の上の方には役人あがりの相談役と呼ばれる老人がいて、月に一、二度会議に顔を出すだけで、工員の何十倍何百倍もの報酬を受け取っているというのだ。

けれど彼は先輩たちのように安酒に逃げることはなかった。他人をうらやむ暇があったら自分を磨こうと思った。いっしょうけんめい働いていればいつかきっと報われるさと、黙々と機械を動かし続けた。

そのかいあって、彼は三年で班長に昇格した。賃金はほとんど変わらなかったが、班長の金バッジは勲章であり、始業前に一言訓示を垂れる自分を誇らしく思った。

バッジのメッキがくすみを帯びてきたころ、常盤泰三は所帯を持つこととなった。相手は矢部芙美子という女の子で、工場の食堂で下働きを務めていた。そばかすだらけで無愛想な芙美子のどこに惹《ひ》かれたのか、泰三はよくわからない。よくわからないまま男女の関係を持ち、関係を持ってしまったからには責任を取るべきだろうと、ただそれだけの理由で求婚した。

やがて二人は男の子を授かり、幹久と名づけた。息子のためにもと、泰三は気持ちも新たに仕事に打ち込んだ。幹久はすくすく成長し、泰三は班長から主任へと昇格した。それを機会に、コツコツ蓄えた貯金をはたいて川崎の中原に家を買った。三間ばかりの中古住宅だったが、妻、子、家と揃ったことで彼は、己が一人前になったことを強く実感した。

泰三が職を失ったのは、幹久が小学校三年に進級した年だった。

不景気で馘《くび》になったのではない。世の中は景気を取り戻し、工場の業績も右肩上がりで伸びていた。家族を支えなければならないという責任感から、泰三は以前にも増して身を粉にして働き、時には工場の片隅で毛布にくるまって朝を迎えた。彼はそれで胸を患った。発見が早かったので、回復の具合も早かった。けれど清瀬の療養所を出る前に、彼は解雇通知を受け取った。

好景気だからこそおまえの復帰を待っていられない、というのが会社の言い分だった。もうすぐ退院できますと泰三が訴えても、退院した翌日から働けるのか、入院前と同じだけの仕事をこなせるのかと聞く耳を持たない。

退職金を渡されても、泰三は事態が飲み込めなかった。なにしろ彼は自信を持っていた。入社以来欠勤したことはなく、手抜きをしたこともなく、急の残業にも不平を漏らさず、これだけ使える工員はほかにいないと自負していた。指先は指紋が削れるほど摩耗していて、機械よりも正確に部品の仕上がりを確かめることができる。都の技能コンクールでも優秀な成績をおさめているのだ。そんな有能な人材をおいそれと手放すわけがない。

だが、療養所を出て自宅で待機していても、職場復帰の要請はなかった。実は自分の助けが必要なのだが、ああ言った手前頭を下げにくいのだろうと、泰三はこっそり工場の様子を覗《のぞ》きにいった。きっと仕事が停滞していて、みな右往左往していることだろうと思った。

工場は活気に満ちていた。新しい工作機械が搬入され、見知らぬ若者がそれを操っていた。梱包《こんぽう》された段ボール箱が次から次へとトラックに積み込まれていき、工場長は煙草をふかしながら運転手と談笑している。決して驕《おご》りではなく、自分の技術がなければ工場は成り立たないとまで思っていただけに、泰三のショックは大きかった。

わずかな退職金が底をつき、泰三はようやく現実を認識した。彼はまだ若かったので、職はいくらでもあった。

けれどどこに行っても長く続かなかった。旋盤の狂いを髪の毛の単位で直している最中、ここまで神経をつかったところで誰も評価してくれないのだとふと思い、いったんそう思ってしまうと、みるみるやる気を失った。

虚無に取りつかれた泰三は酒を覚えた。世の中は自分を必要としていないのだと、暗くなるのを待ちきれずに一升瓶をぐいぐいやった。たまに正気を取り戻し、このままではだめになってしまうと次の職を探すのだが、いざ働きはじめるとすぐまた虚《むな》しさに襲われ、職場を放棄してしまう。

芙美子はよくできた女房で、そんな亭主を見捨てることなく、生計を維持するために働きに出ていった。掃除婦、縫製工、売り子と、いくつもの仕事をかけ持ちした。家を手放さずにすんだのも、彼女がそれだけ働いたからである。

泰三はある時、多摩川の丸子橋で芙美子を見かけた。彼女は男たちにまじって道路の改修工事を行なっていた。畚《もっこ》の土をひっくり返しては、現場監督にどやしつけられていた。

泰三は泣いた。女房が不憫で、自分が情けなく、今度こそ一からやり直そうと決心し、いま買ったばかりの一升瓶を川に投げ捨てた。

だが、心底そう思って再就職した先も、半年足らずで退職した。

泰三はその後、二度と働くことはなかった。朝から酒をかっくらい、もっと稼いでこいと女房に当たり散らすことが彼の仕事だった。それでいて、実入りのよい水商売を女房がしようものなら、今日はどこの男と寝てきたのだと言いがかりをつけ、殴る蹴《け》るの仕打ちを与えた。

いわれのない暴力は息子にも向けられた。交錯する胴間声と悲鳴に幹久が泣き出すと、泰三は拳骨で応じ、押し入れに閉じ込めた。その繰り返しはやがて幹久を無口にするのだが、それがまた泰三の癇《かん》にさわり、生返事をされるたびに、親をバカにしやがってと制裁を加えた。

常盤泰三は身も心も崩壊していた。

3

二人暮らしだと思っていたのですよ、最初は。芙美子さんと、あのろくでなしの亭主の二人。お子さんの姿を見かけなかったばかりか、気配というものがまるで感じられませんでしたから。

子どもがいるお宅は、どこもにぎやかでしょう。そりゃ、世の中にはおとなしいお子さんもいますよ。けれどたとえ本人がおとなしくても、子どもがいる家庭からは、独特のにぎやかさが漂い出てくるものなのです。いつもはしーんとしていても、ふと華やぐ瞬間がある。遠足、運動会、試験、終業式、誕生日——。子どもが騒がなくても、親がどこかそわそわしますよね。それに、子どもがいるといないとでは、その家から漏れてくるテレビの音が全然違いますもの。

ところが常盤さんのお宅からは、そういった気配が少しも伝わってきませんでした。あのお宅はにぎやかといえばにぎやかでしたけど、それはほら、旦那《だんな》の怒鳴り声であり奥さまの悲鳴なわけでしょう。

お子さんがいると知らされたのは夏になってからです。

きっかけはうちの次男でした。息子はその日、学校から帰ってくると、二階の部屋で音楽を聴いていました。買ってきたばかりのCDをバカでかい音でかけて、それに合わせて下手な大声を張りあげていました。いつもならすぐに注意してやめさせるのですが、その日は期末試験の最終日だったので、今日くらいはいいかと好きにさせておいたのです。

すると、あの旦那が怒鳴り込んできたのですよ。ふざけるな、非常識もはなはだしい、お宅はどういう教育をしているのだ、勉強のじゃまをするな——ものすごい剣幕で、こちらが謝るいとまもありません。

あっけにとられるうちに、わたくし、妙な気にさせられました。勉強のじゃまというけれど、勉強って何なのかしら？　この人ほど勉強という言葉が似合わない人はいないし、だいいち勉強するような歳じゃない。それとも、心を入れ替えて、就職のために資格を取ろうとしているのかしら。

わたくし、それで、彼の言葉が途切れたのを見計らって、何の勉強をされているのですかと尋ねたのです。

すると、バカ野郎と一喝されましてね。大学受験だ、息子だ、息子のじゃまをするな、次からはただじゃおかないぞ——言いたいだけ言って、ぷいと飛び出していきました。

それであのお宅にお子さんがいると知ったのですけど、先ほど申しましたように、それまでは気配さえ感じていなかったので、わたくしはにわかには信じられませんでした。実は息子などいやしなくて、出まかせに口走ったのではと思いました。競艇に負けて気が立っていたのだろう、勉強とはおおかた、明日のレース検討だろう。

けれど、息子さんがいるとするなら、一つ合点がいくことがありました。夜、お手洗いに立って、ふと窓の外に目をやると、常盤さんのお宅にはいつも明かりが灯《とも》っているのです。夜中の二時三時ですよ。受験生なら、その時刻に起きていても不思議ではありません。

事実はその日の夕方判明しました。買物の帰りに芙美子さんと出くわしたので、うちの子の無礼をお詫《わ》びしつつ、受験生の息子さんがいらっしゃるそうですねと切り出してみたのです。すると逆に頭を下げられましてね。

「浪人の身で、主人ともども神経質になっております。堪忍してくださいませ」

か細い声でそうおっしゃると、芙美子さんは脚を引きずって立ち去りました。わたくしはほかにも訊《き》きたいこと――どこの高校を出たのかとか、どこの大学を狙っているのかとか――がありましたが、芙美子さんはひどく暗い目をされていたので、あとを追いかけるようなことはいたしませんでした。

わたくしはいろいろ考えました。日中自宅で勉強しているとはすなわち宅浪で、それはつまり貧しくて予備校に通わせてもらえないからなのかしら。それとも体に障害があって、だから外に出られないのかしら。父親は実は遊び人ではなく、息子につきっきりで勉強を教えているのかしら。けれど毎晩のように派手な夫婦喧嘩《げんか》をしていては、それこそ受験勉強の妨げになるのではないかしら。

失礼きわまりない想像です。わたくしもそう気づいてからは、詮索《せんさく》しないよう心がけましたし、芙美子さんに息子さんの話題を振ることもしませんでした。

けれど折々に、よけいな想像を招く出来事が起きました。

夏の終わりに、お隣の猫が死にました。頭を石で潰《つぶ》され、ゴミ置き場のコンテナに放り込まれていたのです。わたくしは、常盤さんの旦那のしわざだと直感しました。さかりでもないのによく鳴く猫で、それが耳ざわりだったのでしょう。結局犯人は捕まりませんでしたが、わたくしは今でもあの人のしわざだと確信しています。

秋には八幡《はちまん》様の太鼓が壊されました。三日にわたるお祭の間、日中はずうっと太鼓を鳴らし続けるならわしなのですが、二日目の深夜、何者かによって太鼓の革が切り裂かれたのです。これもあの人がやったに違いありません。

恐ろしいことです。うちの子には、音楽はヘッドホンで聴きなさいと、きつく注意しておきました。

さて刑事さん、父親はそのように、常軌を逸した愛情を子に注いだわけですが、いったい息子をどこの学校に入れたかったのだと思われますか？　わたくしはそれをひょんなことから知ることになりました。

二月のある日のことです。常盤さんのお宅に回覧板を持っていきました。奥さまは仕事だとわかっていたし、旦那とは顔を合わせたくないし、追い込みに入っている息子さんのじゃまはしたくありませんから、ポストに入れて帰るつもりでした。ところが何かが引っかかってうまく入りません。そこでポストを開けてみたところ、大きな封筒が入っていました。差出人の欄には東京大学と書かれていました。入学願書です。

驚きもしたし、願書を請求するのは自由だわよねと思いもしました。するとしばらく経ったある日、郵便屋さんから書留を預かりました。東大の受験票です。宛名は間違いなく常盤幹久でした。

わたくしはそれでも信じられずに、書留を受け取りにいらした芙美子さんに確かめました。うちの息子のですと彼女は答えました。慶應《けいおう》や早稲田《わせだ》も受けるのですかと尋ねたら、東大一本だとおっしゃいました。

それからというもの、なぜか毎日ドキドキして。よそ様のことなのに、まるでうちの息子が東大を受けるような気になって。それが東大の魔力なのでしょうか。

だから結果も知りたくてたまりませんでした。といって、落ちた場合を考えると、芙美子さんに尋ねるのははばかられます。旦那に尋ねようものなら、何をされるかわかりません。

そこでわたくしは本屋に走りました。有名大学の合格者名簿を載せている雑誌を立ち読みしたのです。

けれど常盤幹久という名前は見つかりませんでした。後期日程のあとでも名簿をチェックしましたが、やはり常盤幹久という名前はどこにも見あたりませんでした。

4

常盤幹久には、父親にかまってもらった記憶があまりない。

そもそも父親はいつも家にいなかった。幹久が起きるより早く出勤していき、帰宅は幹久が寝ついたあとだった。日曜日も工場に出ていくことが多く、たまの休みも午《ひる》過ぎまで床の中だった。退屈を持てあまし、近所の子の家に遊びにいくと、これからおとうさんと銀座でお買物と言われ、いたたまれない思いをしたものである。

寂しかったが、恨みはしなかった。幹久は父親を尊敬していた。母に連れられ、工場に忘れ物を届けにいった際、家とは別人の父を見た。引き締まった表情、はきはきした発声、流れるような体の動き——幹久は息を呑《の》み、自分も父のような凜々《りり》しい男になりたいと思った。

父親に最もかまってもらえたのは、小学校の中ごろだっただろうか。そのころ父は体を壊し、二ヵ月ほど療養所に入ったのだが、退院したあともずっと家にいて、ボール投げや相撲の相手をしてくれた。

遊んでくれるのだから病気はすっかり良くなったのだろうと安心するいっぽう、ではどうして工場に出ていかないのだろうと不思議に思った。しかし幹久はまだ幼く、その理由を深く考えようとはしなかったし、尋ねもしなかった。思えばこのころが彼の人生で最もしあわせな時期だった。

父はやがて勤めに出るようになった。しかし以前のように休日返上で働くようなことはなく、夕食までにはきちんと帰ってきた。そしてある日を境に、また一日中家で過ごすようになった。

病気がぶり返したのかしらと心配していると、父はまた勤めに出るようになった。しかし今度も長続きせず、家でごろごろする日々が続く。

そんなことが繰り返されるうちに幹久も学年を重ね、事情がなんとなく飲み込めてくる。父の心情を察すると、気安く声をかけにくくなる。そのうち父は酒を飲むようになり、するとますます近寄りがたくなる。

父の酒量は日を追うごとに増えていき、昼間から溺《おぼ》れるようになると、母との言い争いが絶えなくなった。時には殴る蹴《け》るの暴行を加えることもあった。

最初のうちは、幹久が泣き出すと、父はおとなしくなったものである。しかしそのうち、男が泣くなとどやしつけられ、幹久にも鉄拳《てっけん》が飛んでくるようになった。体格で劣っていた幹久は、一方的に殴られるしかなかった。殴られたくなかったら、布団の中で声を押し殺して泣くしかなかった。

家は安普請だったので、父の行状は近所に筒抜けだった。学校でも噂され、幹久は身の置き場がなかった。だが幹久はぐれなかった。母があれだけ耐えているのに、自分が逃げるわけにはいかないと思った。

幹久は押し入れに閉じこもって将来を考えた。中学を出たら働くというのが当初の結論だった。家庭の事情を考えると、ほかの選択肢はあり得ないと思った。

就職を思いとどまらせたのは、誰あろう、常盤泰三その人だった。このまま社会に飛び出していったところで、自分も彼と同じ過ちを繰り返しかねないと幹久は気づいたのだ。では常盤泰三はなぜクズになってしまったのか——最初の勤め先を解雇されたからだ。ではなぜ解雇されたのか——体を壊したからだ。ではなぜ体を壊したのか——働きすぎたからだ。ではなぜ過労で倒れるまで働かなければならなかったのか——何の後ろ盾もない人間は、人の十倍百倍働かないと人並みに扱ってもらえないからだ。

後ろ盾とは、つまり学歴だ。泰三は学歴がなかったので、それをカバーするために必要以上に働かなければならなかった。これはそのまま自分にも当てはまると幹久は思った。

幹久は、努力すること自体は嫌いではない。しかし泰三のようにしゃにむに働いたところで、やはり彼のように軽く扱われてしまうような気がした。

泰三は学歴がなかったので誰にでもできる仕事にしか就くことができず、誰にでもできる仕事だから誰かに取って代わられないようしゃにむに働き、しゃにむに働いたから体を壊し、誰かに取って代わられた。故障した部品が交換されるように。

泰三はそれを本能的に予感していたのかもしれない。技術を磨くことに心血を注いだのは、交換がきかない部品であろうとしたのではないか。

けれど努力したのは彼だけではなかった。学歴のある人間の努力によって新しい工作機械が生み出された。職人技がなくても質の高いものを生産できる機械が。結局、泰三の努力は水泡に帰してしまった、学歴の力に駆逐されてしまったのだ。

ではもし父が大学出だったらどうだっただろうか。

もっと楽な仕事に就いていて、体を壊すこともなかったのではないか。たとえ体を壊しても、おいそれと解雇されはしなかったのではないだろうか。高い教育を受けていれば、理不尽な解雇通告に対して適切な行動をとれる。会社もそれを見越して理不尽な扱いを避ける。

解雇に際し、泰三も無抵抗ではなかっただろう。しかし法律を持ち出してもいないだろう。どうしてどうしてと繰り返し、妻と子を抱えているのですと泣きつくだけだったに違いない。

要するに、学歴のない父はなめられたのだ。そして自分も中卒ではなめられてしまうと幹久は思った。

だから幹久は高校進学を希望した。いや、それを口にする前に、進学するようにと母から言われた。彼女も学歴の必要性を痛切に感じていたのだろう。

父親には相談していない。のことを棚に上げて怒鳴り散らすとわかりきっていた。黙って高校に進学すれば、まだ中学生だと思わせることができる。酒浸りの泰三の判断能力はそこまで低下していた。

奨学金を申請するとすんなり通ったので、幹久は安心して学業に励むことができた。授業は一日も休まず、放課後は図書館に通った。飲んだくれの父を避けるため、夜は駅の待合室で本を広げた。そのかいあって、彼の成績は常に学年の十番以内に入っていた。

するともっと高いところを目指したくなる。大学だ。今の世の中、高校を出た程度では高学歴とはいえない。

これには母が反対した。金銭的な負担が高校とは桁違《けたちが》いで、家でも売らないことには行かせられないと言った。幹久はしかし引かなかった。学費の安い国公立に行くし、奨学金を複数もらえばいい、奨学金はもちろん自分で返す。そして最後にこう言った。

「大学を出たら、今までの苦労を全部帳消しにしてあげる」

大学進学に関しても父親には相談していない。その時期、とうとう肝臓を壊して入院していたからだ。

高校三年の夏休み、幹久は目標を東京大学と決めた。そう決めたきっかけは、もぐりで受けた夏期講習にあった。行きたくもないのに親が勝手に申し込んでと嘆いていた級友の受講票を譲り受けたのである。

予備校には二人のアルバイト講師がいた。一人は東大生で、もう一人は名もない私立大学の学生だった。そして聞くところによると、二人の報酬は倍も違うというのである。もちろん東大生の方が上なのだが、しかし東大生が二倍の能力を発揮しているというわけではなかった。むしろ逆だった。東大生は毎回、市販の問題集を五十分間やらせ、残りの十分で答合わせをした。答を口にするだけで、解説はいっさいない。いっぽう私立大生は手製のプリントを配り、さらに要点について板書で説明した。なのに東大生の方が扱いが上なのである。東京大学という金看板が無言の圧力をかけているのである。

アルバイトの段階でこれだけ違うのだから、実際に社会に出たらどれほどの差が出るのだろう。収入、地位、信用、尊敬――それを想像すると、幹久は興奮に身震いした。東大に入ることでオールマイティのカードが得られるのだ。東大の金看板があれば、どういう状況に置かれても、決してなめられることはないのだ。

担任の教師には、東大は難しかろうと忠告された。しかし幹久はどうしても金バッジが欲しかった。そう、泰三がしていたメッキのバッジではなく、本物の金バッジが。

滑り止めを受けておきなさいと助言されても応じなかった。行くつもりのない学校を受けたところで受験料をどぶに捨てるだけ、家にはそんな余裕はない。

そして幹久は現役での東大受験に失敗した。かなりの手応《てごた》えを感じていたので、ショックで三日三晩寝込んだ。

しかしその手応えは幹久に勇気を与えた。もう一年がんばればかならず受かると思った。母は反対した。宅浪するから金はかからないと幹久は説得し、そしてこう囁《ささや》いた。

「東大に入ったら、今までの苦労を全部帳消しにしてあげる」

泰三は病院を出ていたが、彼の顔色を窺《うかが》う必要はもうなかった。

翌年、幹久は、慶應と早稲田も受験した。滑り止めではなく予行演習だ。前年の失敗から、場慣れは必要だと感じ、荷物運びのアルバイトで得た金で受験した。

慶應、早稲田、ともに合格した。だが肝腎《かんじん》の東大受験にはふたたび敗れた。

その直後、一家は川崎の中原を離れた。泰三の収入が見込めず、家を手放さざるをえなくなったのだ。

幹久はさすがに胸が痛んだが、あと一歩のところまで来ているのだから、ここであきらめるのは何とも悔しかった。それに一度夢を見た以上、ここであきらめたのでは腑抜《ふぬ》けになってしまいそうだった。父の哀れな人生をたどるのはごめんだった。

母も覚悟を決めたのか、もう反対はしなかった。ひなびた借家に移り住み、幹久は気持ちも新たに勉強に打ち込んだ。

けれど三度目の春にも桜が散った。

5

息子さんが落ちたことは、芙美子さんの表情からも察せられました。

もともと表情の暗い方でしたが、かつてはそこに、痛みであるとか嘆きであるとかやるせなさであるとか、つまり彼女の心の様子がにじみ出ていたものです。ところがこのごろでは、表情というものがまるでなくなっていました。道端でご挨拶《あいさつ》しても、こちらに顔を向けることなく、すうっと通り過ぎていく。無視しているという感じではないのです。何も見えていない聞こえていないといった感じで、ああいうのを魂が抜けたようなと言うのでしょうね。

旦那《だんな》もひどく落胆していました。八幡様《はちまんさま》の石段で深い溜《た》め息を繰り返したり、縁側に腰かけて酒をぐびぐびやったり。息子さんにかける期待が大きかったのでしょうね。もっともあの旦那の場合は、金看板をしょった息子のヒモになってやろうというよこしまな期待でしょうけど。

旦那はともかく、奥さまが心配でした。あのご様子では仕事にも身が入っていないだろうし、それで馘《くび》にでもなったら、もうお歳でもあることだし、次の仕事を見つけるのも大変でしょう。ただでさえ脚が悪いのに、幽霊のようにふらふら歩いていたら、車に轢《ひ》かれてしまうかもしれません。

といって、わたくしに何ができるでしょう。形ばかりの励ましは、かえって気持ちを沈ませてしまいます。だから黙って見守っていたのですが、おとといの晩のことです。

暗くなっても常盤さんのお宅に明かりが灯《とも》らないのです。息子さんを力づけようと家族揃って食事に出かけたのかしらと思っていたのですが、夜が更けても真っ暗なままでした。

そして昨晩も。

旅行に出かけたのかしらと思いもしましたが、雨戸はたてられていません。わたくしは妙な胸騒ぎを覚えました。ええ、一家心中というやつです。ばかばかしいと笑ってみても、ひとたび想像してしまったことは、そう簡単に消えてくれません。わたくしはそこで、お裾分《すそわ》けを装って様子を窺うことにしました。

呼び鈴を鳴らしても応答はありませんでした。けれど玄関の戸に手をかけると手応えなく開いて、そしてわたくしの胸騒ぎはもう止めようがなくなりました。戸を開けたとたん、ただならぬ臭いが漂い出てきたのです。

奥さま奥さまと、声にならぬ声をかけながら、家の中にあがり込みました。サンダルを脱がなかったのは、あわてていたからではなく、何が起きてもすぐに飛び出せるようにという用心からでした。

狭いお宅ですから、臭いの源はすぐに突き止められました。その部屋には布団が二組敷かれておりました。一つはからっぽで、異常だったのはもう一つの方でした。

掛け布団に覆《おお》い被《かぶ》さるような形で奥さまが倒れていました。死んでいる、と瞬時に思いました。一面血だらけだったからです。掛け布団も、襟カバーも、シーツも、何もかもが血で染まっていました。

これだけ血を流して無事であるはずがありません。しかも、血は赤というより濃い茶色で、ごわごわに乾いていて、素人のわたくしにも、事件が起きてから相当な時間が経っているとわかりました。ですがわたくしは、だいじょうぶですかだいじょうぶですかと声をかけながら、奥さまの体を後ろから抱き起こしました。

するとと驚いたことに温かみが感じられるではありませんか。顔を覗《のぞ》き込むと、ああ、たしかに生きていらっしゃいました。目はうつろですが、呼吸は確かです。すぐに救急車を呼びますからと、わたくしは奥さまの体を横にしようとしました。さらなる異状に気づいたのはその時でした。

布団の中に旦那の姿がありました。奥さまが覆い被さっていたのでそれと気づかなかったのです。旦那は死んでいました。ひと目見てわかりました。顔色が失われ、肌がかさかさで、いえそれよりもなによりも、喉元《のどもと》にぱっくりと穴が開いていました。枕元には庖《ほう》丁《ちょう》が落ちていました。

わたくしはとうとう悲鳴をあげ、奥さまの体を突き飛ばしました。奥さまはその場に突っ伏しましたが、やがて自分からゆっくり身を起こすと、わたくしにではなく、どこか遠くの誰かに向かってこうつぶやきました。

「天命なのです」

わたくしの耳にはたしかにそう聞こえました。天命なのよ、天命なのよ、と奥さまは繰り返し、そうして枕元にさっと手を伸ばしました。

わたくし、よく反応できたと思います。動くのがもう一秒でも遅かったら、奥さまはご自身の喉元に庖丁を突き立てていたでしょう。

それから、奥さまが間違いを起こさないよう、寝間着の紐《ひも》で縛りつけて一一〇番したのですけど、ああでも、あのおとなしい奥さまが旦那を刺し殺しただなんて——。

は？

刑事さん、いま何とおっしゃいました？

違う、ですって？　違うとはどういうことですか？

それはまさか——、いえ実はわたくしもそれが気になっていたのです。

芙美子さんが一家心中を図ったのであれば、息子さんも刺し殺されているはずです。それで家の中をくまなく捜したのですが、息子さんの姿はどこにも見あたりませんでした。

奥さまに尋ねても、黙って首を振るばかりでした。

刑事さんはつまり、旦那を殺したのは息子さんだと？　奥さまは息子さんをかばっていらっしゃると？

違う？　だからどう違うというのです？

6

どうしてあんな男と結婚してしまったのか、芙美子にはよく思い出せない。戦争で家族を亡くし、寂しかったのだろうか。ぽっかり空いた心の穴を誰かに埋めてもらいたかった。そう思っていたところに、常盤泰三という男がたまたま通りかかった。おおかたそんなところだろう。

泰三は働き者だった。国民学校しか出ていなかったハンデを、人一倍汗することで乗り越えようとした。悪い人ではない。

けれど、ようやく手にした自信が打ち砕かれた時、彼の人生も崩壊した。

最初の工場を解雇になった時点で常盤泰三の人生は実質的に終わったのだ。しかし芙美子はそうと気づかなかった。走り疲れて休息しているだけで、そのうちまた駆け出すだろうと思っていた。そう信じていた。

長い休息のあと、彼は走り出した。しかしすぐに足を止め、また走り出したかと思うと足を止め、そしてとうとう地面にへたりこんでしまった。

女手一つで夫と子どもを支えていくのは大変だったが、息子には無用な苦労をさせたくなかったので、高校に進学させた。

その息子が大学進学を希望した。芙美子は言下に反対した。大学の授業料は高校とは較べものにならないし、だいいちそのとき泰三は病院に入っていて、その支払いも滞っていた。

しかし芙美子は幹久の熱意に負けた。大学の次に存在する学校はない。その四年間が終われば、間違いなく働いてもらえる。最高学府を出れば、給料も断然いいだろう。あと四年間、どうにかしのぎきろう。あと四年——。

芙美子は自分に言い聞かせ、納得した。納得したが、ある恐怖にも襲われた。

大学を卒業したら、息子は社会に出る。やがて結婚し、この家から出ていく。この家には自分と夫が残される。あの廃人と二人。

それを想像すると、芙美子は血の気が退《ひ》いた。

夫はもう立ち直れないと確信しても別れなかったのは、息子がいたからにほかならない。片親で不憫《ふびん》な思いをさせるより、あんな父親でもいたほうがいいだろうと考えた。その判断が正しかったかどうかは別にして、息子という支えがあったからこそ、夫の暴力にも耐えてこられた。

ところが、よりどころであった息子がいなくなってしまう。

といって、今の夫は生活能力を完全に失っており、それを承知で別れるのは人の道に悖《もと》る。つまり自分は、その先十年、二十年、もしかしたら三十年も四十年も、彼のめんどうを見続けなければならないのだ。

芙美子は途方に暮れた。将来を考えれば考えるほど恐怖はつのった。だから彼女は泰三を殺した。

肝臓を患って入院していた泰三を見舞ったある日のことだ。

酒を飲まない泰三はおとなしい。芙美子が病室を訪ねると、いつも悪いなとだけつぶやいて、あとは黙って新聞に目を落とした。救急車で運び込まれた時には土人形のようだった顔も、わずかに赤みを取り戻している。

この入院をきっかけに酒と縁を切れるのではないかと、芙美子は希望のようなものが見えた気がした。もしそうなったら、たとえ働く気力は戻らなくても、一緒に暮らしていける。

芙美子のそんな気持ちを汲《く》み取るように、泰三は新聞を畳むと、ベッドの上に正坐《せいざ》して、酒はやめると言った。心を入れ替えて働くとも言った。しかしそのあと、芙美子の耳元でこう囁《ささや》いた。

「最後にもう一杯だけ飲ませてくれ」

この一言が芙美子に心を決めさせた。

芙美子は毎日こっそり酒を差し入れ、泰三は病状を悪化させ、そして死んだ。

医師から疑惑の目を向けられたが、本人が病院を抜けて買いにいったのでしょうとそらとぼけると、それ以上の追及はなかった。

芙美子は呪縛《じゅばく》から解き放たれた。

それは新たな地獄のはじまりでもあった。

東京大学を目指すと宣言した息子を、あらゆる手をつくして思いとどまらせるべきだった。だが息子の方が弁が立った。無謀な挑戦だと思いつつも、彼が語る薔薇《ばら》色の未来に思いを馳《は》せてしまった。これまでずっと不幸だったのだから、そのすべてを帳消しにしてくれるほどの出来事がそろそろ起きるかもしれないと、無根拠な期待を抱いてしまった。

幹久は現役での受験に失敗し、芙美子は夢から醒《さ》めかけた。だが、息子はにっこり囁いた。

「東大に入ったら、今までの苦労を全部帳消しにしてあげる」

一浪の年、幹久は慶應と早稲田を受験して、どちらとも合格した。行く気はないと本人は言ったが、芙美子は、もし東大に落ちたら行かせてやるつもりだった。両校とも充分すばらしい学校ではないか。

幹久は東大に落ちた。私立に行かせるために芙美子は家を売った。しかし息子は断固として拒否した。

「東大に入ったら、今までの苦労を全部帳消しにしてあげる」

仕方あるまいと芙美子は覚悟した。なにしろ目標は東京大学なのだ。家を売って少し余裕ができたこともあり、四、五年のうちに通ってくれればそれでいいかと気持ちを切り替えた。

だが、五年待っても幹久は浪人生のままだった。そして、ここまで来てしまうと、もう後戻りはできない。本人には意地があるし、芙美子としても、ここまで苦労して支えてきたことを無駄にしたくなかった。

時は容赦なく過ぎていく。

幹久はやがて、狂った浪人生と近所で噂されるようになった。二人は新しい土地に移り住み、居づらくなっては安アパートや借家を転々とした。

　歳月は何もかもを変えていく。

　高校の学習内容が何度も見直され、受験制度が二度改革され、家で机に向かっていた幹久は現状に即した対策をとれず、ずるずると浪人を重ねた。

　年があらたまるたびに幹久の感情の起伏は激しくなり、勉強がはかどらないといっては芙美子に当たり散らすようになった。そのくせ時には、おかあさんおかあさんと幼児のような声をあげ、自分から芙美子の手を取って外を歩いた。

　年があらたまるたびに幹久の容貌《ようぼう》は衰え、いつしか二人は年の離れた夫婦者と間違われるようにもなった。幹久は芙美子が十七で産んだ子だった。

　夫婦と間違えられても、芙美子はあえて否定しなかった。真実を話せばますます好奇の目で見られる。幹久もそれを承知してか、受験生であることをひた隠し、芙美子の亭主を装った。

　芙美子はもう何も期待していなかった。そろそろ潮時だと告げる機会も失っていた。飼い猫のわがままを許すように、なすにまかせて息子を生かしていた。

　しかしそれもどこまで続くだろう。

　芙美子も歳月の洗礼を受けている。肩が上がらない、腰が痛い、目がかすむ。膝《ひざ》の関節は変形し、歩くのにも苦労する。それでも歩き続けていたら、足先の感覚がなくなってきた。下腹の突き刺すような感覚も、季節が変わるごとに鋭さを増している。

今年、幹久はまた落ちた。

「かあさん、来年がんばるよ」

息子がそう微笑んだ時、芙美子の中に新しい不安が生まれた。

「東大に入ったら、今までの苦労を全部帳消しにしてあげる」

毎度の言葉の中に、いつもとは違う臭いが含まれていた。甘苦い酒の臭いが。これまで一滴も口にしなかったのに、とうとう覚えてしまったのだ。

「東大に入ったら、今までの苦労を全部帳消しにしてあげる」

芙美子はもう期待していない。たとえ念願が成就したところで、「今まで」の長さが甚大になった今となっては、苦労は帳消しにされないだろう。それはもういい。けれど新しい苦労、酒での苦労は、今の自分にはとうてい背負いきれない。肩が上がらない、腰が痛い、目がかすむ、脚の自由が利かない、内臓も病んでいる。

まだ酒を飲み慣れていない幹久は、陽気に未来を語りながら食卓に突っ伏した。それを起こし、隣の部屋に連れていくだけで、芙美子はへとへとになってしまった。膝が震え、脚の末端も動かない。

その場にへたりこんで痺《しび》れる下肢をさすっていると、かあさんと小さな声がした。はいと応《こた》えるが、息子はそれきり何も言わない。

幹久はかすかな寝息をたてて眠っている。子どものように、口元をむにゃむにゃ動かしている。

芙美子は布団の中に手を差し入れ、息子の手を取った。彼は、たぶん意識はないのだろうが、母の手を握り返してきた。ずいぶん昔にもこういうことがあったような気がした。泰三の暴力に怯《おび》えるこの子を寝かしつける時だっただろうか。

けれどいま芙美子が握る手は、かつてとは較べものにならないほど大きく、干からびていた。そして今の息子は、この手で暴力を振るう側に立っている。酒を覚えたからには、ますます手がつけられなくなるだろう。

幹久はかすかな寝息をたてて眠っている。子どものように、口元をむにゃむにゃ動かしている。

けれど彼の顔には艶《つや》がなく、皺《しわ》だらけで、頭髪は抜け落ち、残りわずかな髪も白く変わっている。

芙美子の頬を涙が伝った。気の遠くなるような苦労を重ねたのは自分一人ではなかったのだ。

涙をぬぐおうと瞼《まぶた》に手をやると、己の肌も弾力を失い、かさかさに乾いていた。

「東大に入ったら、今までの苦労を全部帳消しにしてあげる」

母が病の床に臥《ふ》しても、息子はその耳元で囁くのだろうか。母が天に召されたら、いったい誰に囁くのだろうか。

もう潮時だと思った。話して納得しあえる時期は過ぎ去った。

息子はとうに不惑を通り越し、今年、知命を迎える。知命とは五十のことで、人はその時、天から与えられた命の長さを知るのだという。

だから芙美子は庖丁《ほうちょう》を握った。

天国の兄に一筆啓上

粛啓

十五年だね。

あっという間だった？　僕にはとてつもなく長く、二十年にも五十年にも感じられたよ。十五年か。哲郎も大きくなるはずだ。来年成人式なんだよ。びっくりだろう？

独身だった兄貴は、哲郎のことを自分の息子のようにかわいがってくれていたよね。動物園に連れていってくれたり、キャッチボールをしてくれたり、運動会の父兄競技に出てくれたこともあったっけ。あのころ僕は事業の立て直しに躍起で、家のことはほったらかしだったから、哲郎も兄貴のほうになついてたっけ。

哲郎は今も兄貴のことを慕っているよ。この間もコンパで酔っぱらって帰宅して、どうして犯人が捕まらないんだと、床をのたうち回りながらわめき散らしていた。どうやらあいつ、警察官を志しているらしい。けなげないい子だろう。

結局、犯人は捕まらなかった。捕まらないまま十五年が経過して、つい今しがた時効が成立した。これで終わりだ。もうどうしようもない。

老いぼれた刑事が一人やってきてね、未解決のまま終わってしまい大変申し訳ないと、兄貴の写真に手を合わせ、畳に額をこすりつけていったよ。むなしいよね。そうやって謝られたところで、兄貴はとうてい納得できないよな。僕はそう怒鳴り、刑事を叩《たた》き出してやった。

兄貴、無念だろう。これじゃあ成仏できないよな。でも兄貴、時効が成立してしまったんだよ。もうどうしようもないんだよ。どうかあきらめて成仏してくれ。そしてあの世でゆっくり休んでほしい。親父やお袋も待っている。

親父もお袋も長いこと入院して、長いこと苦しんで逝ったじゃない。最後のほうは、いっそひと思いに殺してくれと、そればかり繰り返して、見舞いに行くのがつらかったよね。でも兄貴は苦しまずに逝けた。警察に聞いた話だと、混入された薬は無味無臭で、最初は酩酊《めいてい》状態にも似たいい気分になり、その後昏睡《こんすい》に陥り、そのまま脳神経の活動が停止したのだとか。本当に少しも苦しくなかった？　そうだったのなら、それが唯一の救いだね。

とはいえ、無念だよな。課長に昇進したばかりだったし、結婚もまだだった。一升酒を浴びてもけろっとしていて、鬼が来ても死にそうになかったのに。なのにあっけなく逝ってしまって。三十五歳か。若すぎるよね。

でもしょうがない。もう終わった話だ。兄貴は無念かもしれないが、僕はこれで枕を高くして眠ることができる。

完璧《かんぺき》なアリバイ工作を行なった。密室の偽装にも一分の隙もなかった。けれど薬の入手ルートから足がつくのではと、日々胸が締めつけられる思いだった。眠れぬ夜がどれだけ続いたことか。

しかし一日一日と積み重ねて十五年、今日ここにようやく時効が成立した。僕はもう罪に問われることはない。

兄貴、ありがとう。兄貴にかけておいた保険金のおかげで借金を完済でき、事業の立て直しに成功した。僕も、尚美も、哲郎も、会社も、社員もその家族も、みんな救われた。

兄貴、本当にありがとう。心から冥福《めいふく》を祈っている。

頓首《とんしゅ》再拝

消された15番

1

また季節がめぐってまいりました。

耳を澄ませば、ほら、どこからか夏の声が——。


「六回裏の守備に散る香川代表M商業ナインですが、気がかりなのはやはり、先ほどの打席でデッドボールを受けた合田君です。大村さん、合田君のウォーミングアップから、その影響は感じられますか？」

「利き腕の肘《ひじ》に当たったのですから、何らかの影響はあると考えたほうがよいでしょう」

「さあ、プレイがかかりました。おや？　合田君、セットポジションで構えました。やはりデッドボールが影響しているのか。注目の第一球は——、ショートバウンドだ」


嫌な季節でございます。

誰とも会いたくありません。

わたくしはだから、締め切った家の中で過ごします。テレビもラジオも新聞も、季節の便りを運んでくるものはみな拒絶して、夏が通り過ぎるのを、ただ待ち続けます。

けれど夏は、どこからか忍び込んでまいります。

今も、ほら、隣家から漏れ聞こえて——。


「ノーアウト二塁三塁、S高校絶好のチャンス。一打出れば同点です」

「ピッチャーを代えるべきでしょう。勝負うんぬんではなく、合田君の体を考えれば、交代すべきです。この回から肘の位置が極端に下がっています。相当痛んでいます。将来があるのですから、無理をさせるべきではない」

「しかしどうやら続投のようですね。交代するのはライトのようです。三年生の江本君が入ります。江本君は強肩で、香川県大会では五つの補殺を記録しています」

「控え投手がいないのはわかりますが、しかしここは投げさせるべきではない。県大会では、ファーストの小林君が何度かマウンドに上がっているんでしょう?」

「さあ、プレイ再開。ノーアウト二塁三塁。合田君、セットに入る」

鯉幟《こいのぼり》がしまわれ、やがて雨の毎日が訪れると、わたくしはいつも思うのです。今のうちに旅立たないと、また季節がめぐってきてしまう。

けれどわたくしは死にきれず、今年もまた夏の中に身を置いております。

「打った！

しかしこれは浅いフライだ。ライト、落下点に入った。両手を上げて——。

落とした！　落としました！　ボールは転々とファウルグラウンドへ。三塁走者、ホームイン。二塁走者も悠々とホームイン。同点だ。打ったランナーも二塁を回った。ボールが返ってくるが——、いや、セカンドがカット。一気に三塁まで進みました。同点になって、なおもノーアウト三塁」

「うーん……」

「大村さん、代わったばかりの江本君のところに飛びました」

「ええ。あの位置で捕ればタッチアップできなかったのですが、代わったばかりであがっていたのでしょうか、本塁で刺そうと捕球を焦りましたね」

ひどい苦痛です。隣家から届く夏の声が、ちくりちくりと肌を刺します。

けれどわたくしは、今日もこのあばら屋で、独り耐えねばなりません。

あれから何度目の夏でございましょう。

わたくしはこの先、何度の夏を過ごすことになるのでしょう。

2

「セットポジションから第四球、投げました。

ボール。

これは明らかにボールとわかる球。スクイズを警戒してのことですが、しかしこれでボールカウントはワン・スリーになりました。マウンドに伝令が走ります。さあ牧口さん、ピッチャーの山下君、いよいよ苦しくなりましたね」

「七回あたりから変化球の切れが落ちていますが、特にこの回は力みも加わり、ショートバウンドするケースもありました。満塁のこの場面では、いくら得意のスライダーとはいえ、うかつには投げられないでしょう」

「するとストレート勝負ですか」

「そうですね。できれば内角高めの速球。ストレートはまだ走っていますから、内角高めに投げれば振りきれないと思いますよ。スクイズをしてきても、内角高めはポップフライになりやすいですし」

「さあ、伝令が駆け足でベンチにさがります。キャッチャーはキャプテンの東郷君、山下君の肩をぽんと叩《たた》いて二言三言。ナインに声をかけながらキャッチャースボックスに戻ります。

プレイ再開。回は九回表、岡山K商業の攻撃、ワンアウト・フルベース。J学院山下君、セットポジションから第五球。

スクイズだ！

ピッチャー、グラブで取って、そのままトス！」


沼田紀美恵はその夏の昼下がりも、いつものようにミシンの前に坐《すわ》って、慣れた手つきで生地を動かしながら、ちらりちらりとテレビの高校野球を見ておりました。

当時、沼田紀美恵が住んでおりましたのは、埼玉県の草加《そうか》市、綾瀬《あやせ》川と中川のちょうど真ん中あたりを並行して流れる八条用水を背にした木造の平屋でした。全国一汚染が進んだ川として悪名高い綾瀬川ですが、紀美恵の家の周囲は緑濃く、夏には蛙、秋には虫の合唱が心地よく漂う、それはのどかなたたずまいでありました。

近所の誰もが、彼女のことを五十半ばだと思っておりました。と申しますのも、手といい顔といい、かさかさに乾き、ひび割れ、あちこちに大小の染みが浮かびあがり、短めの髪の半分は銀色、ふくらみのない下瞼《まぶた》はいつも黒ずんでいたからです。しかしながら実際の彼女はまだ三十六、女の盛りでありました。

福島の女子校時代、県下一の美女と評判の高かった彼女が見る影もなく老け込んでしまったのには、それなりの理由がございます。

紀美恵は小学生のころから、編み物と縫い物が好きで運動が苦手な、どちらかといえば控えめな女の子でした。

お見合いの席で「控えめなお嬢さん」と紹介されれば好ましく思われるものですが、控えめな子どもというものは、男にしろ女にしろ、いつの時代も人を遠ざけてしまいます。紀美恵もその例に漏れませんでした。端麗な容姿であるにもかかわらず、その暗いたたずまいが災いし、一度として男子生徒から声をかけられることはありませんでした。そして同性の目には、つんととりすましたお嬢様とでも映ったのでしょう。級友からほとんど話しかけてもらえないばかりか、しばしば嫌がらせを受けたといいます。文房具を盗まれたり、上履きを隠されたり、時には校舎の裏に呼び出されて暴力を振るわれもしました。

高校に入ってからというもの、来る日も来る日もそんなありさまで、ある夏の日、彼女はとうとう耐えきれず、自分からこの世を去ろうと決意して、会津高原に向かいました。白樺林《しらかば》の中で命の花びらを散らそうという、まことに乙女らしい考えでございました。

紀美恵はしかし、白樺林の中で生きる決意をすることになります。

恋をしたのです。ふとしたきっかけから、ペンションのアルバイトにきていた東京の大学生と知り合い、そのまま恋に落ちました。恋に時間はいりません。理由もいりません。

彼女は昨日までの痛みをすっかり忘れ、彼との時間に身をまかせました。沼田紀美恵、齢《よわい》十八にしてはじめての恋でございます。

彼もまた、彼女に強く惹《ひ》かれたようでして、アルバイトを終えて東京に戻ってからも足繁く福島にやってまいりました。紀美恵は相変わらず学校でいじめに遭っておりましたが、彼の顔を、声を、肌のぬくもりを思い浮かべれば、いささかのつらさも感じずにすみました。

そうして二人が逢瀬《おうせ》を重ねるうちに、秋もなかばとなり、紀美恵は己の体に変調を覚えます。

彼女には予感がありました。勇気をふりしぼって隣町の病院を訪ねたところ、はたして医師の診断は、彼女の予想とまったく同じものでした。そう、彼女は身ごもっていたのでございます。

今日言おう、明日言おう、彼が先か、それとも両親か、ひっそりと堕《お》ろすのがいいのだろうか、と独り悩んだ紀美恵は、けっきょく彼に打ち明けることにしたのですが、その時の彼の反応は、実に毅然《きぜん》としたものでした。

「明日にでも学校をやめる。上京してこい。三人で暮らそう」

意外な答でした。紀美恵は堕胎を命じられるだろうと覚悟しておりました。自分と彼の年齢や立場を考えると、中絶よりほか、選ぶ道はないと思っていました。ですから、出産と結婚の両方を約束する電話を切った紀美恵は、涙が止まらなかったといいます。

しかしながら、絵に描いたようなごく普通の両親がこれを許すはずがありません。案の定、肩まであった髪をばっさり切って男の挨拶《あいさつ》をしにきた彼は、紀美恵の父親に殴る蹴《け》るの暴行を受けて家を叩き出されました。彼女は二階の勉強部屋に閉じ込められました。放心状態の彼女の耳に、階下からの声が届きます。娘のこの先を、両親が声高に相談しています。というよりも、互いの監督不行き届きを罵《のの》り合っています。それを聞くうちに紀美恵は、悲しくなり、やるせなさがこみあげ、そして彼女は心を決めました。

当座の着替えと簡単な化粧道具、それから百万ちょっとあった自分名義の貯金通帳をボストンバッグに詰め込み、身重の体も顧みず、ベランダから樋《とい》を伝って家を抜け出ると、玄関の外でまだ土下座していた彼の手を取って駅に走りました。沼田紀美恵、十八歳の逃避行でございます。

波瀾《はらん》に富んだ駆け落ち生活の幕は、東京は北上野のアパートであがりました。

アパートといっても、長屋風商店の二階の、昼なお暗い四畳半一間でございます。家賃がわずか一万円なのに他の店子《たなこ》がいないといえば、どんな部屋だかご想像がつくことでしょう。ですが若い二人にとってはいささかも苦になりませんでした。

彼は引越し専門の運送屋で働き、彼女はおなかを抱えて下町の縫製工場に出てゆきました。翌年の六月には三千八百グラムの元気な男の子が生まれ、風呂《ふろ》つきのアパートに越すこともできました。同年代の若者が、親の懐をあてに、海だディスコだヨーロッパだといっている一方で、赤ん坊をあやしながら内職のミシンをかける。それはつらくもありましたけど、疲れを疲れと感じないほど、彼女は日々充実しておりました。

不幸という魔物は、そういうささやかなしあわせが我慢ならないようでございます。

息子が三つになり（その子は、二人の名前から一字ずつ取って、恵太と名づけられました）、さて保育園はいつから行かせようか、ふた月前に買った服がもう入らないの、などと新しい悩みが次々と生まれ、そこにまたしあわせを感じていたある夏の日のことでした。

彼が死んだのでございます。

大型冷蔵庫を運んでいる際に足を滑らせ、冷蔵庫もろとも階段から転げ落ち、全身を押し潰《つぶ》され――、やめましょう。とにかく彼はそういう事故に遭い、病院に運び込まれた翌日に息をひきとりました。人の命とは、かくもはかないものなのです。

紀美恵は三日三晩泣き続けました。しかし母であることがそうさせたのでしょうか、四日目には決然と立ちあがり、今後の生活について考えをめぐらせました。

まっさきに思いついたのが、頭を下げて実家の敷居をまたぐということでした。孫の顔を見たら両親も許してくれるに違いありません。しかし実家で暮らすとなると、いずれ再婚を勧められるに決まっています。なにしろ彼女はまだ二十歳そこそこ、世間一般からすると初婚もしていない年齢なのです。

いけません。再婚は断じてなりません。彼との想い出が遠のいてしまいます。彼女にとってこれほどつらいことがあるでしょうか。

彼女が選択できるもう一つの道は自活です。しかしこれも、つらく険しい未来が待っています。生命保険に入る余裕などありませんでしたから、彼の死がもたらしたお金はというと、運送会社からの形ばかりの見舞金だけ。ひどいことに、会社は労災をかけてくれていなかったのです。裁判に持ち込めば会社側に支払い命令が出されたことでしょうけど、社会生活を積んでいない彼女はそこまで頭が回りませんでしたし、また、心を開いて相談できる隣人もおりませんでした。

独りで考えたすえ、紀美恵は決意します。

彼がいたからこそ、これまでの自分があった。彼が遠くに行ってしまった今、女としての自分は燃焼しつくしたも同然だ。それならばこれからは母として生きよう。残された人生すべてを息子に捧《ささ》げるのだ。

彼女は美しさを削りながら働きます。

昼は縫製工場で、夜はクリーニング屋で。縫製工場に斡旋《あっせん》してもらった草加の平屋に移り住んでからは、在宅での仕事もはじめました。近所の一軒一軒を回って、服の仕立てを格安で請け負ったのです。そこにはもう、あの引っ込み思案だった少女の面影は微塵《みじん》もありませんでした。

紀美恵はそして、息子を溺愛《できあい》します。

就学前から学習教室に通わせ、アニメでもお笑いでも好きなテレビ番組を見せ、おもちゃが欲しいと息子がだだをこねたら、どんな無理をしてでも買い与えました。息子にはめいっぱいの肉と野菜を、自分は台所の片隅でお茶漬けを。そんな生活が何年続いたことでしょう。

こうやって甘やかした場合、えてしてわがままな子どもに成長するものですが、恵太少年は違いました。利発で素直ではきはきとした、それでいて思いやりのある、誰からも愛される男の子に育ったのでございます。それはまさに、亡くなった彼の生き写しでもありました。

月日は流れ、恵太少年も中学三年生になりました。

恵太少年は図抜けた学力を持っておりました。入学以来学年のトップテンから落ちたことはなく、担任の先生からは、越谷《こしがや》の公立高校に進むことを強く勧められました。その高校は埼玉県下でも有数の進学校で、毎年何人かは現役で東大に合格しています。ところが恵太少年は頑としてこれを受け入れませんでした。東京のF学園に行くと言い張るのです。

彼は運動能力に秀でた少年でもありました。一四〇キロ近い速球と五種類の変化球を投げ分ける埼玉随一の左腕と評判で、早い時期から、県下はもちろん、全国各地の野球強豪校から多くの誘いを受けておりました。東京のF学園もその一つです。

恵太少年がF学園を志望したのは、家庭を思ってのことでした。入学金も授業料も寮費も免除して迎え入れてくれるというのです。実際には、遠征費用だの設備拡張費だの、なにやかや理由をつけて寄付金を巻きあげられるのですが、恵太少年はそんなことを知るよしもなく、ただで行ける学校なら母親の肩の荷もおりるだろうと、ただそれだけを考えておりました。

「長い目で考えなさい。越谷の高校でも野球は続けられるんだぞ」

担任の教師は繰り返し諭しました。紀美恵も、野球を終えたあとの長い人生を考えると、進学校に行かせるべきだと思いました。けれど恵太少年は言うのです。

「かならずプロになる。プロになって、母さんに贅沢《ぜいたく》させてあげる」

紀美恵はこれにホロリときて、けっきょく息子の意志を尊重しました。

思えば、ここに一つの誤りがあったのでございます。

一年生エースだと鳴り物入りでF学園の野球部に入った恵太少年ですが、1という背番号が重くのしかかってしまったのでしょうか、中学時代のダイナミックなフォームは見る影もありません。試合のマウンドを踏んだのは一年次後半の数試合だけで、地区大会の初戦敗退を機に背番号1は剝奪《はくだつ》されてしまいます。

恵太少年のことですから、控えに回っても人知れず努力を続けたものと思われます。しかしながら、もがけばもがくほどフォームは崩れ、球の切れも悪くなる一方で、新しいエースとの差は開くばかり。もしかすると恵太少年は、背番号1の重圧に押し潰されたのではなく、その野球の才能は中学校の時点で涸《か》れてしまっていたのかもしれません。彼はそのままベンチ入りからもはずされ、もっぱら左対策の打撃投手として使われることになりました。学業の成績がトップだったおかげで、かろうじて特待生を続けることができたという、まことにつらい立場でありました。

ところが皮肉なことに、恵太少年がエースの座から降ろされてからというもの、F学園はめきめき頭角を現わしまして、二年次秋季の東京都大会で優勝、関東大会で準優勝したのでございます。その結果、春のセンバツ切符をものにしました。しかしながら恵太少年の居場所はグラウンドでもベンチでもなく、アルプススタンドの応援席でした。

そして高校最後の夏。

恵太少年に思いもよらぬチャンスがめぐってまいりました。駿足《しゅんそく》好打のトップバッターがアキレス腱《けん》を切ってしまい、恵太少年にベンチ入りの声がかかったのでございます。彼の非凡な走力が買われたのです。背番号は15。レギュラーではありません。ピッチャーとしてのベンチ入りでもありません。けれど、もう二度とあるまいと思われたベンチ入りが実現したのです。

当時、高校野球でベンチ入りを許されたのは十五人まででした。最後の一人として選ばれたのは、希望がなくてもひたむきに努力を続ける少年に対する、監督さんの温情だったのかもしれません。最後の夏なのです。神様がご褒美《ほうび》を下さってもよろしいではございませんか。

予選がはじまり、F学園はとんとんと勝ち進みました。恵太少年の出番は一度としてありませんでしたが、それはチームが好調である証《あかし》でもあります。

F学園は夏の大会の切符をはじめて手にしました。

その報告の電話を受け、紀美恵はふとつぶやきました。

「ケイちゃんが甲子園のマウンドで完封するのを観たかったのにね」

すると恵太少年は言いました。その一言一句は、今なお紀美恵の心に深く染み込んでおります。

「ベンチの十五人に選ばれただけでもすごいことなんだぜ。うちの部員は百人もいるんだ。いや、野球部のある高校が全国にいくつあると思ってるの？　四千だよ。一校の部員を二十人として計算しても、八万人。実際はもっと多いと思うよ。その中で何人が甲子園の土を踏めると思うの？　それを考えたら、ぼくはすっごくしあわせなんだ。しかもぼくは野球馬鹿じゃない。プロに行くのはだめになったけど、ほかのことで母さんをしあわせにしてあげられる。夏が終わったら死ぬ気で勉強だ」

紀美恵はただただ目頭を押さえるばかりでした。

3

あの夏は、まことに異常な気候でございました。

梅雨は中休みばかりで夏の水不足が心配されたのですが、さて夏本番となると、毎週のように台風が来襲する、昼夜かまわず雷鳴が轟《とどろ》く、傘が用をなさないほどの豪雨が叩《たた》きつける。あちこちの川が氾濫《はんらん》し、崩れた土砂が人を飲み込むといったありさまで、川岸の古びた家に住んでいた沼田紀美恵は、非常食を詰めたリュックサックを枕元に置いて、ぶるぶる震えておりました。

なんでも、いつもの夏ならフィリピン中部あたりに居坐《いすわ》っている熱帯収束帯とかいう入道雲の塊が、日本の近くまでぐぐっとあがってきていたのがその原因だといいます。

沼田紀美恵の身に何かが起こるのは、決まって夏でございます。初恋も、最愛の人を失ったのも、そうでした。

けれどあの夏の出来事は、ただのめぐりあわせではないような気がしてなりません。紀美恵の人生を変えたあの異様な犯罪には、あの夏の異常気象が遠くでかかわっていたように思えます。夏らしく太陽が照りつけ、夏らしく夕立がささっと降れば、あの犯罪もこの犯罪も起こりえなかったのではないでしょうか。

ともかく異常な夏でございました。

　恵太少年を甲子園に送り出してからも、紀美恵は草加の自宅でミシンを踏み続けておりました。初戦の前日まで仕事を続け、当日朝一番の新幹線で東京を発《た》つ、というのが彼女の予定でした。

　しかし出発前日の朝になって、いささかの狂いが生じます。桑原という近所の家から、「ピアノの発表会用のドレスを急ぎで」という注文が入ってきたのです。

　時が時ですから、断りたいのはやまやまの紀美恵でございました。しかしせっかくの注文をいったん断ると、二度と声がかからないかもしれないし、今後の近所づきあいに支障をきたすかもしれない。紀美恵はそう思い、けっきょく快い顔で引き受けてしまいました。

　大会の本命は大阪のU高校で、F学園は対抗との前評判。一回戦は北国のH工業が相手だから、どう転んでも勝ちは動かない。だったら一回戦はテレビで応援、早いところ注文の品をあげてしまい、二回戦から甲子園に行こう。

　些細《ささい》なことにも融通をつけられない自分の立場を悲しく思いながら、遠く離れた息子に詫《わ》びながら、紀美恵は仕事を続けました。

　空は朝から白く澱《よど》んでおり、網戸から入ってくるのはワンワン重なったアブラゼミの合唱ばかりで、風はそよとも吹きません。恵太少年が生まれた直後に買った扇風機も、音が大きいばかりでたいして役に立たず、紀美恵は汗だくでミシンに向かいます。

つけっぱなしのテレビに異変が起きたのは午後二時前だったでしょうか。茨城のJ学院と岡山のK商業の試合、九回表、K商業が満塁のチャンスにスクイズを失敗したその時でした。

「臨時ニュースを申しあげます。

千葉県船橋市内で、五歳の男児に、『おにいさんはカメラマンだ』と言って近づき、裸にして写真を撮り、誘拐、強制猥褻《わいせつ》罪で千葉・松戸署に逮捕された男が、千葉県警の調べに対し、『浩二ちゃんを殺し、木更津の山中に埋めた』と自供しました。このため千葉県警捜査一課で調べたところ、男の自供通り、幼児の頭部らしいものが見つかりました。

この男の言う『浩二ちゃん』は、先月はじめ、何者かに誘拐され、頭部と両手両足を切断された死体となって東京・上野駅のコインロッカーで見つかった、千葉県船橋市の幼稚園児、室住《むろずみ》浩二ちゃんを指しているものとみられ、警察では発見した頭部の身元確認に全力を挙げ、関連を調べています。

逮捕されたのは埼玉県越谷市の大学生、中垣進、二十一歳。

自供によりますと、中垣は先月の八日、自分の所有する乗用車で船橋市の運動公園に行き、その後、浩二ちゃんの住む公団夏見団地に回り、団地で浩二ちゃんを誘って車に乗せた。そして鎌ケ谷市方面に向かう途中の駐車場で首を絞めて殺した。さらに、死体を自宅に運び、バラバラにして、うち胴体と両手足を上野駅しのばず口のコインロッカーに捨てた、ということです。

それでは、松戸署で先ほど行なわれた記者会見の模様をお送りします」

「中垣進……」

テレビの方に向けた首が凍りついたまま動かない紀美恵でした。

これもまた異常気象がそうさせたのかもしれませんが、世間ではこのところ、陰惨きわまりない事件が相次いでおりました。就学前の小さな男の子が次々と行方不明になり、ある子はバラバラに切り刻まれてコインロッカーに放置され、またある子は林の奥深くでなかば白骨化していて、そしていずれの死体からも男性器が切り取られていたという、犯罪史上まれにみる異常な事件です。世の親という親はこれに震撼《しんかん》し、各地の公園から子どもの姿が消えたほどでした。

その被害者の一人、「浩二ちゃん」を殺したと思われる男が捕まったというのです。死体の様子から判断して、同一犯による兇行《きょうこう》の可能性がきわめて高いので、これで事件は一気に解決に向かうことでしょう。明日には公園にも子どもの笑い声が戻ってきます。

けれど紀美恵が放心したのは安堵《あんど》からではありません。解決しても亡くなった子どもが帰ってこないことに憤りを感じていたのでも、犯人があまりにも若かったことに驚いたのでもありません。

「中垣進……」

紀美恵はその名前に聞き憶《おぼ》えがありました。

セミの声が入り込んでくる網戸を開けはなつと、数年来休耕していて草ぼうぼうの畑が広がっているのですが、その向こうに横たわる黒い瓦葺《かわらぶ》きの二階屋、それが中垣家なのでした。

向こうは越谷こちらは草加と、畑ひとつ隔てて市は違うのですが、草加の小中学校に越境通学していた中垣家の娘の一人が恵太少年と何年間か同級だった関係から、紀美恵も中垣家と少しばかりのつきあいを持っていたのです。

たしか中垣さんのお宅には三人の子どもがいて、上が男、下二人が女。男の子の名前は進だったはず。

紀美恵は、いっしょうけんめい記憶を手繰ります。そしてテレビに映し出された中垣進の顔写真を見たとたん、何をどう考えていいのやらわからなくなりました。

まぎれもなく、彼女が知っていた中垣進だったのです。

「いやもう、私ははらはらするばかりでして。山下のフィールディングがすべてです。彼と、それをささえたバックスが、勝利を引き寄せたのです」

「そして満塁のピンチをしのいだ直後の九回裏。見事でしたねえ。山下君自らのひと振りが試合を決めました」

「はい。スクイズを刺した場面といい、そのあとのホームランといい、山下の集中力には驚かされるばかりです。これまではピンチになると自滅するケースが多かったのですが、いやあ、私は選手を見る目が甘かったようです。教える立場の人間が教えられたといった感じですわ」

「二回戦もいけそうですね？」

「やってくれると思います」

「どうもおめでとうございました。劇的なサヨナラ勝ちで一回戦を突破したJ学院、征木《まさき》監督にお話を伺いました。一方、惜しくも敗れたK商業、星野監督の談話は、阿部アナウンサーから伝えてもらいます」

「はい。星野監督は開口一番、『私の采配《さいはい》ミスです』と言ったきり、唇を噛《か》みしめてうつむいてしまいました。そしてしばらく経ってから、『序盤のちぐはぐな作戦が選手たちを混乱させ、浮き足立たせることになった。まだ若いチームですから、来年の春にかならず戻ってきます。選手を誉めてやってください』と短くまとめてくださいました。以上です。放送席にマイクをお返しします」

気がつくと、臨時ニュースは終わり、甲子園球場の銀屋根が映し出されていました。紀美恵はもう仕事どころではありません。チャンネルを次々と変え、ワイドショーのはしごをします。そして事件の貌《かたち》が鮮明になるにつれて、ますます混乱していきました。

中垣家はこのあたりの旧家で、かつては専業農家でしたが、そのころには農業は片手間、土地の売却やアパート経営で左うちわの生活をしていました。しかし金満家にありがちの人を見下した態度は微塵《みじん》も感じられず、あばら屋住まいの紀美恵に対しても丁寧な物腰で接してくれていました。殺人犯を生み出すような家庭とは、とても思えません。

中垣進本人にしても、ごく普通、いえ、どちらかといえば人並み以上に礼儀正しい青年でした。

紀美恵の頭の中には、誰もがそうであるように、殺人を犯す人間の像ができあがっています。家庭環境がすさんでいる、情緒不安定、思い込みが激しい、怒りっぽい、暴力的、瘦《や》せ型——ですが中垣進にはこのどれもあてはまりません。

家庭環境は良好、道で会えばかならず笑顔とともに頭を下げる好青年なのです。筋肉質の浅黒い肌も健康そのものですから、これも殺人犯のイメージとはほど遠いものです。

夕方になり、夜になり、食事をとるのも忘れ、紀美恵はテレビの前に坐《すわ》っていました。

「八畳の部屋の中には、戦記小説、軍事兵器の写真集、モデルガンの雑誌、戦車や戦闘機のプラモデル、戦争を題材にしたコンピュータゲームなどがところ狭しと並べられていました」

「部屋の片隅には、鉄アレイ、鉄下駄《げた》、ダンベル、バーベル、ゴムチューブといった、たくましい体を作るための器具が置かれています。そしてカラーボックスの中からは、封の切ってないプロテインが一ダース見つかっています」

「押し入れの段ボールには、同性愛の雑誌やビデオがきちんと整理されていました。切断された性器は、今のところ発見されておりません」

新しい情報が次々と入ってきます。

紀美恵はそのたびに目を剝《む》き、息を飲みました。彼女が知る中垣進と報じられている中垣進とのギャップは広がるばかりです。

近所に住む、顔見知りの奥さんがインタビューを受けています。

「信じられませんわ。でも、無口でくらーい感じはありましたよ」

信じられないのは、その奥さんのほうです。中垣進青年は、どちらかといえばおとなしかったけれど、それは暗さとは別もの。「あの子、ちょっとおかしいわね」というような噂は聞いたことがありません。だいいちその奥さんはつい最近、紀美恵にこう言ったではありませんか。

「中垣さんちの息子さん、まだ独身よね？　うちの娘をもらってくれないかしら」

評論家、作家、教授、論説委員、アナウンサー——さまざまな人が出てきては、中垣進を糾弾します。

「彼は異常です」

「異常の背景には歪《ゆが》んだ社会構造が見えます」

「まったく異常な趣味としか言いようがありません」

「異常な性嗜《しこう》好を解く鍵《かぎ》は幼児体験にあります」

何かの一つ憶えのように、「異常」の繰り返し。しかし紀美恵には、畑向こうに住む、あの中垣進が異常とは少しも思えません。人なつっこい微笑み、白く輝いた歯、礼儀正しい物腰、ほのかな石鹸《せっけん》の匂い、皺《しわ》一つないシャツと折り目のついたズボン——。テレビで取りあげられている彼にしてもそうです。軍事マニアのどこが異常なのでしょう。もしもそれが異常なら、同じように常ならぬ人間を紀美恵はたくさん知っています。

高校三年生だというのに、山のようなミッキーマウス・グッズに囲まれて寝起きしていた同級生。彼女はミッキーのぬいぐるみ相手にお喋《しゃべ》りもしていました。

休日ともなると書斎にこもりきり、プラモデルやボトル・シップを作っていた父。その数は優に千点を超えていました。

十違いのいとこは大学を出ても就職せず、アルバイトをしながら本を読みあさっていました。その数、いえ、これは数えきれないほどで、部屋の床が抜け落ちたといいます。

紀美恵は、中垣進が同性愛に傾倒していたことについては、さすがに異常だと感じました。男どうしが肌をすり寄せているのを想像するだけで吐き気を催します。ですが一つの疑問も禁じえませんでした。

ではテレビは何なのかしら。おかまだとかニューハーフだとかをおもしろおかしく扱って。テレビに出るくらいだから、彼らは正常だと認知されているのかしら。それならば中垣進も正常だということになる。でも自分は絶対に同性愛は異常だと思うから、すると同性愛者たちはやっぱり異常で、それを平気で映しているテレビも異常なのかしら。すると、異常であるテレビが異常だと糾弾している中垣進は、逆に正常だとはいえないかしら。

しかしながら、もともと感情が先に立つ彼女のこと、このようにものごとを深く考えれば考えるほど頭が痛くなってまいります。で、結局は、テレビ疲れとでも申しましょうか、そのまま畳の上で眠りに落ちてしまいました。

その夜中、寝苦しさに目を覚ました紀美恵は、ある恐ろしい予感にとらわれて、恵太少年の部屋を覗《のぞ》きます。

もしも変なものが出てきたらどうしよう。

棚の本を抜き、机の引き出しを開け、押し入れをひっかきまわすのでした。しかし恐れていたようなものは何一つ見つからず、彼女はほっと胸をなでおろします。

まあ、あたりまえといえばあたりまえでございますよね。恵太少年は高校に入ってからというもの、そのほとんどを寮で過ごしていたのですから。

4

　翌朝、沼田紀美恵は雷の音で目覚めました。

　まだ明け方の五時前でしたが、前日はテレビに釘《くぎ》づけになったせいで仕事がなおざりになっていましたから、そのまま起きてミシンに向かいました。

　雷と雨は、うねるように押し寄せては引き、また激しくなるといったあんばいで、窓を開けることもかないません。

　心配なのは甲子園の天気でしたが、電話で問い合わせたところ、向こうは晴れとのこと。紀美恵はほっと息をついて仕立ての仕事を続けます。

　NHKの高校野球中継は八時にはじまります。九時までは教育テレビで流され、それ以降は総合テレビにバトンタッチされます。F学園は第二試合でしたが、紀美恵はもう待ちきれず、八時ちょうどにテレビのスイッチを入れました。

　銀屋根の間から覗く青空にサイレンが吸い込まれ、第一試合、S高校対Y商業のプレイボール。この試合が終われば、あと二時間もすれば、息子が晴れの舞台を踏むのです。

　紀美恵は仕事どころではありません。第一試合が一回進むごとに彼女の集中力は欠けていき、七回の表が終わったところで、ついにミシンがけを放棄、テレビの前に正坐《せいざ》しました。

臨時ニュースが入ったのは、S高校最後のバッターが三振した瞬間でした。

「臨時ニュースを申しあげます。

千葉県船橋市の幼稚園児、室住浩二ちゃん誘拐殺害事件で、西船橋署に未成年者誘拐、殺人、死体遺棄の疑いで逮捕されている埼玉県越谷市の大学生、中垣進は、今朝早く、千葉県我孫子《あびこ》市の友丘勇人《ともおかゆうと》ちゃんと習志野市の水野信也ちゃん、ならびに東葛飾郡沼南町《ひがしかつしかぐんしょうなんまち》の浅井司ちゃんの誘拐殺害事件についても自らの犯行であることを認める上申書を書きました。

この上申書により、中垣が一連の事件に関与していることが決定的となったため、警察庁は広域重要指定三一五号に指定するとともに、千葉県警は本日中にも中垣を、勇人ちゃん、信也ちゃん、司ちゃん、三事件の被疑者とする捜索令状を取り、中垣宅の強制捜査を行なう模様です。

それでは西船橋署から中継でお伝えします」

「西船橋署前です。ごらんのとおり、報道陣と集まった市民で身動きが取れないほどです。

昨晩松戸署から移送されてきたばかりの中垣進が、今朝の取り調べの冒頭、『ぼくの話を聞いてください』と切り出し、『今年の五月十日――』と勇人ちゃん誘拐から順を追って、信也ちゃん、司ちゃんの殺害について流れるように自供し、上申書を書きあげました。取り調べを担当した捜査官によると、書きあげた直後に中垣は、『お騒がせしてすみませんでした』と一言、無表情でつぶやいたといいます。

それでは上申書の内容を読みあげます――」


紀美恵は体のほてりを感じます。

前日報道された時点で、そうなのではないかという予感を抱いてはいたものの、どうしても信じられません。「なんで彼が……」のつぶやきが出てくるばかりです。

しかしこの日の紀美恵は、正直なところ、中垣進が何をしようとどうなろうと、どうでもよかったのです。恵太少年の出陣がそこまで迫っているからです。なのにテレビの臨時ニュースは、なかなか終わりません。彼女はいらいらしながら、頭の中でゲームセット後の映像を組み立てます。

整列して挨拶《あいさつ》。勝ったY商業の校歌。アルプススタンドの応援席に挨拶する両校。勝者はベンチ前でカメラマンの注文に応《こた》えてポーズをとり、敗者は甲子園の土を掻《か》き集める。それから監督のインタビューになり、アナウンサーと解説者で試合をまとめる。

今はどのあたりだろうか。まさか第二試合がはじまっているのでは。そう思うと、居ても立ってもいられません。しかし紀美恵の力で何をどうすることができるでしょう。

「――それでは引き続き、甲子園球場からお送りします」

ようやくニュースが終わり、次の瞬間、画面の中央に「15」という数字が大きく映し出されました。

15。

それが何を意味するのか、充分すぎるほどわかっていた紀美恵でありましたが、あまりに突然のことだったので、ビデオの録画ボタンを押すまでに数秒の間があいてしまいました。

15、それは恵太少年の背番号です。試合前の練習で、恵太少年がノックバットを握っているところが映し出されたのです。しかしその映像はほんの一瞬で、紀美恵があっと思った時にはもう、カメラは切り替わり、アルプススタンドの風景が流されておりました。紀美恵は恵太少年の姿をビデオに録《と》りそこねたのです。

紀美恵がひどく落胆したことは言うまでもございません。恵太少年はレギュラーでないのですから、代打にでも指名されないかぎり、アップで映してもらえることはまずないと言ってよいでしょう。そして恵太少年は、温情でベンチ入りの十五人に選ばれたも同然ですから、代打やリリーフの声がかかる確率は限りなくゼロに近い。

ですがこの時は、紀美恵も気を取り直し、あらためてテレビに向かいました。前の試合がテンポよく進んで終了したため、第二試合は予定より三十分も早い、九時五十分にプレイボールとなりました。

F学園の一球一打に、紀美恵は手を叩《たた》き、声をあげて声援を送ります。雨が叩きつける窓越しには、中垣家に集まった警察や報道陣の塊が見えますが、紀美恵の心はそちらにありません。

紀美恵はまずまず満足しておりました。ベンチの中が映し出されることが回に一、二度あって、その際に恵太少年の姿がちらりと見えるのです。アルプスタンドよりもよく見えるじゃないなどと、慰め半分、本気半分でつぶやいたりもしておりました。

そんな折、二回目の臨時ニュースが入ります。

「ニュースを申しあげます。

千葉県船橋市の幼稚園児、室住浩二ちゃん誘拐殺害事件で、西船橋署に未成年者誘拐、殺人、死体遺棄の疑いで逮捕されている埼玉県越谷市の大学生、中垣進は、今朝早く、千葉県我孫子市の友丘勇人ちゃんと習志野市の水野信也ちゃん、ならびに東葛飾郡沼南町の浅井司ちゃんの誘拐殺害事件についても自らの犯行であることを認める上申書を書きました。

この上申書により、中垣が一連の事件に関与していることが決定的となったため、警察庁は広域重要指定三一五号に指定するとともに、千葉県警は本日中にも中垣を、勇人ちゃん、信也ちゃん、司ちゃん、三事件の被疑者とする捜索令状を取り、中垣宅の強制捜査をはじめる模様です。

それでは西船橋署、続いて中垣の自宅前から中継でお伝えします」

先ほどのニュースとほとんど変わらぬ内容です。

紀美恵は憤然とします。恵太少年の試合がぶつりと切られてしまったのです。しかもF学園はピンチを迎えていたのです。

NHKでは、朝早く、正午からの一時間、そして午後六時を回った場合には、教育テレビで試合をフォローするシステムをとっていましたが、突発的なニュースなだけにそれもありません。紀美恵はチャンネルをひと通り回したのち、肩を落として、ただ虚《むな》しくニュースの繰り返しを眺めるしかありませんでした。

今回のニュースは短く、五分で終わりました。

しかし紀美恵にとっては許しがたい五分間となりました。H工業に一点が入っていたのです。

「どうしてよ！」

声を荒らげてブラウン管を叩くと、掌《てのひら》にぴりりとした静電気が走りました。それで少しは落ちついたのでしょうか、紀美恵は口に手を当てて独りごちます。

「まだ三回が終わったところじゃない」

F学園の強打は大会屈指との評判でした。一点や二点、あっという間にひっくり返してくれるはずでした。

しかし甲子園には魔物が棲《す》んでいます。F学園のバットからはいっこうに快音が聞かれず、たまにランナーが出ても、注文通りの併殺でチャンスを潰《つぶ》してしまう始末。一方のH工業も四回以降はノーヒットに抑えられ、試合はハイペースで進んでいきます。

こういった小気味いい試合こそが高校野球の醍醐味《だいごみ》です。しかしこの時の紀美恵がそれを堪能《たんのう》できるべくもありません。ビデオのピクチャーサーチ画面のように飛び去っていく試合が彼女に与えたものは、掌の汗と喉《のど》の渇きでありました。

「さあ、この回よ」

紀美恵は何度となく声をかけ、同じ数だけ虚脱感を味わいました。ときおり映し出されるスタンドの女子生徒のように、目を真っ赤に腫《は》らして泣きたい気分です。

そして問題の八回表は、十一時二十分ごろはじまりました。

「この回のF学園は八番の高橋君からです。松根さん、あれよあれよという間に八回になりました。ここは何が何でも上位打線につなげたいところですね」

「そうですねえ。F学園はどうも早打ちが目立ちますから、ここはじっくりと攻めなければなりませんよ。H工業幸田君のコントロールはいまひとつなんですから、球筋を見極めていけばかならず攻略できます」

「さてプレイがかかります。幸田投手、第一球。

ボール。

松根さんがおっしゃるように、幸田投手はファースト・ストライクが入りませんね」

「そうなんです。ですから追い込まれるまでは待つのが得策なんです」

「振りかぶって、二球目。

打った！　ボテボテのショートゴロ。これはおもしろい当たりだ。ダッシュして素手で摑《つか》み、そのままファーストに投げるが――、アウト！　アウトです。H工業岡君、すばらしい肩を披露してくれました。内野安打になってもおかしくない当たりでした」

「はい、いいプレイでしたね。ですがそれよりも、F学園高橋君、また早打ちですよ。しかもあれは明らかなボール球。これではいけません。球にさほど威力がない幸田君を打ちあぐねている理由はこれなんです。打ち気にはやってボール球に手を出す、点が取れない、あせるものだからまた早打ちをする。悪循環です。F学園の打線は強力なのですから、じっくり球を見ていけばかならず突破口が開けるんですがねぇ」

「ワンダウンになって九番の佐藤君。地区大会では四割をマークしている恐るべき九番バッターです。今日もヒット二本、F学園の中ではただ一人気を吐いています。

第一球。

ボール。やはりストライクが入りません。

なおあらかじめお断わりしておきますが、十一時半からは、連続幼児誘拐殺害事件のニュースのため、野球放送を五分間中断させていただきます。ご諒承《りょうしょう》ください」

「諒承できない！」

十一時二十六分のテレビに向かい、叫び声をあげる紀美恵でありました。

この大事な時に、またも中断だなんて。試合前、三回裏、そして八回表。二時間足らずの一試合が三度もぶつ切りにされるなんて、いったいどういうこと。こんなことだったら、仕立ての注文はきっぱり断わって、甲子園に駆けつけるべきだった。

紀美恵のいらだちは沸騰寸前でした。

「五球目はきわどいコースでしたがストライク。これでツー・スリーのフルカウントになりました」

「これでいいんですよ。今のコースに手を出しても、外野にまで持っていくのは難しい」

「ここで間合いが長くなりました。サインに二度三度首を横に振る幸田投手。ゆっくりとしたモーションから六球目。

打った！　フェア！

三塁線を破る痛烈なライナー。フェンスに当たってワンバウンド、ツーバウンド。打った佐藤君は一塁を回り——、ボールは中継に返ってきただけ。ゆうゆうの二塁打！　佐藤君、ベース上でガッツポーズ」

「見事なバッティングでした。内角に入ってくる緩いスライダーをうまく引きつけ、腕を畳んでミートしています。多少コースが甘かったこともありますが、幸田君攻略のお手本のようなバッティングでした。次もこれに続きたいですね」

「F学園はここでピンチランナーを起用する模様です」

「どうしても一点が欲しいところですからね。とりあえず一点、一点あれば同点に追いつき、流れはF学園に傾きます。ここで一点取れるか、あるいは一点も与えないか、それが試合のすべてになるでしょう」

「背番号15をつけた選手がセカンドベースに向かいます。15番は、三年生の——」

「ニュースを申しあげます。

千葉県船橋市の幼稚園児、室住浩二ちゃん誘拐殺害事件で、西船橋署に未成年者誘拐、殺人、死体遺棄の疑いで逮捕されている埼玉県越谷市の大学生、中垣進は、今朝早く、千葉県我孫子市の友丘勇人ちゃんと習志野市の水野信也ちゃん、ならびに東葛飾郡沼南町の浅井司ちゃんの誘拐殺害事件についても自らの犯行であることを認める上申書を書きました。

この上申書により、中垣が一連の事件に関与していることが決定的となったため、警察庁は広域重要指定三一五号に指定するとともに、千葉県警は先ほど中垣を、勇人ちゃん、信也ちゃん、司ちゃん、三事件の被疑者とする捜索令状を取り、中垣宅の強制捜査をはじめた模様です。

それでは西船橋署、続いて中垣の自宅前から中継でお伝えします」

この時の紀美恵について、どう言い表わせばよいのでしょう。

よもやあるまいと思っていた最愛のわが子の出場。

それが実現するやいなや、画面はニュースに。

彼女の中で、天国と地獄が一瞬のうちに交錯したのです。

紀美恵の理性は寸断されました。おめき声をあげながら、1と3のチャンネルを行き来します。4や8、はては何も映らない5や7チャンネルをもさまよいます。そうするうちに涙があふれてきます。針仕事でかさかさになった手でブラウン管を叩《たた》きます。

挿《はさ》まれたニュースは短いものでした。けれどF学園の攻撃は、それ以上に短いものでした。

代走に出た恵太少年が守備につくことはなく、あとは無為な時間が過ぎていくばかりです。

F学園は負けました。恵太少年の夏が、そして野球生活が、ここに終わりました。

H工業の監督インタビューの途中で天気予報の時間になり、続いてニュース、バラエティー番組、連続テレビ小説と続きましたが、紀美恵にはもう、教育テレビに切り替えて甲子園を追う理由がありません。

紀美恵のうちしおれようは説明するまでもないでしょう。

三十分が過ぎ、一時間が過ぎ、とうとう涙が涸《か》れてしまうと、紀美恵の心はふつふつと沸ぎたってまいります。

F学園の試合にかぎって、どうして三回も中断するのよ。しかも最後の一回は、息子の晴れ姿を潰してしまったのよ。連続幼児誘拐殺害事件は大きなニュースだけど、すでに結果が出ていることじゃないの。逮捕に抵抗する容疑者が銃を持って暴れているのならまだしも、彼はとうに捕まっているのよ。次の殺人は起きないのよ。全然急を要する話題ではない。それだったら、まだ結果が出ていない野球放送を優先させるのがテレビの使命でしょう。しかも、新しい情報がこれっぽっちもないくせに、何度も何度もニュースを挿むなんて、どうかしてる。同じことの繰り返しならテロップで充分じゃない。野球放送を中断したのは、まるで自分への嫌がらせみたい。

紀美恵の怒りは別の方にも向けられます。

仕立ての注文さえ入らなければよかったんだわ。あれさえなければ朝一番の新幹線で大阪に発《た》てたのに。そう、注文が入らなければ。ピアノの発表会ですって？　桑原の、あんなちんけな娘がドレスを？　どうせバイエルもろくに弾けやしないんでしょう。それがなに、わざわざドレスを仕立てる？　うちの息子が甲子園に出ると知っていて、それに合わせて注文をぶつけてきたんじゃないの⁉

紀美恵はもう一度テレビを怨《うら》みます。

やっぱり悪いのはNHKよ。たとえ甲子園に応援に行ったとしてもビデオは録《と》るわ。ところが帰ってみると、息子が出たところだけがブツリと切れている。なんて意地悪な！　どんなに貧しくても受信料は欠かさず払ってきたというのに、どうしてそんな仕打ちを受けなければならないの。いったい自分に何の怨みがあるの。全国一億二千万人の中で被害に遭ったのは自分だけよ！

ひとたび芽生えた狂気は揺れ動きながら成長し、ついに紀美恵は、常人には考えも及ばない結論を導き出してしまいます。

中垣だ。中垣進がいけないのよ！　次々と誘拐殺人をしでかしたからいけないんだ。事件を起こさなければ捕まることもなかったし、そうすれば野球が中断されることもなかった。いや、殺してもよかったの。でもどうして一人でやめておかなかったのよ。たった一人を誘拐して殺しただけなら、たとえ捕まってもこんなに大々的なニュースにはならなかったわ。ううん、十人殺しても百人殺してもよかった。うまうま逃げおおせていればよかったのよ。それがなによ、のこのこ捕まって。あんたの間抜けさかげんが、うちの息子の晴れ姿を奪ったのよ！

すっかりねじ曲がった紀美恵の心に拍車をかけたのが、翌朝の新聞に載った二つの小さな記事でございました。

一つは、前年、埼玉で起きた暴行事件の判決です。小学校に乱入して五人に重軽傷を負わせた中年の男性に対し、事件当時は心神喪失状態にあったという弁護側の主張を認め、無罪判決が下ったのです。

もう一つは、その年の二月、神奈川で起きた連続幼児傷害事件についてでした。成人したばかりの工員が犯人として逮捕されていたのですが、半年にわたる捜索にもかかわらず兇器《きょうき》が発見されなかったため、不起訴処分となったのです。

これを読んだ紀美恵は、ある可能性を恐れました。中垣進が刑に服さないですむかもしれないということです。これは絶対に許されないことでした。どうして、何の罪もない自分がむごい仕打ちを受け、その仕打ちを与えた張本人が何一つ咎《とが》められないのでしょう。

そんな理不尽があってよいのでしょうか。

ねじれ、ふくらみ、からみ合い、もうどうにも手がつけられなくなった感情が、紀美恵を行動に移させます。

復讐《ふくしゅう》しなければなりません。

対象は三つです。NHK、仕立ての注文主、そして中垣進。

しかしNHKに復讐するといっても、対象があまりに大きすぎるため、紀美恵はその方法をすぐに思いつきませんでした。そこでひとまず対象を二つに絞ることにしました。

仕立ての注文をしてきた桑原家への復讐、これは造作ないことでした。灯油をたっぷり含ませたぼろぎれに火を点《つ》け、桑原家の裏木戸の向こうに投げ入れれば、それで完了です。桑原家は古い木造建築ですから、あれよあれよという間に炎に包まれることでしょう。

では、中垣進はどう料理しましょう。彼は檻《おり》につながれているので、手も足も出せそうにありません。

いいえ、そんなことはありません。ギリギリと歯《は》噛《が》みしながらテレビを眺めるうちに、紀美恵ははたと思いつき、天の声に導かれるまま、庖丁《ほうちょう》を懐に千葉へと急ぎました。

テレビジョンは魔法の小箱です。何が起きているのか、これから何が起きるのか、リアルタイムで知らせてくれます。中垣進が千葉地方検察庁で取り調べを受けることも、その時刻が午前十一時であることも、ご丁寧に教えてくれました。だから紀美恵は、西船橋署の前で、ただ待っていればよいのです。そうすれば、地検から戻ってきた中垣進に会えるのです。

実際にこんなことをしでかそうとしても、成功する道理はまずございません。ごったがえす野次馬が外濠《そとぼり》なら、その輪の中に控える報道関係者は内濠、さらに中垣進に寄り添う警察官はさしずめ親衛隊です。か細い腕の女性がこの三重のガードを突破するなど、常識的には不可能です。

しかし、ねじれ、ふくらみ、からみ合った紀美恵の狂気は、不可能を打ち破りました。目に見えぬ、第六感でも認知できないエネルギーが、ほんの一瞬、中垣進にいたる一筋の道を開いたのです。

三百人からの群衆の中に、その様子を憶《おぼ》えている者は一人としておりません。彼らが見たのは結果だけでした。

気づいた時には中垣進の左胸に庖丁が突き立っていたと、誰もが口を揃えて言ったそうでございます。

5

あれからいくつもの夏が過ぎ、この地にも、当時を知る者はほとんどいなくなりました。

草ぼうぼうだった畑には高層住宅が建ち並び、その向こうにあった中垣の家もすでに絶えております。

中垣進の両親は、息子の初公判前夜、二人の娘を道連れに、熱海の海岸で心中してしまいました。

中垣進本人も、二転三転した判決が先年やっと確定し、この春ひそかに刑の執行を受けたそうでございます。

そしてわたくしもようやく、自分の過ちを他人事《ひとごと》のように振り返られるようになりました。

わたくしは中垣進を殺せませんでした。彼の左胸を刺したものの、絶命させるにはいたらなかったのでございます。わたくしはその場で取り押さえられ、殺人未遂で逮捕されました。

警察の取り調べにも、弁護士の先生にも、「兇悪な犯罪に憤りを感じた」の一点張りでとおしました。真実はもちろん別のところにありましたが、それを順序だてて説明できるべくもなく、また、人様に聞かせることではないと、自分の胸の中にしまっておきました。

わたくしに科せられた刑は、執行猶予つきの、ごく軽微なものでした。

世間様の責めを受けることもほとんどございませんでした。縫製工場の社長さんは、これまでどおり働かせてくださり、この家に住まわせてくださいました。「よくやってくれた」という内容の手紙も数多く頂戴《ちょうだい》しました。

ですがわたくしに一番大きなものを失ってしまいました。

恵太は今、どこで何をしているのでしょう。

一度、大福を携えて拘置所に来てくれたことがありましたが、それきりでございます。

その後間もなくF学園の寮からも姿を消し、そのまま行方知れずとなってしまいました。

新宿あたりの組事務所に出入りしているとか、マグロ船に乗っているとか、いくつかの噂を風が運んでまいりましたが、真偽のほどはさだかではありません。

あれからいくつの夏が過ぎたのでしょう。

息子はいくつになったのでしょう。

夏は苦しみの季節です。いっそ死んでしまおうと、何度思ったことでしょう。

けれどわたくしは耐えなければなりません。

このあばら屋で待っていれば、いつかきっとケイちゃんが戻ってくる。どうもそんな気がしてならないのです。

「母さん、ただいま」

もう一度だけ、その声を聞きとうございます。

もしもそれらしき男性を街で見かけたなら、わたくしに連絡してくださるよう、あなた様にもお願い申しあげます。

死　面

夏休みのたびに片波見《かたばみ》に行った。

彼《か》の地には母の実家があった。東京から半日列車に揺られ、終着駅でボンネットバスに乗り換え、母と弟と三人で山間《やまあい》の村を訪ねた。仕事があるからという理由で、父は一度も同行しなかったように思う。

まだ夜行列車が走っていた時代のことである。東京駅の発車ベルが鳴らないうちからもう待ちきれず、駅弁の包みをむしり取ったものだ。朝はというと、まだ暗いうちから寝台を降り、通路の窓に顔を押しつけて、水平線の彼方《かなた》から朝日が顔を覗《のぞ》かすのを今か今かと待ち受けた。平素は、枕元でブリキの洗面器を叩《たた》かれようが、掛け布団を引きはがされようが、床を離れられないというのに。

片波見は小木曾《おぎそ》山の懐に拓《ひら》けた世帯百ばかりの集落で、平家の隠れ里と伝えられていた。その小さな村の扇の要の位置に、母の実家、原口家があった。要所に存在していることからもわかるように、原口の家はかつては庄屋をやっていた。その家屋敷は、集落全体を睥《へい》睨《げい》するように、高い石垣の上に横たわっていた。まったく横たわるといった塩梅《あんばい》で、総檜《ひのき》造りの母屋だけで建坪が二百あまり、ほかに離れがあり、土蔵があり、作業小屋があり、築山があり、墓所があり、祠《ほこら》がありと、私が通っていた当時においても、かつての栄光を色濃くとどめていた。

そんな田舎の旧家で、私は毎年旧盆前後の一週間を過ごした。私と母と弟だけでなく、その時期には、四人いる母のきょうだいたちもそれぞれの家族を連れて片波見に戻ってきた。多い時では総勢二十名にも及んだことがあったかと思う。それだけ集まっても寝所や布団に困ることはなかった。

学校が夏休みに入ると、片波見行きの日を指折り数えて待ったものだ。彼の地に行けば東京のねっとりとした暑さから解放される。日中でも空気がひんやりとしていて、朝晩は長袖《ながそで》が欲しくなるほどしのぎやすかった。それから、毎食毎食、食べきれないほどの料理が食卓を飾った。山の中の小村で、流通も発達していない時代のことなので、新鮮な海の魚やきらびやかな洋菓子こそなかったが、たった今捌《さば》いたばかりの鶏や地の野菜を使った料理はどれも素朴で力強い味がして、ひと嚙《か》みひと嚥《の》みごとに元気が出てくるようであった。さらに、少々卑しい話だが、祖父母や伯父《おじ》伯母からもらえる小遣いも私を大いに喜ばせた。

しかし何といっても一番の楽しみは、いとこたちとの交流だった。十人からのいとこは、上は社会人、下は幼稚園児と、幅広い年齢層にわたっていたが、全員が一つになって思い

出を作ったものである。河原で花火をあげ、庭にテントを張って飯盒炊爨《はんごうすいさん》し、祠や墓所で
肝試しをし、大座敷でゲーム盤を囲んだ。私は年長者からクワガタムシの採り方を教わり、
歳下の者に喧嘩《けんか》ゴマのコツを伝授し、血がつながっているというのはこういうことなのか
と幼心にも思った。
片波見で過ごした夏の日々。本当に良い思い出ばかりだ。
あの出来事さえなければ、私は今なお夏が来るたびに片波見を訪ねていただろう。
何かをやってしまうきっかけというのは、ほんの些細《ささい》なことだと思う。
小学五年生の時だった。この年の夏も私は、母に連れられて片波見にやってきていた。
その滞在中のある日のこと。
いとこの何人かと連れだって村の駄菓子屋に行った。この駄菓子屋行きも片波見での楽
しみの一つだった。普段私は駄菓子の買い食いを厳しく禁じられていた。体に悪いからと
いうのが母の主張だった。なのに片波見でいとこに誘われて駄菓子屋に行こうとすると、
なぜか母は止めようとせず、むしろにこにこ顔で送り出してくれるのだ。
その日も母の笑顔に見送られて駄菓子屋に行った。カレーあられを食べ、ラムネを飲み、
怪獣のブロマイドを引いた。駄菓子屋のおばあさんは、一年に一度しか行かない私たちの
顔や名前を憶《おぼ》えていてくれて、みんな大きくなったねぇと目を細め、水飴《みずあめ》やヨーグルト菓

子をおまけしてくれた。

その帰り道、粉末ジュースをストローで吸いながら歩いていた私は、道端の石ころにつまずき、前のめりに倒れてしまった。怪我はたいしたことなかった。膝《ひざ》を少々すりむいた程度だ。だが、転んだ拍子に竹トンボの軸が折れてしまった。駄菓子屋のおばあさんにもらった竹トンボである。

私はひどく気落ちした。その竹トンボは、形がしゃれているわけでも、派手に彩色されているわけでもない。倉庫の奥から引っ張り出してきた売れ残りの代物だ。東京に持って帰っても押し入れの肥やしにしかならないのは目に見えていた。けれど私は非常に落胆した。一種の嫉妬《しっと》だ。ほかのいとこの竹トンボは無事なのに、自分のだけが壊れてしまった。どうして自分だけがこんな目にと、誰かを恨みたくもなった。

本当に些細なことだった。たったそれだけのことで私は普通でなくなってしまった。屋敷に帰り着いてもなんとなくイライラしていてトランプ遊びに集中できない。集中できないから負けが続き、ますますイライラする。そのイライラが高じた結果、戒めを破ることになった。

原口家の母屋の東のはずれに桜模様の襖《ふすま》を持つ部屋があった。薄鼠の地に銀箔《ぎんぱく》の桜の花びらを散らした、上品な贅沢《ぜいたく》さが感じられる襖だ。その部屋の襖は一枚きりの片開きだったので、襖の向こうはたいして広くないのであろうと察せられたが、実際に中を覗いたことはなかった。この部屋には入ってはならないと、母からも祖父母からも注意されていたからだ。

どうして入ってはならないのかと尋ね返すことはなかった。物心がついた時にはすでに、あの部屋に入ってはいけないという意識が私の中で確固としてできあがっていた。長年箸《はし》で食事をしている人間が、どうして手掴《てづか》みで食べてはならないのかとあらためて尋ねないのと一緒である。したがってその部屋についても、大事な物がしまってあるのだろう程度に思うだけで、そのまま素直に従っていた。それはほかのいとこも同じだったようで、屋敷の中でよくかくれんぼをしたものだが、その部屋には隠れないことが不文律となっていた。

その開かずの間に入ってやろうと思った。ババ抜きに負け、イライラしながら便所に立った折、そんな考えがにわかに湧き起こった。

見つかったら怒られるだろうとは思い、一瞬ためらった。しかし、叱られてもかまうものか、悪い子で上等だと、開き直った気持ちでそちらに向かった。さあ叱りにきてみろよとばかりに、わざと足音をたてて廊下を闊歩《かっぽ》していた気もする。あの時はそれほどむしゃくしゃしていた。

母屋のはずれに達すると、桜の襖に手を伸ばし、引き手に指をかけたところで息を止めた。躊躇《ちゅうちょ》したのではない。期待に胸が高鳴ったのだ。庭で遊んでいる際、何気なくこの部屋の方に目をやったことはあるけれど、いつも障子が閉まっていて、室内の様子はまったく窺《うかが》えなかった。いったい中には何がある？

このころ私は探偵小説に親しんでいた。探偵小説の中では、開かずの扉の向こうは座敷牢《ろう》になっているのが常である。もしこの襖の向こうも座敷牢になっていたらすごいだろうなと、そう考えると妙にドキドキして体が熱を帯びてくるのだった。

一拍置いたのち、指先に力を入れた。襖なので、鍵《かぎ》がかかっているということもなく、するすると音もなく開いた。

中は、かねてからの想像どおり狭かった。畳を数えると六畳しかなかった。

窓際に紫檀《したん》の文机《ふづくえ》があり、上には鎌倉彫の文箱《ふばこ》が、横には同じく鎌倉彫の手文庫が置かれている。机の横の壁には小ぶりの和箪笥《わだんす》と鏡台が並べられている。床の間には梅と鶯《うぐいす》の軸が掛けてあり、違い棚には青磁の一輪挿しが置かれている。

拍子抜けした。座敷牢ではなかったからだ。子供の手から遠ざけたほうがいいような古美術品が所狭しと並べられているわけでもない。あまりに質素な、何の変哲もない部屋だった。

不思議に思った。見られてはならない人や物が隠されているわけではない。子供が粗相して壊しそうなのは一輪挿しくらいだ。なのにどうして出入りを禁じているのだろう。もっと大きな壺《つぼ》が飾ってある部屋への出入りは自由なのに。

もう一つ不思議に思った。見た目はどうということがないのに空気の感じが妙だった。静謐《せいひつ》で、呼吸をするのさえはばかられるようなのだ。

いったいここは何の部屋なのだろう。客間にしては狭い。茶室か？　それにしては茶道具が見あたらないし、茶室は別にある。

何の部屋なのかはわからないが、人の気配がある。一輪挿しに花が生けてあるからだ。みずみずしい白百合《しらゆり》の花だ。それに机の前に座布団が敷かれている。いったい誰が使っているのだろう。

原口家の面々を頭に思い描く。屋敷には、祖父母のほかに、長男（つまり私の母の一番上の兄）の家族が住んでいる。しかし長男一家の部屋は母屋の西の方にまとまっている。祖父母にしてもそれぞれ立派な部屋を持っている。あと、雑事を取り仕切る金屋《かなや》さんという初老の夫婦者が住み込んでいるが、彼らには別棟が与えられている。鏡台があるので女性が使っているように見えるのだが。

そんなことを思いながら室内を眺め渡していると、文机の陰に何かが横たわっているのに気づいた。白っぽく、四角いものだ。私は廊下に目をやり、誰もいないことを確認してから室内に足を踏み入れた。

文机の横にあったのは桐の箱だった。子供の私が抱えられないほど大きなもので、紫色の組み紐《ひも》が十文字にかけられていた。私は箱の前に両膝を突くと、当然のように組み紐に手をかけた。紐の結びは緩く、造作なくほどくことができた。箱は大きさの割には存外軽かったので、持ちあげながら紐をすっかりはずしてしまうのもたやすかった。

私はいよいよ蓋《ふた》を開け、そして奇妙な叫び声をあげた。

「いいっ？」

箱の中に人がいたのだ。仰向《あおむ》けになり、こちらをじっと睨《にら》みつけている。

いやいや、そうではない。面だ。大きな箱の真ん中に、人面がぽつんとあった。能面とは違う。熱帯地方の民族舞踊に使われる面とも違う。もっと写実的で、本当の人間かと見まがうほどのものだった。

額や頬が肌の色をしている。たんに肌色に塗られているということではなく、肌の凹凸や部分部分によって色の調子を微妙に変化させている。そう、生身の女性が巧妙な化粧を施している感じなのだ。黒子《ほくろ》も、ただ黒丸を描いているのではなく、ぷっくりと突起させている。

頭部に髪の毛が存在している。面の上部が黒く彩色されているのではなく、黒く細く長い、まさに人毛のようなものがふさふさしているのだ。

そして目。これも筆で描いたものではない。眼球は立体的であり、表面は透明でキラキラ輝いている。黒く長い睫《まつげ》が瞼《まぶた》の上下にぱっちり広がっている。

まったく、切り落としてきた首を縦半分に割ったのではと思われるほど精巧な人面だった。いや実際、私はその考えを捨てきれず、おそるおそる面に指を触れてみた。すると髪の毛は、ごく細く、柔らかく、まさに人毛のようで驚かされたが、頰の部分は石のように硬質で、いかにも作り物めいていた。とはいえ、見た目には本物の人間そのままである。

面のモデルは女性だった。髪の毛が顎《あご》よりもずっと先まであり、唇には紅をさしている。瓜実顔《うりざねがお》に富士額、鼻は小ぶりで目はぱっちりしている。歳は、大人になったかならないか、娘さんと呼ばれる頃合いだ。若くて美人の女性である。

しかし私は美しいと思うよりもまず気味悪さを感じた。それはあまりに本物の人間に近かったからだ。まるで棺桶《かんおけ》に入れられた死者の顔のようであった。そして気味悪く思った理由はもう一つ。彼女の表情だ。

あえぐように唇を半分開き、その端をゆがめ、鼻孔を膨らませ、眉間《みけん》に皺《しわ》を寄せている。二つの瞳《ひとみ》からは今にも涙がこぼれてきそうだ。ほほえんでいるようにはとても見えない。見る側にも苦痛を与えるような苦悶《くもん》の形相をしているのである。

私は見ているのがつらくなり、箱の蓋を閉めた。

その時、箱の底に布が敷き詰められていることに気づいた。面の印象があまりに強くて見逃していたが、そうでなければすぐに気づいてしかるべき、きらびやかで美しい色調の布だ。

何だろうか。私はもう一度蓋を開け、面に注意しながら布に手を伸ばした。

しかしその正体を確認することはかなわなかった。

背後で声がした。

「登志雄ちゃん、あなた……」

祖母が目を見開いて立っていた。

私は適度に叱られた。祖父の部屋に連れていかれ、母も呼ばれた。ただし、どやしつけられたり叩《たた》かれたりすることはなかった。厳格な調子で、懇々と説教を受けた。もとより怒られることは覚悟していた。罪の意識は充分あったので、見つかり、叱りを受けて、むしろほっとした気分でもあった。

だが、どうにもすっきりしない。相手は、言いつけを守れなかったことを非難するだけで、あの部屋に入ってはならない理由を説明してくれないのだ。私はそれを質《ただ》したくてたまらなかったが、しかし、戒めを破っておいて、そのうえ野次馬のようにあつかましく尋ねるのもはばかられ、ごめんなさい、二度と入りませんと、ただ頭《こうべ》を垂《た》れるしかなかった。

叱られたのはその場かぎりで、後刻別の場で話を蒸し返されることはまったくなかった。しかし、何事もなかったかのように笑顔で接せられると、かえってこちらの方が意識してしまい、結局その滞在中は祖父母とまともに目を合わせることができなかった。開かずの間や面についての説明を求めることも、ついにできなかった。

すべてが明らかにされたのは帰京してからである。

夏休みが明けたある日、学校から帰ってきて遊びに出ていこうとすると母に呼び止められた。声がした客間に入ってみると、母は床の間を背に正坐《せいざ》していた。私は何かを予感し、自然と姿勢を正して彼女に向き合った。

「お母さんは五人きょうだいよね。一番上が清一郎兄さん、二番目が邦子姉さん、三番目がお母さん、そして晴子《はるこ》に富雄《とみお》」

母はそう切り出した。

「でもね、本当は六人きょうだいだったの。富雄の下にもう一人いた。幸子という女の子。清一郎兄さんから富雄まではずっと年子なんだけど、幸子だけは歳がちょっと離れていて、だからおじいちゃんおばあちゃんは特別にかわいがっていたし、お母さんたち上の五人も、妹というより自分の子供のような感じで接していた。上の五人はおやつの取り合いをするのに、みんな幸子にだけは進んで分け与えてね。そうやってかわいがっていたのは歳のせいだけではなくて、幸子が病弱だったこともあると思う。学校にもあまり行けず、一日中うちの中にいることが多かった。せいぜい庭を散歩するくらいでね。私たちはそれをとても不憫《ふびん》に思っていた」

「あの部屋が？」

私はハッとして尋ねた。

「そう。あそこが幸子の部屋。彼女はあそこで寝たり起きたりを繰り返していた」

「それで死んじゃったんだ。どこが悪かったの？」

当時の私はまだ人の死の重みをわかっておらず、そんな物言いをした。すると母は目を閉じ、ゆるくかぶりを振って、

「幸子は寝たきりというわけではなくて、簡単な家事も手伝っていたの。だから彼女が一人で留守番することもあった。あれが起きたのもそんな時」

「あれ？」

「原口の家に泥棒が入ったの」

「泥棒？」

「おじいちゃんの部屋が引っかき回されて、お金や通帳や大事な書類が盗まれたの。蔵の扉もこじ開けられていて、中の骨董品《こっとう》がずいぶんなくなっていた。そして……、そして、幸子も殺された」

幸子は祖父の部屋に近い廊下にうつぶせで倒れていた。不審な物音を耳にし、正体を確かめようと母屋の中を見回っている最中、犯人と鉢合わせし、襲われたらしい。彼女は後頭部を煙草盆で殴られていた。

異状を発見したのは富雄叔父《おじ》である。当時彼はまだ結婚前で、片波見の屋敷に住んでいた。所用で町まで出て、帰ってくると惨状が待っていたという。ただちに駐在に連絡し、

医者も呼んだが、辺鄙《へんぴ》な山の中のこと、幸子が町の大きな病院に運び込まれた時には手の施しようがなかった。

　多額の金品が持ち去られていることから、物盗《と》り目的の犯行として捜査が進められた。当時、隣村の別荘地で空き巣狙いが横行していたため、そちらとの関連も検討された。しかし決め手となるような物証がなく、有力な証言も得られず、容疑者すら浮かびあがらないまま時間だけが過ぎていき、捜査態勢も縮小され、事件としてはほとんど風化してしまった。

　母をはじめとして、身内の誰もがそのことを口にしなかったのは、幸子の死が病気や事故によるものではなく、殺人だったからなのだろう。申し合わせてそうしていたのではなく、つらい思いをしたくない、させたくないと、暗黙の了解として口にしないようにしていた。幸子が死んだのは私が生まれた翌々年だったそうで、すると私より歳上のいとこ、たとえば清一郎伯父《おじ》の息子などはすでに物心がついていたわけだが、屋敷の中の空気を感じてか、あるいは親にきつく釘《くぎ》を刺されていたのか、事件や開かずの間については、私たち歳下のいとこに対して、知らないふうを装っていた。

「警察にはがんばってほしい。犯人がわからないまま時効になってしまったのでは幸子が浮かばれない。犯人が捕まったからといって幸子が帰ってくるわけではないけれど、せめてね」

母は人さし指の先で目頭を軽くこすった。小さく洟《はな》をすすってから続ける。

「それはさておき、おじいちゃんは幸子のことが無念でならなかった。思い出の中にだけ生きていて、その面影が日一日と色褪《いろあ》せていくなんて我慢ならないと思った。だから、幸子の匂いが少しでも多く感じられるよう、あの子が生前使っていた部屋をそのまま残すことにした。生前の幸子にそうしてやっていたように、毎日掃除をし、空気を入れ換え、花を替えた。ううん、それだけじゃない。幸子の面影を永遠に残そうと、幸子の顔のお面を作った」

「箱に入っていた、あの？」

「そう。実はお母さんも、おじいちゃんがあんなものを作っていたとは知らなかった。知ったのはついこの間。登志雄があの部屋に勝手に入って、おばあちゃんに見つかって叱られたでしょう。あの時よ。お母さんもあの時はじめて知らされたの。おじいちゃんとおばあちゃんだけの秘密だったんだって。箱の中に一緒に入っていたのは幸子が好きだった着物」

「じゃあ、幸子さんっていう人は、ああいう顔をしていたの？」

「そうよ。だって、そのまま型を取ったのですもの。デスマスク」

「デスマスク？」

「亡くなった人の顔に粘土なんかをあてて型を取って、その型に石膏《せっこう》なんかを流し込んでお面を作るの。昔は写真がなかったから、人の顔をそうやってあとあとまで残そうと考えたのでしょうね。偉い人が亡くなったらよくするんだけど、まさか幸子のデスマスクを作っていただなんて、びっくりしたわ」

なるほど、面の表情が苦痛にゆがんでいたのは、殺された時の顔をかたどったからなのだ。

これはのちに知ったことなのだが、デスマスクというものは通常、死体の顔から取った型に石膏やブロンズを流し込むだけなのである。したがって仕上がったものは、ただの石膏像やブロンズ像と一緒で、白一色でありブロンズ一色であるのだ。ところが祖父が作らせた末娘のデスマスクはそうではなかった。

石膏の上から彩色させ、肌や唇を再現していた。人毛を調達して頭部に植えつけた。つけ睫《まつげ》も貼りつけた。さらに驚嘆すべきが目だ。通常、デスマスクの瞼《まぶた》は閉じている。死者の顔から型を取るのだから当然だ。しかし祖父はそれでは満足できなかった。目が開いていないのでは生きているようには見えないと、東京の専門店に義眼を作らせ、そもそも閉じていた瞼の部分に埋め込んだのである。

末娘に対する深い愛情がそうさせたのか。たぶん愛情には違いない。けれどその種の愛情を私は理解することができなかった。

祖父は時々、独りあの部屋にこもっては、箱を開け、デスマスクに向かっていたのだろう。マスクを手に取り、話しかけていたのかもしれない。頬をすり寄せていたのかもしれない。それを想像すると背筋に寒いものが走った。

「ここだけの話よ。誰にも言ってはだめよ」

母に言われるまでもなく、私は誰にも話すつもりはなかった。祖父の奇態を明かせば、彼の血を受け継いでいる私自身が好奇の目で見られることになる。

開かずの間を覗《のぞ》いてしまったのは、まだ仕方がない。あれはほんの出来心だった。私が愚かだったのは過ちを重ねてしまったことにある。

中学二年生の時だった。

私は反抗期にあった。親が白と言えば私は黒と言った。教師が右だと言えば私は左に進んだ。大人や社会がだめだと言っていることを行なうのが恰好《かっこう》良いと錯覚していた。

夏休み、例によって片波見を訪ねた。年長のいとこから苦手な数学を教わり、歳下のいとこにメンコの必勝法を教え、そして数日が過ぎ、子供たちの間で肝試しを行なうことになった。一人ずつ庭はずれの祠《ほこら》まで蠟燭《ろうそく》一本で歩いていき、昼間のうちに置いておいたビー玉を一つ取って帰ってくる。その途上の物陰や木の上に脅かし役が待機するわけだ。

前年私は、桜の枝に陣取り、夜光塗料のついた布を人魂《ひとだま》に見立ててひらひらさせた。その前の年は離れの床下に隠れて法螺貝《ほらがい》を吹いた。さて今年はどう驚かしてやろうかと考え、そしてふとデスマスクのことを思い出した。あれをかぶって出ていったらどうだろう。あの苦痛に満ちた恨めしげな形相は幽霊を思わせるではないか。

いったんそんな考えを思いつくと、どうしても実行したくなった。そして反抗的な気持ちが火に油を注いだ。だいたい、あんな面を作ること自体おかしいのだ。気持ちが悪い。ゆがんでいる。狂っている。面はただの物体であり、魂など宿るわけがない。非科学的な妄想にとらわれた大人たちにそれをわからせてやる。自分が啓蒙《けいもう》しなくてどうするという義務感さえおぼえた。

私は高慢だった。罰当たりだった。しかしその時の私は、この世に罰などあるもんか、罰を当てるのなら当ててみろ、という反抗心に支配されていた。

夕食後、肝試しが始まった。大人たちは大広間で宴会を行なっていた。私は開かずの間に入り、桐の箱を開けた。桜に牛車《ぎっしゃ》の振り袖《そで》とデスマスクを小脇に抱えて外に出ると、四阿《あずまや》の陰で振り袖を羽織って待機した。

蠟燭の明かりが近づいてくる。面を当てる。顎《あご》の下から懐中電灯の光を当てる。「うらめしやー」と躍り出る。私の狙いはまんまと当たり、大学生のいとこも悲鳴をあげた。私は愉快でたまらなかった。

脅かしを何度か成功させ、次のいとこの到着を待っていると、また足音が近づいてきた。右手に面を、左手に懐中電灯を持ち、私は息を殺して身構えた。

ああ、私はもっと注意深くあるべきだった。その足音は母屋の方から近づいてきたのだ。いとこは祠の方からやってくるはずなのに。足音の方向が逆だと気づくべきだった。そうすれば不用意に飛び出すことはなかった。

しかし私は有頂天になっていた。さあもう一丁脅かして愉快な気分を味わおうと、面を顔に持っていき、顎の下に懐中電灯を当て、足音がすぐそこまでやってきたのを感じると、懐中電灯のスイッチを入れて、「うらめしやー」の声とともに足音の方に躍り出た。

「ほわっ」とも「ごぶっ」ともつかぬひしゃげた声が夜のしじまを引き裂いた。

私はいたく満足し、だめ押しとばかりに、面を顔にしっかりと押しつけ、もう一度「うらめしやー」とやった。

次の瞬間だった。

「おわっ」という声がした。相手が驚きの声をあげたのではない。私の喉《のど》の奥から奇妙な声がほとばしった。

脳天に激痛が走った。遠のく意識の中、罰が当たったのだと思い、あとはいっさい憶《おぼ》えていない。

私は四阿の中に倒れていた。頭部は変形するほど何度も殴打されていた。デスマスクは手から離れ、微塵《みじん》に砕け散っていた。

倒れている私を発見したのは正子といういとこだったが、彼女は私が誰かに襲われているところは目撃していなかったらしい。ほかのいとこの中にも襲撃場面を目撃している者はいなかった。

兇器《きょうき》は四阿の横の池の中から発見された。大人の片手に余るほどの、ちょうど砲丸投げの砲丸ほどの大きさの石で、私の血と毛髪がこびりついていた。石の表面は粗く、ごつごつしていたため、指紋は検出されなかった。

しかし犯人の手がかりはあった。警察は私の左手中指の爪の間から異物を発見した。人間の皮膚の組織だ。鑑定の結果、それは私のものではないと判明した。まったく記憶にないのだが、襲撃された際なにがしかの抵抗を試み、爪で犯人の肌をひっかいたらしかった。皮膚の組織はさらに詳しく鑑定され、警察はやがて人物を特定するにいたった。

富雄叔父《おじ》である。

富雄は最初頑として否認していたが、科学捜査の絶対的な力を繰り返し説かれた結果、ついに犯行を認めるにいたった。

酔い覚ましに庭を散歩していたところ、暗がりから不審な人物が飛び出してきて、生命の危機を感じたため、とっさに足下の石を拾いあげ、賊に向かって撲《う》ちおろした。相手が甥《おい》だとわかったあとも名乗り出なかったのは、早とちりにせよ何らかの刑罰に処されるのではと恐れたからだ——。

だが、これは表向きの理由にすぎなかった。富雄の話に一貫性がなかったため、警察が追及したところ、彼は実に驚くべき供述をはじめたのである。

「幸子を殺したのは私です」

遊ぶ金が欲しかったのだと富雄は説明した。家は裕福だったが小遣いはいくばくかしか与えられず、その不満がつのったすえに自分の家に盗みに入ることを計画した。折しも隣村で空き巣狙いが横行していたので、それと同一犯によるものと見せかけようと考えた。ところがその狂言を幸子に目撃されてしまった。富雄は逆上し、煙草盆で幸子を殴り殺した。

悪運強く、富雄の兇行は発覚しなかった。一年、五年、十年と時が過ぎ、富雄の心の中から罪の意識も薄れていった。そんなある日。

殺したはずの幸子が突然目の前に現われた。

幸子の着物を羽織り、デスマスクをつけた私である。しかし酔いも手伝って富雄は、幸子が生き返り、恨みを晴らしにやってきたのだと思った。恐怖心から石を手に取り、眼前の幽霊に向かって無我夢中で撲ちおろした。

考えようによっては私の手柄である。私が幸子に扮《ふん》したことで、富雄の罪が暴露されることになったのだ。しかし私は少しも嬉《うれ》しくない。誇らしい気持ちもない。幸子のデスマスクには彼女の魂が面がただの物体であると、今の私は決して思わない。

宿っていたのだ。そうと知らず、死者をおもちゃのように扱ったため、私に天罰が下ったのだ。

私は今、片波見にいる。あの夏の日から、ずっと。

私は幸子の横に眠っている。

富雄叔父に襲われ、私は死んだ。病院に運び込まれた時にはまったくの手遅れだった。すべては幸子の導きによるものだったのか。無念を晴らしたく思った彼女の魂が、私にデスマスクを発見させ、それで富雄を脅かすよう仕向け、最終的に彼の罪が発覚するよう導いた。

そうかもしれないし、そうでないかもしれない。今となってはどうでもいいことだ。

私は今、原口の墓所に埋葬されている。幸子の横に眠っている。

防　疫

1

水内真智子の朝は五時半にはじまる。

夫を起こさぬよう目覚まし時計を素早く止め、暗がりの中で着替えをすませると、隣室に入ってカーテンを開ける。

六歳の娘は心得たもので、たいていその気配で目をこすりはじめる。まれに目覚めないこともあるけれど、真智子がこう声をかけると、ぱっと目を開けて動き出す。

「由佳里ちゃん、十数えるうちに起きないと、ごはんもおやつも抜きですよ。十、九、八、七——」

形式的な脅しではない。実際に罰を与えることで、真智子は娘をしつけてきた。

由佳里が着替える様子を横目で観察しながら、真智子は顔と髪を整える。ボタンをかけ違えていたり、脱いだパジャマの畳み方が雑だったりしたら注意はするが、こちらから手を出して直してやることはない。手助けをしたら子どもの自立心が損なわれると、教室の先生からきつく言われている。三歳の時から娘を独りで寝かせているのも自立心を養うためである。

用意がととのうと、真智子は由佳里を連れて外に出る。

朝という時は人に命を吹き込む。やわらかな光は眠気の残滓《ざんし》を振り払い、濁りのない空気は脳を活性化する。朝をおろそかにするとその日一日が無駄になり、また朝をおろそかにする人間は生きていく価値がない。先生の言葉はまったくそのとおりだと真智子は思う。

公園への道すがら、真智子は由佳里に質問する。

「今日は何月何日？」

「十一月の……、にじゅう日」

「二十の日は、にじゅう日とは言わないでしょう」

「ええっと……」

「はつか、でしょう。どうして憶《おぼ》えられないの」

「ごめんなさい」

「今日は何曜日？」

「ええと……、水曜日」

「水曜はきのうでしょう。今日は木曜日」

「そうか」

「そうか、じゃないでしょう！」

「ごめんなさい」

散歩する犬に出くわすと、真智子はまた尋ねる。

「今の動物はなあに？」

「犬」

「英語では？」

「ドック」

「違うでしょう」

「違わないよ、ドックだよ。猫はキャット」

「ドックじゃなくてドッグ。さあ、言ってごらんなさい」

「ドッグ」

「あと十回」

「ドッグ、ドッグ、ドッグ、ドッグ、ドッグ、ドッグ、ドッグ、ドッグ、ドッグ、ドッグ、ドッグ」

「一回多かったわよ。たったの十も数えられないの？」

「ごめんなさい」

「しっかりなさい。試験が近いこと、わかってるでしょう？」

「ごめんなさい。もう間違いません」

そうして公園に着いたところで、二人は向かい合って軽く体操をする。全身を動かすことで血のめぐりが良くなり、同時に物事に対する意欲も湧くのだという。そもそも娘のためにはじめた日課ではあったが、それにつきあう真智子も健康になったような気がしている。

散歩から帰ったら勉強部屋に直行する。朝食はあとまわしだ。食事をとると、体内のエネルギーが消化活動に回され、脳の働きが鈍くなる。

漢字の読み、かなとアルファベットの書き取り、数と図形の概念、一般常識——机の上にドリルを積みあげ、時間を切ってこなしていく。

由佳里はもの憶えが悪く、真智子はいつもイライラさせられる。いつまで経ってもアルファベットの「E」とカタカナの「ヨ」の区別がつかず、七個のリンゴを六人で分けたらいくつ余るかがわからない。由佳里が間違うたびに真智子は声をあげそうになり、必死でそれをこらえる。叱るのは制限時間がきてからだ。いちいち中断させていては、試験を想定して時間を切って解かせている意味がない。

由佳里はひどくのろまで、時間内に最後の問題まで行きつかないこともしばしばだ。真智子はこれが一番腹立たしい。難しい問題に突きあたったら、それはあとに回して先に進めばいいではないか。先には、簡単に解ける問題がいくつもあるかもしれないのに。ところが真智子がいくらそう教えても、由佳里はひとつところに立ち止まる。適当にマスを埋めれば運良く当たるかもしれないのでそうさせようとしても、目の前の時計を見ようともせず、問題の文章を指でなぞりながら首をかしげ続ける。毎日毎日同じ時間の中で同じドリルをやらせているというのに、由佳里は要領が摑《つか》めないでいる。

そんな調子だから、ドリルの時間が終わると真智子は、それ以上の時間をかけて由佳里を叱りとばし、八時を過ぎてようやく朝食となる。

この時刻、夫の明宏はもういない。流しには汚れた食器が重ねられている。彼はずいぶん長い間、自分でパンを焼き自分でコーヒーを淹《い》れることに抵抗を示していたけれど、最近では何も言わず、黙って出かけていくようになった。

由佳里は食べるのものろく、パンと牛乳と卵だけだというのに、たっぷり二十分をかける。真智子は同じ食事を三分ですませ、あと片づけをし、全自動洗濯機のスイッチを入れ、化粧と着替えを行ない、ようやく食事を終えた娘の手を引いて家を出る。

幼稚園のバスが走り去るのを見届けると、真智子は近所のスーパーマーケットまで自転車を飛ばす。彼女はここで精肉のパック詰めを行なっている。時給六百円、一日三時間のパートなので、週五日働いても月に四万円ほどにしかならない。しかしこの四万円のおかげで、由佳里により多くのことを学ばせられるのだ。

仕事は十二時半に終わり、真智子は家に飛んで帰る。洗いあがっている洗濯物をベランダに干し、掃除機をかけ、昨晩の残り物をかきこみ、熱いお茶をすすっていると、もう幼稚園が終わるころとなる。

バスを出迎え、娘を自転車に乗せて家に戻り、彼女に着替えを命じると、真智子は化粧を直し、そして二人はまた家を出ていく。

月水金は学習教室。火曜はピアノの個人レッスン。木曜はお絵描き教室。半年前からは受験に備えて面接の手ほどきも受けさせているので、午後が完全にフリーになるのは日曜日しかない。

教室はあくまで方法論を学ぶ場所であり、家庭での努力を怠ったのでは実力がつかない。学習教室の先生はそう繰り返し、真智子はそれをもっともだと思う。だから教室から帰るとすぐに由佳里を机に向かわせ、今日習ったことを一からおさらいさせる。

由佳里は出来の悪い子だ。学習教室に行くたびに、真智子はそれを思い知らされ、赤面する。しかし、人は何事も努力で克服できるのです、と先生は言う。だから真智子はこめかみを引きつらせながら、声を嗄《か》らしながら、反復につぐ反復で由佳里を鍛えている。

一をわからせるためには十も百も言わなければならないので、時間はいくらあっても足りない。だが真智子はどんなに言い足りなくても、五時になったら由佳里を解放するよう心がけている。時には手綱を緩めてやらないと学習意欲が低下する。しかしテレビアニメは絶対に見せない。行儀の悪い言葉やしぐさを憶えてしまうからだ。アルファベットや漢字はなかなか憶えないというのに、どうして低俗なものにはすぐ染まってしまうのだろう。

この自由時間、由佳里はよくピアノを弾く。音ははずすしリズムはなっていないし、耳障りなことこのうえない。けれど真智子はそれについては口を挟まない。娘を音楽学校に進ませるつもりなどない。音楽は情操を豊かにするというからピアノを習わせているだけだ。それに指先を使えば頭の働きも良くなると聞く。

夕飯はだいたい七時ごろで、テーブルに着くのは真智子と由佳里の二人だけだ。夫は仕事にどっぷりとつかっていた。せめて週の半分くらいは三人で食卓を囲んで、夫も由佳里とふれあってほしいと真智子は思うのだが、昇進が遅れてもいいのかと言われると、返す言葉がない。

食後の三十分は読書の時間だ。図書館から借りてきた絵本を由佳里に音読させ、真智子は洗いものをしながら読みや発音の誤りを指摘する。最後まで読んでしまったら、その物語の内容を要約させ、感想を述べさせる。与えられた事実を正しく把握し、それに対して意見を持てないようでは、面接試験が思いやられる。

一日の締めくくりは風呂《ふろ》場での学習だ。洗い場に敷かれたビニールマットのプリントを真智子が指さし、由佳里がその動物の名前を英語で答える。少し前まではアルファベットをプリントしたマットを、それ以前は五十音表のマットを使っていた。

風呂からあがった由佳里はすぐに床につく。朝が早いので眠りに落ちるのも早い。真智子は、娘がどんなに眠たそうにしていても、明日の着替えを枕元に用意させる。

真智子も、髪を乾かし、肌の手入れをすませると、すみやかに床に入る。その時刻に夫の姿があることはまれだ。彼の帰宅は平均して十一時ごろらしい。それにつきあっていたら次の朝にさしさわるので、彼の食事は電子レンジにまかせることにしている。

午後十時、真智子の一日が終わる。

水内真智子はそんな毎日を三年間続けていた。

2

真智子は根っから教育熱心だったわけではない。むしろ無頓着《むとんちゃく》な部類の人間だった。近所の幼稚園に通い、公立の小学校にあがり、中学も公立で、高校は学力に応じたところを受け、意志があれば大学に進学するのもいい。それが子どもにとって普通のありようだと思っていたし、真智子自身そうやって育てられてきた。また、東北の小さな町で育ったせいか、いわゆる教育ママというものを見かけたこともなく、あれは新聞やテレビが、社会のごく一部を拡大して扱っているだけなのだろうと思ってもいた。

現実に教育ママという人種と出会ったのは妊娠してからである。同じ産院にかかっていた飯塚奈津子がその人だった。

歳が同じ、出産予定日も同じということで、二人は親しく話すようになり、ある日真智子は奈津子の家に呼ばれた。彼女の家の居間には絵本が山積みされていた。壁には大きな文字の五十音表が貼ってあった。ずいぶん気が早いのねと真智子は笑った。ところが奈津子は、少しも早くないと真顔で答えた。

「どうしてあなたは、いえ、あなたをふくめて多くの人は、おなかの子どもを人として認めないのかしら。私はその感覚のほうが不思議。心臓は動いているし、手足を伸ばして運動はするし、ごはんだって私を通じて三度三度とっている。ただ、外の世界に出てきていないだけで、立派な人間よ。なのにどうして育てようとしないの？　あなたは生まれ出てきた子を、ただミルクを飲ませて育てるつもり？　違うでしょう。子守歌を歌ってやったり、絵本を読んで聞かせたり、言葉を教えたり、そうやって育てていくつもりなのでしょう？　それをどうして今からやってあげないの？　かわいそうじゃない。子どもはもう成長をはじめてるのよ。それを放っておくなんて、親として無責任すぎる。子どもを正しく成長させてやるのが親のつとめでしょう。もっとわかりやすく言いましょうか。あなたは、自分の子が学校で落ちこぼれて、いじめられて、ろくな仕事にも就けなくて、それでもかまわないというの？　違うでしょう。ゆくゆくはいい学校に入っていい会社に勤めて誰からも尊敬されるような人物になってほしいと、そんな理想を頭に思い描いているはずだわ。だったら今からしっかり育てなくてはだめ」

飯塚奈津子はそれから、自分はいかにして胎児に教育を施しているのかを滔々《とうとう》と語った。おはようおやすみの挨拶《あいさつ》を欠かさない。絵本を読んで聞かせる。優雅なクラシック音楽を聴かせる。つとめて美しい花や愛らしい動物に接し、自然のすばらしさを伝える。明《めい》瞭《りょう》な発音で五十音表を読みあげる。ディズニーのキャラクターを使った英単語学習のカセットテープを聞かせる。

「あなたも明日、いえ、今日からはじめなさい。まだ色のついていない今のうちから染めはじめることで、十年先、二十年先に理想の色に染めあがるのよ」

奈津子は目をぎらつかせ、真智子の両手をきつく握りしめるのだ。

滑稽《こっけい》であり、恐ろしくもあった。

胎児に音楽を聴かせるとよいという話は聞いたことがある。どのようによいのか真智子にはわからないのだが、多くの人が言っているので、たぶんよいのだろうし、真智子もたまに好きでもないクラシックを流している。

しかし絵本を読んで聞かせるとはどういうことだ。音楽は感覚に訴えるものだから、その響きはおなかの子にも何らかの作用をもたらすかもしれない。だが物語は感覚で理解できるものではない。言葉の意味がわからなければただの雑音だ。

五十音表を読みあげる？　胎児の脳は「あ」と「い」を区別できるほどできあがっているのか。英単語も認識できるというのか。真智子はとても信じられなかったし、また仮にそういった教育の効果があったとして、すると奈津子の子は、おぎゃあと泣く代わりに「ハロー」と笑いながら生まれ出てくるのだろうか。それはそれで気味が悪い。

真智子の従兄弟《いとこ》の中に、宗教に入れあげたあげく行方をくらました者がいる。奈津子の表情や口調はまさに彼と同じで、自分はあのような母親にはなりたくないと真智子は思った。

やがて真智子は女の子を出産した。

知育教材のダイレクトメールが届くようになったのは、娘が離乳する前後だっただろうか。図形を認識させるための積み木、動植物や乗り物のカードセット、「ママとわたしのあいうえお」という二十本組のカセットテープ——どこでどう調べたのか、水内由佳里宛に届くのだ。なるほど、飯塚奈津子ほどではないにしろ、今の世の中はこうなっているのかと真智子は驚き、自分もやらなければならないのかしらと不安にもなった。

けれど由佳里はまだおむつも取れず、独りで食事もできない。真智子はその世話に手一杯で、さらに教育する元気はとても湧かなかった。それにいずれの教材も、十万、二十万もするのだ。出産であれこれ出費がかさんだ今、それを買えるかどうかは家計簿と相談しなくても明白だった。真智子にできる教育といったら、子守歌を歌ってやるとか、娘が興味を示した物の名前を教えてやるとか、せいぜいその程度だった。

そんな真智子に転機が訪れたのは、由佳里が三歳になったばかりのころだ。

昼寝をする由佳里の横で縫い物をしていると、玄関のチャイムが鳴った。訪ねてきたのはスーツを着た若い男性だった。

「来年はいよいよ、お嬢さまが社会に出ていく時ですね。準備のほうはいかがされていますか？」

男はそう切り出した。真智子はきょとんとして、うちの子はまだ幼稚園にも行っていませんよと答えた。すると男はああと困ったように溜《た》め息をついて、

「おかあさま、幼稚園にあがることが社会生活のスタートなのですよ。いけませんねえ、そのご様子だと、お嬢さまに何もしてさしあげていない。お伺いしますが、お嬢さまは自分の名前を書くことができますか？」

「いいえ、字はまだ」

名前をきちんと口にすることもできない。

「あいうえおを最後まで暗唱できますか？」

「いいえ」

「他人に年齢を尋ねられた場合、おかあさまがうながさなくても、三歳だと答えられますか？」

「どうかしら……」

「一から十までの数の区別がつきますか？」

「………」

「ああ、これは大変だ。こんなに遅れているお宅も珍しい」

男はまた溜め息をつくと、上がり框《がまち》に腰を降ろし、アタッシェケースから分厚いバインダーを取り出して、幼稚園にあがるまでに最低これこれこれだけのことはマスターしておかなければならないと、細かな数字やグラフを示しながら説明した。口調こそ丁寧だったが、昔よく見かけた押し売りと同じで、こちらに喋《しゃべ》る機会を与えない。三十分も圧倒されてから、真智子はようやく口を挟むことができた。

「そういったことは幼稚園で習えばいいのではないですか？　いや、文字や数は小学校で習うのではないかしら」

すると男はにっこり微笑んで、

「はい。おっしゃるとおり、あいうえおや123は小学校で教えてくれます。恥ずかしい話、私は幼稚園にも保育園にも行かせてもらえなかったので、小学校にあがるまで自分の名前を書けませんでした」

しかし次に表情を引き締め、真智子の目をじっと見つめて、

「昔はそれでよかったのです。小学校にあがってはじめて文字や数字を知ったのは私だけではありませんでした。だから私は取り残されずにすみました。ところが今は違う。どこのお宅のお子さんも、小学校どころか幼稚園にあがる前に読み書き計算ができるのです。そして幼稚園は、そのあがった子どものレベルが全体的にあがっているのです。その結果お宅のお嬢さまは、幼稚園の段階で、もう落ちこぼれで基づいて教育をします。その結果お宅のお嬢さまは、幼稚園の段階で、もう落ちこぼれで

す。幼稚園はお嬢さま一人のために教育のレベルを下げてくれません。低いレベルで教育してくれる幼稚園は、ええ、探せば見つかるでしょう。ところがそこに通わせても問題は解決されません。小学校にあがった時のことを考えてごらんなさい。ほかの幼稚園から来た子はみな優秀なのですよ。つまりクラスの平均レベルはお宅のお嬢さまより高く、結局お嬢さまは落ちこぼれることになります。今のうちに手を打っておかないと、中学校、高校とあがっても、この呪縛《じゅばく》から逃れられないのですよ。いま手を打っておかないと取り返しがつきません」

不安をあおって物を売りつけようという魂胆なのねと真智子は感じていた。

「子どもの頭はやわらかいと言われていますが、けれど本当にやわらかいのは三歳までなのです。三歳を過ぎるとやわらかさが失われてきて、小学校にあがるころにはもう、脳はほとんど完成されています。すなわち小学校にあがってから勉強をはじめても手遅れなのです。頭がやわらかかった時期に知識をぐんぐん吸収していった子どもにはとうていかなわないのです。ですがおかあさま、今日こうしてお話しできたことはさいわいでした。お嬢さまは三歳になったばかりでしたよね？　今ならまだぎりぎり間に合います」

真智子はしかし、巧妙なセールストークだと思いながらも、その一方では友人たちの顔を思い浮かべ、彼女たちも自分の子を早くから教育しているのだろうかと考えた。

「最初に申しましたように、私どもは、お子さまの教育をトータルでコーディネートしています。同業者のほとんどが、教材を売りつけたら売りつけっぱなしという無責任きわまりないやり方をしていますが、私どもは違います。教室を開いて、一人一人のレベルに応じて懇切丁寧に指導しております。この近くにも教室がありますので、ぜひ一度、教室見学にいらしてください。決めるのはそれからでいいじゃないですか。見学して、教室にいらしているおかあさまがたにもお話を聞いて、それでもお嬢さまには必要ないと思われたら、どうぞ『ノー』とおっしゃってください。私どもも無理強いはいたしません」

男はそう微笑み、バインダーからパンフレットを抜き出した。そして真智子に教室への道順を説明したのち、こうつけ加えた。

「おかあさまには、子どもは勉強なんてできなくても――、という思いがあるのでしょう？　まったくそのとおりです。子どもは元気に育ってくれればそれで充分なのです、本来は。ですが残念なことに、今の社会はそれを許してくれません。勉強ができない子はどんどん振り落とされ、いい仕事にも就けないし、いいお婿さんにもめぐり合えないのです。いや、就職先や結婚相手は個人の価値観によっても変わってきますので、この際横に置いておきましょう。一番の問題は、落ちこぼれるといじめに遭う、ということなのです。『個性の時代』とよく言われますが、おかあさま、それは現代を美化した表現にすぎません。今の時代、尊重されるのは個性ではなく、無個性であることなのです。みんなと同じでないと仲間として認められないのです。いじめられるのです。おかあさまはそれでも、あなたご自身の哲学に基づいて育てようと思われますか？　それはエゴというものです。いじめられて苦しむのはお嬢さまなのですよ。子どもに苦しみを与える親がどこにいます。お嬢さまに一生怨《うら》まれますよ」

そう言葉を切られ、見つめられ、真智子は激しく動揺した。

3

夫の明宏がはじめて不快を表わしたのは、クレジット会社の請求書を見た時だった。

「七十万⁉」

「最初は何かとかかるのよ。入会金とか」

「しかしおまえ、七十万はないだろう。だいいちそんな大金、うちにはないぞ」

「だいじょうぶ。ボーナス二回分割払いにしてあるから」

「ボーナス払いっておまえ、ボーナスでは車を買い換える予定だろうが」

「買い換えなくてもいいわよ、まだしっかり動くんだし」

「おまえそれじゃ、俺は何のためにこの半年がんばってきたんだよ」

「由佳里のためよ」

「しかし、三歳の子の教育に七十万というのは、どう考えても非常識だぞ。そのほかにも言わないで」

毎月毎月月謝がかかるんだろう？」

「月謝はお給料をやりくりすれば出せるわ」

「そうは言ってもなあ……」

「これはあなたに相談して決めたことなのよ。そしてあなたは賛成した。今さらぐちぐち言わないで」

「そりゃ賛成したけど、まさかこんなにかかるとは……」

「いいかげんにして。あなたはわが子よりも車が大切なの？」

セールスマンが置いていったパンフレットを見た真智子も、七十万という数字に目を剝《む》いた。しかし冷やかし半分で駅前の教室を覗《のぞ》いたその翌日、契約書に印鑑をついた。

不思議な教室だった。

ビートの利いた音楽が鳴っていた。若い女の先生が、リズムに合わせてカードをめくっていた。めくるスピードがあまりに速いもので、真智子は最初、そこに何が書いてあるのかわからなかった。ところが子どもたちは、歌うような調子で、「トリ」、「ハナ」、「ウミ」、「クモ」と声を揃える。カードには、「鳥」、「花」、「海」、「雲」と書かれていた。わずか三、四歳の子どもが漢字を判読していたのである。

あっけにとられていると、つき添いの母親の一人が近づいてきて、自分も最初は驚いたし自分の子どもはとてもまねできないと思ったわと囁《ささや》いた。しかし実際にやらせてみると、すぐにできるようになったのだという。人は誰でもそれほどの能力を秘めて生まれてくるのだという。

子どもたちは次にままごと遊びをはじめた。積み木やおはじきを商品に見立てての買物ごっこだ。数や図形や色の概念が身につくのだと先の母親は言った。

「教育」だの「教室」だのいうから、さぞピリピリした環境なのだろうと真智子は恐れていたのだが、現実は想像と百八十度異なっていた。子どもたちはみな嬉々《きき》としていて、進んで「勉強」に取り組んでいた。

そう、これは役に立つ遊びなのだと真智子は思った。七十万円はたしかに高額だ。しかしそれで由佳里が楽しい時を過ごすことができ、かつ将来が保証されるのなら、決して高い買物ではない。

この時の真智子はまだ、娘のことだけを考え、行動していた。

明宏が次に不満を漏らしたのは、由佳里の幼稚園について真智子が相談を持ちかけた時だった。

「東明《とうめい》の幼稚部？　寝ぼけたことを言うな。あそこに行くのは、お坊ちゃんお嬢ちゃんだろうが。うちがそんな柄か」

「今は、普通の家庭の子が東明を受ける時代なの」

「だからって流行に乗る必要はないだろう」

「いい幼稚園に行かないといじめられるの」

「どうして？　周りのレベルに合わせておかないと幼稚園や学校でいじめられる――おまえはたしかそう言ったよな。それはなんとなくわかる。だから俺も、由佳里を教室に通わすことを許した。そして由佳里は自分の名前を書けるようになった。時計も読めるようになった。目的は充分達せられたじゃないか。そう、目的は進学じゃないんだぞ」

「違うの。一貫教育であることが大切なの」

「どうして？」

「一貫教育の学校は教育理念がしっかりしているから、安心して子どもを預けられる。先生もよく教育されていて、子どもをしっかりしつけてくれる。その点、公立は全然だめ。校長が替われば教育方針は変わるし、教師の質のばらつきも大きい。いじめや校内暴力で問題になっている学校も、みんな公立」

「俺は高校までずっと公立だったけど、別に荒れてなかったぞ」

「それはあなたの時代の話でしょう。とにかく一貫教育の私立でなくちゃ安心できないの。東明でなかったら、星朋《せいほう》か霞ヶ丘《かすみがおか》」

「そうは言うけど、三つ四つの子が受験というのは……。由佳里がかわいそうだ。十年先には嫌でも受験勉強しなければならなくなるというのに」

「あなた、私の話をちゃんと聞いてるの？　東明は一貫教育なのよ。幼稚部に入ってしまえば、その後は二度と受験の苦しみを味わわなくてすむのよ。そのほうがよっぽど由佳里のためじゃないの。それに由佳里は今、おもしろがって勉強をしている。受験といっても少しも苦痛を感じないはずよ」

「しかしなあ、わが家に東明は荷が重いなあ」

「家計は私がうまくやりくりします。足りなかったらパートに出ます」

「通学は？　東明の幼稚部はどこにあるんだ？」

「白金台《しろかねだい》」

「おいおい、一時間はかかるぞ。おまけに電車とバスを乗り継がなければならない。幼稚園児には無理だし、だいいち危険だ」

「免許を取って私が送り迎えします」

教室に来ている子のほとんどが有名私立を受験する。真智子は最初、そんなの親の見栄《みえ》だわと取り合わなかった。ところが詳しく話を聞いていくうちに、由佳里が公立の学校にあがり、いじめを受け、登校拒否を起こし、家庭が崩壊し、というような不吉な想像が頭の中から離れなくなってしまった。

そう、この時期の真智子も、まだ娘を中心に考え、行動していた。

明宏の次の矛先は朝の日課に向けられた。

「何が悲しくて、自分でパンを焼いて、冷たい牛乳で流し込まなければならないんだ。これじゃあ学生時代に逆戻りだ」

「由佳里は私がついていてやらないと何もできないの。あなたは大人でしょう。朝ごはんの世話くらい自分でなさいよ。パンを焼くのは誰がやっても同じでしょう」

「朝は一分一秒を争っているんだ」

「だったら、もう五分早く起きなさいよ」

「おまえこそ、五分くらい俺のために時間を割いてもいいじゃないか」

「その五分が今の由佳里にとってどれほど大切か、あなたはどうしてわからないの？」

「時間がないのはわかるさ。しかしそこまで由佳里を追いつめることはないだろう。由佳里、このごろ元気がないぞ。いつも目がとろんとしているし、口数も減ったし」

「いつも、ですって？　由佳里が起きているうちに帰ってきやしないくせに、よく言いますね。由佳里はいつも元気です。あなたが見た由佳里は布団に入る前だったのでしょう」

「そりゃおまえ、由佳里が寝るのが早すぎるんだよ。八時？　九時？」

「子どもは早寝してあたりまえでしょう」

「それはまあ……。しかし五時だか六時だか、そんな早くに起こすのはかわいそうだ」

「早起きのどこが悪いの？　体にはいいし、朝が一番頭が冴《さ》える時間なのよ」

「だからといって朝っぱらから勉強だなんて、どこかおかしいよ。受験生じゃあるまいし」

「由佳里は受験生」

「幼稚園を受けるのにそこまでしなくても」

「だから、時間がないと言ってるでしょう」

「由佳里の気持ちは確かめたのか？　由佳里も幼稚園を受けたいと思っているのか？」

「あたりまえでしょう。これは由佳里のための受験なのよ」

「それはおまえの気持ちだろう。俺には、由佳里はどうも嫌がっているように感じてならない。おまえが目を吊《つ》りあげるから、怖くてそれにつきあっているような」

「バカ言わないでちょうだい。由佳里は少しも嫌がっていません。あんな小さな子が人の顔色を窺《うかが》って行動するものですか。嫌なら嫌だと感情を表に出します。駄々《だだ》をこねます」

真智子は焦っていた。

教室に通うようになって、由佳里はめざましく賢くなった。しかしそれは過去の由佳里と比較しての伸びにすぎず、ほかの子にはどうしてもかなわない。ゼロ歳児の時から鍛えられている子も少なくないのだ。しかし先を走る子らに追いつき追い越さないことには受験に失敗する。受験会場には、そういった筋金入りの子が各地から集まってくるのだ。自分も胎内教育をしておけばと、真智子は飯塚奈津子を思い出しては、先を見る目がなかったわが身を呪った。

真智子は焦り、だから早朝から由佳里を鍛えている。三年の遅れを取り戻すには努力以外に道はない。努力を惜しめば由佳里は受験に失敗し、長い長い茨《いばら》の道に足を踏み入れることになる。

真智子がイライラしている理由はもう一つあった。

教室での由佳里は劣っている。だからといって先生に叱られることはない。しかし誉められもしない。誉められるのはいつもよその子だ。

真智子はこれが悔しくてならない。どうしてそんな簡単な質問にも答えられないのかと腹立たしくなる。由佳里一人が手を挙げないでいると、思わず口パクで答を伝えようとしてしまう。

ほかの母親の目も気になる。あの子はだめねと言っているような気がする。きっと親がなっていないからなのよという囁《ささや》きが聞こえる。こちらを向いて微笑まれると、実は嘲《ちょう》笑《しょう》なのだろうと胸がドキドキする。

だから真智子は由佳里を鍛えた。教室での出来が悪く、ひどくみじめな気持ちにさせられた日には、帰宅後由佳里を正坐《せいざ》させ、長々と説教した。興奮し、手をあげることもあった。

それが娘をどれほどつらくさせているのか、真智子はほとんど気づいていなかった。真智子は由佳里を自己と同化させていた。由佳里は自分の分身であり、それを叱咤《しった》することはすなわち自分を叱咤することであった。痛みを感じるのも自分だけだと思っていた。

分身が成功することで自分も輝くことができる——真智子は自己満足のために動きはじめ、そのウエイトは日に日に重くなっていった。

4

由佳里は幼稚園の受験に失敗した。

直前まで迷ったすえ、東明、星朋、霞ヶ丘のいわゆる御三家は手が届かないと判断し、新設だが良い評判を聞く華泉《かせん》女子大付属を選択した。

しかし由佳里はわずか五倍の関門も抜けられなかった。

真智子は掲示板の前に立ちつくし、「ミズウチユカリ」の文字を探し続けた。それを押しのけるように入れ替わり立ち替わり人がやってきて、歓声をあげ、記念写真を撮る。真智子は敗北者の屈辱にまみれた。

受験の一週間前、由佳里は風邪をひいた。一時は熱が八度四分にまであがり、受験当日も咳《せき》と鼻水が残っていた。それで集中力を欠いたのかもしれない。不健康であることが面接官の印象を悪くしたとも考えられる。

人にはそう言って体面を繕ったが、言い訳すればするほど真智子はみじめな気分になった。

風邪にじゃまされたのは事実である。けれど失敗は運によるものではない。結局は勉強不足なのだ。しっかり勉強しておけば、体調がどれほど崩れようと、貯金がものをいって合格したはずなのだ。

それを思うと真智子は、どうしてもっと勉強させなかったのか、どうして生まれたてのころから取り組まなかったのかと、怒りがこみあげてきて夜も眠れなかった。

けれど怒りはすぐに希望を連れてきた。チャンスはまだある。小学校を受験すればよいのだ。今回は受験までに一年となかったが、今度は二年の準備期間が与えられる。七百三十日間みっちり鍛えれば、おのずと良い結果がもたらされ、今回の屈辱も帳消しとなる。

真智子はすぐに行動を起こした。基礎学習はもう必要ない。これからの由佳里に必要なのは実践学習だ。真智子はそう見定め、由佳里を新しい学習教室に移した。

新しい教室はいわば予備校で、志望校によってクラス分けされており、それぞれの学校の受験傾向に応じて指導を行なっていた。

由佳里の志望校は東明の初等部とした。真智子のプライドが、一度落ちた華泉女子付属よりも上のランクを望んでいた。東明は芸術方面に関心のある子を好むようだとの噂を聞くと、苦しい家計をかえりみず、ピアノや絵画も習わせることにした。

真智子はそうして再出発をはかったのだが、最初の一年間は明宏とのいさかいが絶えなかった。

「今度の土日は釣りだって、前々から言ってただろう。ほら、カレンダーにも印がついている」

「だからごめんなさいと謝っているでしょう。急に模擬試験が入ったのよ。そこで『にちようびのおもいで』という題で作文を書かなければならないのよ。だからあなた、由佳里を遊園地か動物園に連れていって」

「おまえが連れていきゃいいだろう」

「もちろん私も行くわよ。でもあなたも行かなくちゃだめ。文章の中に父親が出てこなかったらおかしいじゃないの」

「そんなこと言ったら母子家庭の子はどうなるんだ」

「うちは母子家庭じゃないでしょう。本番の試験ではそういう細かいところがチェックされて、ああこの家庭はうまくいっていないなと思われると落とされるらしいの」

「しかし船の予約も取ってあるし……。この前のドライブのことを書かせればいいじゃないか。そう、今度の日曜日と指定されているわけではないのだから」

「この前って、もうふた月も前じゃない。とうに忘れてるわよ」

「じゃあ、家の中でのんびりしている様子を書けばいい。それも立派な思い出だ」

「そんなつまらないこと書いたら、ひどい家庭だと思われるでしょう。とにかくどこか、パッと華のある場所に連れていってちょうだい」

父の日の幼稚園参観のあとでも口論が起きた。

「由佳里、いじめられているんじゃないか？　お遊戯の時間も独りでぽつんとしてたぞ」

「それなら心配ないわ。幼稚園の外でのつきあいはないし、休みがちだし、だからあそこの子たちとはあんまり親しくないの。ただそれだけ」

「休みがち？　由佳里はどこか悪いのか？」

「体はじょうぶよ。悪いのは頭。だから幼稚園を休ませて鍛えるしかないじゃない」

「おまえ、それはないだろう。由佳里は幼稚園児なんだぞ。幼稚園が優先だろうが」

「あなた、なに勘違いしてるの。東明に入ることが最重要課題でしょう」

「だけど――」

「いいのよ。幼稚園は義務教育じゃないんだから。それにあの幼稚園はろくなこと教えてくれないし。本当はやめてもいいんだけど、由佳里の息抜きになるから行かせてるだけ」

「だけどおまえ、友だちがいなくっちゃ、かえって息苦しいだろう」

「もー、あなたって頭が悪いわね。だから由佳里もだめなのね」

「何だと!?」

「あの幼稚園で友だちを作ったところで、卒園までのつきあいなのよ。由佳里は東明に行くのよ。へたに親しくなったら別れがつらくなるでしょう。そのほうがよっぽどかわいそう」

そして受験まであと一年となったある日、二人は完全に決裂した。

「おまえ、由佳里を殴ってないだろうな?」

「え?」

「さっき風呂《ふろ》に入れたら青痣《あおあざ》ができていた。どうしたのかと尋ねたら、転んだと答えた。だが転んでできるような痣でないことは明らかだ。肩に背中に腰、何ヵ所もできている」

「………」

「おまえが殴ったのか?」

「ちょっと叩《たた》いただけよ」

「ちょっと叩いたくらいで痣になるか!」

「子どもの肌はやわらかいから……」

「いつも殴ってるのか?」

「たまたまよ」

「どうして殴る? 勉強ができなかったからか?」

「仕方なかったのよ、あんまりひどいから」

そう答えた真智子の頬に平手が飛んできた。

「何するのよ!」

「痛いか? 理不尽だと思うか? 由佳里の気持ちがわかったか?」

「私は由佳里のためを思って叩いてるの」

「あんな小さな子が、叩かれてまで成績を上げる必要はない」

「成績を上げないと東明に入れないのよ」

「ああ、入れなくて結構。もうやめよう。こんなやり方で東明に入れても、由佳里は浮かばれない。心もゆがんでしまう」

「ふざけないで」

「ふざけてるのはおまえだろう。これは虐待だ。体罰も虐待なら、勉強そのものも虐待だ」

「なによ今さら。だったら最初から反対すればよかったのに」

「いま目が覚めた。目が覚めたから、今までのことは忘れて一からやり直す」

「やり直すって、東明はあきらめろということ？」

「そうだ。だいたいうちのレベルで東明なんておこがましい。生活レベルにしろ、親の学力レベルにしろ。やめだやめだ」

「あなた、熱くならないで。どれだけお金をかけてきたと思うの？　それが全部無駄になるのよ」

「いいよ、金なんか」

「公立に行って、いじめや校内暴力にさらされたらどうするの」

「そんなの本人の心がけしだいだ」

「そう簡単にいかないから社会問題になっているんじゃない」

「何と言われようが、もう決めた。受験は絶対にさせない。それは由佳里のためでもあり、おまえのためでもある。おまえ、このままいったら、そのうち由佳里を殺してしまうぞ」

「何ですって？」

「なんだかそんな気がしてならない。しばらく前から、そう、小学校は東明にすると言い出したころから目つきもおかしいし」

「おかしいのはあなたよ！　何も知らないくせに！　何もわかってないくせに！」

真智子はわめき、テーブルの上の台ふきんを摑《つか》むと、明宏の顔面に投げつけた。湯呑《ゆの》みも投げつけた。ポットも両手で抱えあげた。そこに由佳里が飛び込んでこなかったら、真智子は明宏に大怪我を負わせていたことだろう。

「ママをいじめちゃだめ！」

由佳里はそう叫び、真智子の膝《ひざ》にむしゃぶりついた。

「わたしがいけないの。わたしがいけない子だからママにしかられるの。ママはわるくないの。わたしがいけないの。わたしががんばればいいの。ママのためにがんばるの。わたし、がんばるから、いっしょうけんめいがんばるから、パパはママをいじめないで」

この日を境に明宏は何も言わなくなった。由佳里のことだけでなく、挨拶《あいさつ》の言葉さえも口にしなくなった。まるで真智子を避けるように、ますます帰宅時間が遅くなり、休日にも背広を着て出かけていった。

真智子は真智子で、そんな夫にかまうことなく、いっそうの情熱を由佳里に傾けた。由佳里を叩くたびに、「由佳里を殺してしまうぞ」という夫の言葉が頭をよぎったが、それでも叩いて叩いて由佳里を鍛えあげていった。

由佳里が東明に合格すれば、もう叩かずにすむのだ。

由佳里が東明に合格すれば、夫も掌《てのひら》を返して喜ぶに決まっている。

由佳里が東明に合格すれば、家族三人しあわせになれるのだ。

しかし由佳里は東明の初等部に落ちた。

5

小学校受験の朝、由佳里は食事を残した。いつもよりボリュームがあったのでそのせいだろうと真智子は思ったのだが、トイレからなかなか出てこないので、遅刻するでしょうと呼びにいったところ、便器に体を預けて吐いていた。顔は蒼白《あおじろ》く、額に手を当ててみるとわずかに熱かった。

真智子も熱が出そうだった。幼稚園受験の際には風邪で失敗したので、轍《てつ》は踏むまいと健康管理には充分気をつけていたつもりなのに、またこのざまだった。

由佳里の熱は七度三分だった。鼻水や咳《せき》は出ていない。喉《のど》も痛くないという。けれどこれ以上状態を悪化させてはならないと、真智子は風邪薬と解熱剤を与えてから受験会場に急いだ。

試験は午前と午後に分かれていた。午前が学力試験で午後が面接だ。

午前のスケジュールが終わり、体の具合はどうかと真智子が尋ねると、由佳里はこんな答を返してきた。

「また落ちても叱らないでね」

真智子は頭がくらっときた。周りに人がいなかったら、どういう問題が出てどう答えたのか、一つ一つ確かめ、由佳里の答いかんでは手が痛くなるほど叩きのめすところだ。

「そんな弱気なことでどうするの」

真智子は自分を力づけるように言って、昼食のサンドイッチを広げた。

午後の開始は一時からだったが、由佳里の順番は最後に近く、その間真智子は由佳里に薬を与え、膝の上で休ませた。

面接試験は呼び出しに応《こた》えるところからはじまっている。はきはきと返事をし、ドアをノックし、どうぞと声がかかったら開け、よろしくお願いしますと頭を下げ、お坐《すわ》りくださいと言われるまでは背筋を伸ばして立っていて――真智子はマニュアルにのっとって着席までをこなした。並んで面接を受ける由佳里の所作も、ここまではぬかりはなかった。

ところがいよいよ質問がはじまったとたん、悪夢のような事態が発生した。

名前を尋ねられた由佳里が、水内と名字を言ったところで口ごもった。一秒、二秒、三秒待っても、続きが出てこない。

（水内由佳里です、でしょう！）

真智子は心の中で叫び、ちらと由佳里に目を送った。それが伝わったのか、由佳里はもう一度、水内と最初から言い直した。しかしその先はついに出てこなかった。由佳里と名乗るかわりに、奇妙な音が室内に低く響いた。

由佳里は嘔吐《おうと》した。二回、三回と戻しながら、それでも背筋を伸ばし、面接官に目をやって、ミズウチと唇を震わせ、そこでまた嘔吐する。

真智子の記憶はそこで途絶えた。申し訳ありません申し訳ありませんと何度も頭を下げ、続いて由佳里の髪を鷲摑《わしづか》みにし、前後に揺さぶり、頰を張り、そして体を抱えあげると、脱兎《だっと》のごとくその場をあとにした――らしい。そのさまを真智子はまったく憶《おぼ》えていない。

それで由佳里は不合格となった。嘔吐は仕方ないとして、試験を途中で投げ出したのでは採点のしようがない。由佳里が極度の緊張に圧《お》し潰《つぶ》されてしまったように、真智子もまたわれを失ってしまった。

終わった、と真智子は思った。チャンスが残されていないわけではない。六年待てば中学の受験となる。けれど六年は長い。あと六年もこの出来の悪い子につきあうのかと考えると気が遠くなる。

真智子は蛻《もぬけ》の殻となった。由佳里に当たり散らす気力さえ湧かず、日々をぼんやり過ごした。人生そのものが終わってしまったような状態だった。

そんな真智子を哀れに思ったのか、あるいは由佳里が解放されて安心したのか、明宏は愛想が良くなり、早く帰宅するようになった。

やがて近所の市立小学校から就学通知が届き、親戚《しんせき》や知人からの入学祝いが届くようになった。

真智子の両親からは赤いランドセルが贈られた。由佳里は毎日それを背負って近所を一周する。家の中も駆け回る。

本当なら、ランドセルの色は深緑で、蓋《ふた》の部分に東明の校章が金で箔押《はくお》しされていたはずなのに。真智子は溜《た》め息が出てならなかった。

しかし溜め息を繰り返すうちに天から声が届いた。

その嬉《うれ》しさをそのすばらしい考えを誰かに伝えたく、真智子はランドセルのお礼かたがた実家に電話を入れた。

「——そう、がっかりよ。でももう由佳里の話はなし。いいんだって。由佳里はもういいの。何も期待しない。あれだけ時間とお金をかけてだめだったんだから、これ以上続けても無駄よ。続けたところで中学もだめに決まってる。もうつきあいきれない。やっぱりもっと早くから教育しなくちゃだめなのよ。由佳里から教えられたのはそれだけね。高い授業料だったけど。だから今度は間違わない。生まれる前から教育する。そうよ、もう一人生むことに決めたの。うん、由佳里一人のつもりだったけど、このままじゃ納得できない。一生後悔する。せっかくいい学校にやるのなら男の子のほうがいいわよねえ。東明を出たところで、家庭に入ったらおしまいじゃない――」

明宏が出張で不在ということもあり、真智子は長々と喋《しゃべ》り続けた。しばらくぼんやり過ごしていた反動からか、あとからあとから言葉が湧いてきた。

受話器を置いても真智子の興奮はおさまらなかった。深緑のランドセルを背負う長男のりりしい姿を、その横に立って記念写真におさまる自分を想像しては、ビールのグラスを片手にニマニマ笑みをこぼした。

想像に酔いしれるあまり、真智子は何の気配も感じなかった。

何の前ぶれもなしに、真智子の背中に衝撃が走った。二度、三度と走って、振り返ろうとしたら、痛みが頭に飛んだ。たいした痛さではなかったが、不意を衝《つ》かれ、また不自然な体勢のところをやられたので、真智子は体のバランスを崩し、椅子から転げ落ちた。

仰向《あおむ》けに倒れながら真智子は、天井の明かりが細かく明滅していることに気づいた。

ああ、そろそろ蛍光灯を交換しなくては――。

そんなのんきなことを考えながら、水内真智子は死んでいった。

6

「どうしてそんな話を今日……」

長い長い沈黙のあと、榎本《えのもと》裕太はやっと口を開いた。

「今日という日だからこそ話したわけ。結婚したあと、あたしにそんな過去があったとわかったら、ユウくん的には超マズイでしょ。いま話しておけば、ユウくんは考え直すことができる」

水内由佳里は先ほど、榎本裕太からプロポーズを受けた。

「考え直すもんか。ちっともまずくない。それって事故……、みたいなものじゃないか」

「事故じゃないわよ。あたしが殺したの」

「違うよ。殺人というのは、殺意があってはじめて成立するんだ。由佳里はその時、そのう、おかあさんを殺そうと思っていたのではないだろう？」

「殺そうとは思ってなかったよ。殺したいとも思ってなかった。でも憎んでた。うん、それはたしか。ずっとずっと憎んでて、それが爆発したって感じ」

由佳里は母親の期待を感じていた。だからどれだけ叱られても叩《たた》かれても歯を食いしばって耐えた。母は鬼のように怖く、憎らしい存在だったが、その期待に応えなければならないという義務感のほうが強くあった。期待に応えることができたなら、きっとやさしくしてもらえるという心当てもあった。

自分としてはせいいっぱいがんばったと由佳里は思っている。だが力が足りなかった。プレッシャーから熱を出し、プレッシャーから吐いてしまい、東明に落ちてしまった。

それでも由佳里はまだがんばるつもりでいた。母親が次の目標を指し示すのを待っていた。そしてその目標こそ達成しないと母親に申し訳ないとさえ思っていた。

ところがあの日、由佳里は母親に捨てられた。あの子にはもう期待できないと、つきあいきれないと、不要だと。

それを聞いた時、由佳里の中で保たれていた微妙なバランスが崩壊した。由佳里は母の背中をランドセルで叩いた。頭も叩いた。母は椅子から転げ落ち、硬い床に頭を打ちつけた。

その後のことはよく憶えていないし、聞かされてもいないのだが、たぶん母はしばらく生きていたのではないかと由佳里は思っている。すぐに病院に運んだら助かったのではないか。しかし出張中の父が帰宅するまで放っておかれた。

なぜ自分は隣家に駆け込まなかったのだろうかと、由佳里は今もときどき考える。このまま放っておけば自分を裏切ったこいつはいなくなると計算したとは思えない。そこまでの知恵はまだなかったはずだ。「死」が何であるのかさえわかっていなかったと思う。何もわからぬままランドセルを打ちつけ、何もわからぬまま放っておいただけなので、警察や医者や学者にいろいろ尋ねられはしたけれど、施設に送られることはなかった。膨らみきった風船に針が刺され、一瞬で割れ、気が抜けてしまった――たぶんそんなところなのだろう。

「どう？　プロポーズは撤回する？」

由佳里はあらためて尋ねた。

「僕の気持ちは変わらない。三人で暮らしていこう」

裕太は由佳里の腕を引き寄せ、やさしく肩を抱いた。

いい人だと由佳里は思う。顔もいいし、頭もいいし、育ちもいい。責任感も強い。まだ学生だというのに、妊娠したと由佳里が告げると、三日考えて結婚を決めてくれた。けれどこういう人とは幸福な結婚生活を送れないだろうなと由佳里は思う。自分が彼を不幸にしてしまうと思う。

「ありがと。でも、三人で暮らすのは無理。きのう堕《お》ろしちゃったから」

「何だって⁉　誰が堕ろせと言った。僕をそういう男だと思っていたのか！」

裕太は血相を変え、由佳里の肩を前後に揺すった。

「違うの。聞いて。あたしね、自分の子どもを自分と同じように育てると思うの。小さいころから勉強させて、有名私立を狙わせて。なぜかって、今の公立って、うちらが通ってたころよりマジ怖いし、教師も信用ならないんだよ。そんなとこに子どもを預けられないって。

てゆーこともあるんだけど、実はもう一つの理由のほうが大きくってさ、それはずっと前から、母親を死なせたすぐあとくらいから考えてたことなんだけどさ、あたしがもしハンパで終わらなかったらどうなってたかって。華泉の幼稚園でも東明の小学校でもいいや、どっちかに合格してて、母親をああすることもなくって、そしたらあたしはどうなってただろうって。そしたらユウくんにナンパされることもなかったわけだけど、でもやっぱり思っちゃうんだよね。あんだけ必死こいてがんばったのに、ぜーんぶパーになっちゃったんだから。悔しいよ、やっぱ。でも自分では絶対にやり直せないじゃん。だから自分に子どもができたら、自分と同じように育てて、ハンパで終わらない自分を見てみたい。ずっとそう思ってた。

かわいそうだね、あたしの子ども。あんなつらい思いをしなければならないんだ。わかってるよ、そんなことさせちゃいけないって。でも実際に生まれたら、きっとさせてしまうと思う。それがあたしの夢だから」

「子どもにつらい思いをさせたくないから未然に堕ろしたのか？」

「違うの。最後まで聞いて。あたしはきっと自分の子どもを自分と同じように育てると思う。体罰はサイテーだと思うけど、目の前の子がグズだったら、イライラして叩いちゃうかもしれない。叩かないでいられる自信はない。すると子どもはますますつらくなる。心のくらーいところにある風船が膨らんでいく。膨らんで膨らんで膨らみきったら、ほんの小さな刺激が加わっただけで、あっけなく破裂する。あたしはもう大人になっちゃったから、どんなことが危険な刺激となるか見当がつかない」

「それはつまり……」

「今度はあたしが殺される。だから殺される前に殺したの。また妊娠してもそうするしかないの。それでもあたしと結婚してくれる？」

玉 川 上 死

1

川を流れゆくものがあった。

幅五、六メートルほどの小さな流れの中央を、音もなく、ゆっくりと、南の方に下っている。流れに逆らったり、あるいは速度を増そうと力を加えたりしている様子はなく、ただ流れにまかせてどこかに行こうとしている。

木の葉や空き缶ではない。もっと大きな異物だ。その長さ二メートル、幅は五十センチ、全体が紺色をしていて、進行方向側の端には黒い一叢《ひとむら》がある。半分水につかってゆらゆらうごめくそのさまは、浅瀬に打ちあげられたモズクかテングサのようだ。

「通報のものを確認。現在地は清巌院橋《せいがんいんばし》。下流に向かってゆっくり流れています。これから川に降りて水からあげます」

無線連絡を行なう市田《いちだ》の声は緊張していた。

流れゆくもの——それは人間に見えた。紺色のジャージの上下を着た人間が、俯《うつぶ》せで、両腕を前方に伸ばしている。海藻のように見えるのは髪の毛だ。

一見、バタ足で泳いでいるようでもある。しかし足はまったく動いていない。息継ぎのためにも顔をあげることもない。

「玉川上水《たまがわじょうすい》を死体が流れている」

先ほど一一〇番通報があり、その事実確認のために市田は駐在所を出てきた。通報があったという加美上水《かみじょうすい》公園から一番近い駐在所が、市田が勤務する警視庁福生《ふっさ》警察署上福生駐在所だった。都道二九号立川青梅線《たちかわおうめ》、通称奥多摩《おくたま》街道沿いにあり、片側一車線の道を渡るとすぐそこに玉川上水の清流があった。

市田はまず、駐在所の斜向《はすむ》かいにある宮本橋《みやもとばし》に立ち、下流に目をやった。流れはまっすぐで見通しはよく、百メートル以上先まで目視できたが、それらしきものが流れている様子はなかった。

次に上流に目を転じた。加美上水公園はここから数百メートル上流の左岸に広がっている。しかししばらく待っても、それらしきものは流れてこなかった。

市田はそこで自転車にまたがり、奥多摩街道を南に下ってみた。道の端ぎりぎりを走れば、フェンス越しに玉川上水の水面が見える。しかしそれらしきものには遭遇できないまま三つ先の橋まで到達してしまった。新橋《しんばし》という、車道と歩道が分離した、比較的大きな橋である。

その歩道部分に一人の老婆がいた。白い欄干に上体をあずけ、下流の方を眺めていた。もしやと思って市田が尋ねてみると老婆は、人が流れていったと、驚いた様子で答えた。

だが、それらしきものは、すでに視界にはなかった。

市田は次の橋に急いだ。川の流れは、人がゆっくり歩く程度である。自転車ですぐに追いつける。

四百メートル先の清巌院橋で、市田はついにそれを捉《とら》えた。途中で追い越してしまったようで、それはまだ上流にあった。全体が紺色のそれは、流れにまかせてゆっくりと近づいてきて、清巌院橋の下を通過し、同じ速度で下流に流れていった。

そして市田は署に無線連絡を入れたのである。眼下数メートルの近さで確認し、これは人間の死体だと確信を持った。紺色のジャージの背中には「R高校　秋山」とあった。

簡単な連絡を終えると市田は、ふたたび自転車にまたがり、次の橋に向かった。このあたりの玉川上水には、二百メートル、三百メートルといった短い間隔で橋が架かっている。

熊野橋《くまのばし》にも市田が先着した。しかし、無線連絡を入れ、自転車を立て、靴を脱ぎ、ズボンの裾《すそ》をまくり、欄干を乗り越え、さてどこから降りればいいかと足場を探していたら、「秋山」は橋を通過し、どんどん下流に流れていってしまった。橋から川面《かわも》までは五メートルあり、水深は五十センチほどしかなく、飛び降りると足を痛めそうだったのだ。

「熊野橋より下流に流れていきます」

市田は欄干を乗り越えて道に戻ると、無線連絡を入れ、裸足《はだし》で自転車にまたがり、全力で漕《こ》いだ。

川は道と並行して流れている。しかし間には二メートルのフェンスが続いているため、これを乗り越えるのは容易ではない。熊野橋から百メートルで「秋山」に追いつくと市田は、そのままスピードを緩めずに抜き去り、さらに百メートル行ったところにある萱戸橋《かやとばし》でブレーキをかけ、自転車を脇に押しやり、欄干を乗り越えた。

ここも水面までは五メートルはあった。市田は飛び降りるのをためらい、脇に回り込んで護岸を降りようとした。ところがコンクリートの護岸は角度が急で、そこに夏草が生い茂っており、へたに素足を突っ込むと、これまた怪我をしそうだった。

いや、市田が躊躇《ちゅうちょ》している理由はそれだけではなかった。職業柄、年に何体もの死体と接している彼だったが、それを十何年続けていても、慣れるということがまったくなく、いつもはじめての気分で緊張する。

そうこうするうちに上流から「秋山」が近づいてきて、足場を探して右往左往している市田を尻目《しりめ》に橋の下に消えていった。

市田はあわてて道に戻ると、反対側の欄干を乗り越えた。橋の下から「秋山」が現われる。といって、どこから降りていいかわからない。塊は少しずつ遠ざかっていく。思わず市田は叫んだ。

「おい、そこ、止まれ。止まれ。ストップ！」

無灯火の自転車をとがめるような調子だった。相手は生きていないのに、声をかけてどうする。市田は己の愚かさに赤面した。

ところが次の瞬間、市田は己《おの》が目を疑うことになる。「秋山」が呼びかけに応じたのである。

止まった。川は変わらず流れている。しかし「秋山」は流されずに止まっている。浅瀬に乗りあげたのか？　いや、そうではなかった。

動いた。水面からむくむく起きあがり、そして音声を発したのである。

「僕のことですか？」

そう人間の言葉を喋《しゃべ》ったように市田には聞こえた。

2

「すみません」

秋山和成はさっきからそればかり繰り返している。玉川上水を流れていた高校生だ。

「何をしていたんだ」

柿崎もそう繰り返している。柿崎は福生署の刑事である。市田巡査の無線を頼りにパトカーで現場を目指した。しかし萱戸橋で合流してみると、玉川上水を流れていたのは死体ではなく、生きた人間だった。

「何をしていたんだ」

柿崎は詰問調だ。無駄足を踏ませやがってという思いが声にこもっている。溺《おぼ》れて流されていたのならともかく、意識はあり、怪我もない。どうも川を泳いでいただけのようなのだ。そういう人間の事情聴取は生活安全課の領分だ。刑事課の自分が出るまでもない。

「今、高校二年生なんです」

秋山はぽつりと言った。

「さっき聞いた」

柿崎はぶっきらぼうに応じ、窓を少しだけ開けて吸殻を外に捨てた。事情聴取はパトカーの中で行なっている。

「来年になったら受験勉強に本腰を入れなければなりません」

秋山はぐしゃぐしゃに乱れた前髪をしきりに気にしている。外には七月の太陽が輝いている。まだ午前七時だというのに、すでに三十度近い。川からあがった秋山の体は、柿崎が到着するまでの短い間にほぼ乾いていた。

「受験に備えて水泳で体力作りか」

柿崎は皮肉らしく言って新しいタバコをくわえた。

「いえ、それで、今のうちに高校時代の思い出を作っておこうと」

「海に行け」

「そういうありきたりのものでなく、三十になっても四十になっても忘れずにいられるような、ユニークな思い出です」

「川で泳ぐことがそれほどのことか」

「いいえ、これはゲームなんです」

「ゲーム？」

「拝島《はいじま》まで泳ぎきることができるかという」

「玉川上水を？　拝島まで？」

「はい。羽村《はむら》の堂橋《どうばし》がスタート地点で、拝島の日光橋《にっこうばし》がゴール」

「そんなに泳ぐつもりだったのか？」

全行程四キロはある。

「泳ぐというか、正確には、ただ流されるだけなのですが」

秋山は足下からゴーグルとシュノーケルを取りあげた。この二つをしていたので、息継ぎのために顔をあげる必要がなかったのだ。

「これは自分で加工したのか？」

柿崎は秋山からシュノーケルを取りあげた。シュノーケルは、水上に出る部分を短く切ってあった。

「はい。髪の毛の中に隠れるように。色も同化させるために自分で黒く塗りました」

「どうしてそんなことをした。シュノーケルが見えない状態で俯《うつぶ》せで流れていたら、死体と見間違ってしまうだろう」

「でしょ？」

よくぞ聞いてくれたとばかりに、秋山は表情を緩めた。

「普通に泳いだら、それを誰かに見られたとしても、こんな小川で泳ぐなんて変なやつだとあきれられるだけです。何の障害もなく拝島まで到達してしまう。それではゲームになりません。でも死体に見えたら、警察を呼ぼうとする人は少なくないでしょう。で、もし警察がやってきたら、アウト。その時点でゲームは終了です」

「バカ野郎！」

柿崎は怒鳴った。あやうく手も出すところだった。秋山の笑みが一瞬にして引っ込んだ。しかし柿崎はおさまらない。

「実際に死体だと誤解され、どれだけ迷惑をかけたと思ってる。おまえ、高校生で、そんなこともわからないのか。それとも、わかっていてやったのか？」

「すみません。すみません」

秋山は頭をぺこぺこ下げる。

「ゲーム、と言ったな」

「あ、はい。すみません」

「拝島まで行けたら勝ち、途中で警察に捕まったら負け」

「そんなところです」

「ということは、おまえ一人でやったのではなく、ほかの人間もからんでいるのだな？」

「あ、はい」

「あと何人が泳いで、いや、流れている？」

早くやめさせなければと柿崎は思った。ところが意外な答が返ってきた。

「いいえ。川に入ったのは僕だけです。ほかのみんなは、拝島まで行けるか行けないかを予想していただけで」

「レースをしていたのではないのか？」

「違います。賭《か》けです」

と言ったのち秋山は、しまったといった感じで口に手を当てた。

「賭け？」

「いや、その、ええと、賭けといってもお金を賭けてたわけではなくて、ジュースを……」

「賭けに参加していたのは何人だ？」

「本当です。本当にお金は賭けていません」

「何人？」

「わかりません」

「わからないはないだろう。自分も加わっておいて」

「本当にわからないんです。参加者を募ったのは茂野《しげの》君なので」

「学校の友達か？」

「はい。クラスメイトです」

「そいつが賭けをしないかとクラスで声をかけた」

「たぶん隣のクラスとかにも」

「その、茂野とかいうのはどこにいる？」

「そのへんにいるはずなんですけど」

秋山は窓の外に目をやった。

「おまえについて走っていたのか？」

「というか、中継していました」

「中継？」

「川を流れる僕の様子をです」

「ちょっと待て。話がよくわからない」

柿崎は眉《まゆ》をひそめた。

「インターネットを使った実況中継ですよ」

「インターネット?」

「はい」

「生中継?」

「はい」

「映像を?」

「はい」

「そんなことが高校生の君らにできるのか?」

柿崎は驚き、矢継ぎ早に尋ねた。

「難しくないみたいですよ。ただ、マラソン中継のように全行程の映像を配信するのは、素人にはちょっと無理なので、映像はスタート前後とゴールだけで、途中の様子は逐一掲示板に書き込むという形で」

「何でまた、わざわざ中継を」

「賭けた人に見てもらうためです。そのほうが燃えるでしょう?」

「たかがジュースで?」

「え? ええ……。茂野君、いないなあ」

秋山はごまかすように窓の外に目をやる。

「電話を貸してもらえます?」

秋山は柿崎に向き直った。

「ん？」

「茂野君にかけてみます。僕、水に入るということで、今日はケータイを持ってきてなくって」

柿崎は個人所有の携帯電話を差し出した。秋山はそのダイヤルキーを押し、しばらく耳に押し当てていたが、

「変だなあ」

と耳から離した。

「出ないのか？」

「電源を切ってあるか圏外だと。そんなはずはないんだけど」

秋山はもう一度かける。が、やはりつながらなかった。

「沢井君にかけてみます。彼も中継を担当していました。茂野君とは別の場所でですけど」

いったいどういうイベントが行なわれていたのだ。柿崎は、理解できたようで、もうひとつ実像がつかめない。

「おかしい」

秋山は携帯電話を見つめて呟《つぶや》いた。

「そっちも出ないのか？」

「ええ。沢井君も圏外」

「二人でどこかで涼んでいるんじゃないのか？　電波の入らない店の中で」

「それはないと思います」

秋山は首をかしげ、少女のように頬に手を当てた。

「もう一件かけてみていいですか？」

「ああ」

「たぶんネットを見ていると思われるクラスメイトに、中継がどうなっているのか訊《き》いてみます。その書き込みで、茂野君が今どこにいるのか見当がつきます」

秋山はそう言いながらダイヤルする。今度はつながった。

「溝口君？　秋山だけど。ゴール？　牛浜《うしはま》でアウトになっちゃった。あれ？　ネット見てないの？　え？　更新されてない？　どうして？　うん。うん――」

途中から秋山の表情が険しくなった。

「どうした？」

通話を終えてもじっと端末を見ているので、柿崎は尋ねた。

「ホームページが全然更新されていないそうです。僕がスタートした時の映像は流れたんだけど、途中経過を報告する書き込みが全然ないって……。えー？　なんで？」

顔をあげた秋山は今にも泣き出しそうだった。

「この暑さだ。君を追いかけるのがめんどうになったんじゃないのか」

「いや、その前に何かあったみたいなんです。映像がおかしいって」

「落ち着きなさい」

柿崎は秋山の肩に手を置いた。

「僕が川に入って、流れていったそのあと、突然映像が乱れて、そのうち切れてしまったって。もしかしたら車とぶつかったのかもしれない。あそこは道が狭いし、急カーブの下り坂の先だし」

それまで黙って運転席に坐《すわ》っていた制服の尾島巡査が無線を手に取った。管内での事故の報告は一件も入っていなかった。

「ねえ刑事さん、連れていってもらえませんか？　なんか心配です」

秋山は右手で心臓を押さえた。

「堂橋だっけ？」

「そうです、羽村の堂橋」

柿崎は尾島に車を出させた。

玉川上水は、江戸の飲料水供給を目的として江戸前期に造られた人工の水路である。延長四十三キロ、当時としては一大土木工事であった。起点は多摩川上流の羽村取水堰《しゅすいせき》で、ここで多摩川を堰き止め、水道用の原水を四谷大木戸《よつやおおきど》まで送った。

現在も一部が上水路として使われており、羽村取水堰のすぐ下流に東京都水道局の浄水場がある。堂橋は、浄水場の先にある最初の橋だ。そこからさらに二キロほど下流に行くと、秋山を収容した萱戸橋がある。取水堰から浄水場までは水量も多く、流れも急だが、浄水場から先は流れが緩やかで、ただの小川にしか見えない。

パトカーは奥多摩街道を二キロ北上し、左に折れ、急な坂を下った。堂坂といい、かつて坂の途中に薬師堂が建っていたことからその名がついている。堂坂を下りきったところに架かる小さな橋が堂橋である。

堂橋に人の姿はなかった。しかし異状はあった。橋の欄干のたもとにビデオカメラが三脚ごと横倒しになっていた。横にはノートパソコンも放置されていた。

「茂野君のだ」

秋山は車を降りて駆け寄った。

「さわるな」

柿崎は少年を制した。

道路に血痕《けっこん》が散っていた。まだ乾ききっていない、新しい血痕だ。

「茂野君！　茂野くーん！」

秋山が声を張りあげる。今にも泣き出しそうである。

柿崎は道の左右に目を配った。人は倒れていない。血痕も続いていない。血痕から少し離れた道路上が黒く汚れている。スプレー塗料による落書きだ。書いて間もないようなのだが、文字とも絵ともつかぬぐちゃぐちゃしたもので、何を意味しているのかはわからない。

「柿崎さん」

緊張した声が走った。尾島が欄干から身を乗り出し、橋の下を覗《のぞ》いている。柿崎もそうしてみた。

人がいた。ぐんなりと、コンクリートの護岸にもたれかかっていた。

「応援を呼べ」

尾島に命令し、柿崎は欄干を乗り越えた。

倒れていたのは若い男だ。背中を数ヵ所刺されていた。すでに息はなかった。

橋の上から絶叫が轟《とどろ》いた。秋山が頭を抱え、茂野君茂野君とわめいている。

柿崎は護岸をよじ登り、橋上に戻ると、秋山の両肩に手を置いて前後に揺すった。

「どういうことだ？」

「茂野君が、茂野君が」

秋山は壊れた人形のように繰り返す。

「おまえはここから川に入り、死体のまねをして流れていったんだよな？」

「茂野君が、茂野君が」

「しっかりしろ！」

柿崎は一喝し、秋山の両肩を強く握った。秋山はびくんと背筋を伸ばし、口をつぐんだ。

「おまえの出発を、彼はここで見送ったのだな？」

柿崎はあらためて尋ねる。秋山は小さな子供のように何度も頷《うなず》いた。

「ほかに誰かいたのか？」

今度は首をぶるぶると横に振る。

「出発する前、誰かとトラブルを起こしたか？」

これにも首を横に振る。

「たとえば、車が通りかかって、じゃまだからどけと言われたとか」

首を横に振る。

「これは、おまえが出発する前からあったのか？」

柿崎は道路の落書きを指さした。秋山は首をかしげた。

暴走族がするような落書きである。秋山が川を下っていったあと、そういう輩《やから》がやってきて、茂野との間でトラブルが発生したのではないか。車がすれ違うのもままならない、幅の狭い橋である。

事実、この界隈《かいわい》には暴走族がよく出没する。たとえば、ここ堂橋から五百メートルほど離れたところに羽村堰橋《はむらせきばし》というのがある。多摩川に架かる歩行者専用の橋だ。暴走族はここを好んで走る。車止めの隙間から改造バイクで乗り入れ、川遊びに訪れた市民に見せつけるように、爆音を轟かせながらのろのろ往復する。その苦情がしばしば福生署に入る。そのほか、奥多摩街道や新奥多摩街道も暴走族のメッカである。

そんなことを柿崎が考えていると、秋山が爆発したように喋《しゃべ》りはじめた。

「茂野君、元気だったんです。橋の上に立っていて、僕が川に入っていって、茂野君はそれをビデオで撮っていて、手を振ったりピースしたりして、そんなに元気で見送ってくれて。さっきまで、ここで、元気にしてたんです。元気だったんですよ」

そして柿崎の手を取り、上下に振りたてる。目は血走っている。

「わかった。もういい。話はあとにしよう。しばらくパトカーのところで坐っていなさい」

柿崎は秋山の背中をさすり、あらためて死体を確かめようと、橋の下に降りていこうとした。しかし秋山が手を放さなかった。

「沢井君……」

「誰？」

「沢井君とも、さっき連絡がつかなかった……」

「ああ、もう一人の仲間か」

別の場所でも中継を行なっていたと言っていたことを、柿崎は思い出した。

「新堀橋《しんぼりばし》に、早く、新堀橋に……」

新堀橋は、ここ堂橋から五百メートルほど下流にある橋である。尾島を堂橋に残し、柿崎は秋山を連れてパトカーで新堀橋に向かった。

到着してみると、既視感が待っていた。

新堀橋にもビデオカメラとノートパソコンが放置されていた。道には新しい血痕と意味不明の落書きがあった。そして橋の下を覗くと、若い男が倒れていた。背中に無数の刺し傷があった。


ようやく落ち着いた秋山に事情を聞いたところ、「ゲーム」の全貌《ぜんぼう》は次のようであった。

玉川上水の堂橋から日光橋までの約四キロを死体の恰好《かっこう》をして流されていき、途中、警察に捕まるか捕まらないかを、一口千円で賭《か》ける。賭けに参加していたのは、R高校の二年三組を中心とした二十数名。

死体を装って川を流されるのは秋山和成。茂野達弥と沢井直之がその様子をインターネットで中継する。

中継の概要は、まず、スタート地点の堂橋に茂野を、一つ下流の新堀橋に沢井を配置。茂野は、秋山が川に入り、スタートしていく様子をビデオカメラで撮影し、ノートパソコンを使ってインターネットで配信。そのあと流れゆく秋山を追いかけ、秋山の現在位置や様子を逐一ネットの掲示板に書き込む。

いっぽう沢井は、新堀橋を通過する秋山を撮影、配信したのち、拝島の日光橋に先回りし、ゴールシーンの撮影に備える。

スタートは午前五時半。日中だと車や人が多く、撮影や伴走に支障をきたすと考え、早朝に行なうことにした。

なお、茂野と沢井が撮影した映像は、インターネットで配信されるのと同時に、ビデオテープにも録画されていた。そこには兇行《きょうこう》の瞬間が生々しく残されていた。

〈茂野カメラ〉

「チャレンジシリーズ第四弾　玉川上水、流れ流され拝島まで」

画面いっぱいに手書きの文字が映し出される。スケッチブックにマジックで書いたようだ。文字が細かく揺れ動くのは、紙を手で持っているからだろう。

文字が消える。

二人の男子が肩を組んで立っている。背後には、腰ほどの高さの欄干がある。

「ただ今、午前五時二十八分。いよいよスタートです。今の気分は？」

Tシャツを着た右側の男子が顔を左に向けた。二人は肩を組んでいるので、音声がなければ、キスを要求しているように見えたかもしれない。

「緊張しています。ドキがムネムネ」

左側の、紺色のジャージの上下を着たほうが、笑いながら片手で胸を押さえた。肩を組んだほうの手にはゴーグルとシュノーケルを握っている。秋山和成だ。Tシャツのほうが茂野達弥である。

「縮んでる？」

茂野が秋山の股間《こかん》を鷲掴《わしづか》みにする。秋山は身悶《みもだ》えしながら腰を引く。

「じゃ、秋山ちゃん、ひと思いに飛び込んじゃって」

肩を組んだまま茂野が体を反転させ、秋山の背中を欄干の向こうに押す。

「いやあ、ここからはちょっと無理かと。浅すぎっすよぉ」

「ま、そうだな。足をくじいてスタートできずにリタイアじゃ、中継を見ているみなさんに申し訳ない」

茂野はニヤニヤしながら秋山の後頭部を二度三度叩《たた》き、髪の毛をぐしゃぐしゃに引っかき回す。やられている秋山もニヤニヤしている。犬がじゃれ合っているようだ。

「以上、パドックからでした」

茂野がカメラ目線で言う。二人は肩を組んだまま、カメラに向かって「イエーィ」とピースサインを送る。

二人は相手の肩から腕をはずし、左右に分かれた。秋山はそのままフレームからはずれた。茂野はカメラに近づいてくる。近づきすぎて何も見えなくなる。画像が激しくぶれる。三脚ごとビデオカメラを取りあげたようだ。

画面が安定する。さっきとは違う角度からのショットだ。秋山が茶色の欄干を乗り越える。切り立ったコンクリートの護岸を慎重な足取りで降りていく。下まで達すると、秋山は顔をあげ、カメラに向かってピースをする。そして橋の下に姿を消す。

ふたたび画面が激しく揺れる。カメラの移動が行なわれている。

「じゃ、行くよ」

秋山の声がした。

「もうちょい待て」

茂野の声が応じる。なおしばらく画像が乱れていたが、やがて欄干越しに川を見下ろす構図で安定した。

「オーケイ」

茂野の声。

「秋山和成、行きまーす」

という元気な声に続いて、ザブンと水がはねる音、そして画面の下からR高校のジャージがゆっくりと現われる。茂野の声が被《かぶ》さる。

「さあ、注目の秋山選手、ただ今スタートしました。はたして無事拝島まで行き着くことができるのでしょうか」

秋山の「死体」がぷかぷか流れていく。人がのんびり歩く程度の速度だ。徐々に小さくなっていく。

「ちなみに戦前の予想では、二対一でリタイアが優勢。秋山選手、この劣勢を跳ね返せるか。ぜひとも跳ね返してくれぇ」

川は百メートルほどまっすぐ流れ、その先で緩く左にカーブしている。

「さて私はこれから秋山選手を追いかけ、その様子をケータイからカキコしたいと思います。もうしばらくしたら第二中継所の映像が入りますので、まずはそちらをお楽しみください！」

──あ！

唐突に短い叫び声があがった。茂野の声だった。続いて、「ザッ」とか「ドッ」とかいう正体不明の音。重々しいその響きは、人が争っている音ともとれる。

何が起きたのか、画面から察することはまったくできない。画像は平和そのものだ。欄干があり、画面の中で川がまっすぐ流れている。そこを「死体」が流れてゆく。そのバックに、争うような音が被さっている。

突然、画面の中で川が持ちあがり、そのままフレームの外に飛び出していった。ガシャンと破壊的な音が鳴り響く。カメラが道路に倒れたのだ。

画面はしばらくの間、灰色の道路の表面をアップで映し出していたが、やがて横縞《よこじま》のノイズが入るようになり、その数が劇的に増加したあと、呼吸を停止するようにブラックアウトした。

〈沢井カメラ〉

丸太を模した欄干の向こうに川が流れている。川は画面の奥から手前に向かって流れている。つまりカメラは玉川上水の上流に向けて設置されている。

両方の川岸からは木々が枝を張り出していて、画面の奥まで緑のアーチを形成している。その影を映して水面も緑色に染まっている。アマゾンのジャングルだと言われたらうっかり信じてしまいそうな、そんな鬱蒼《うっそう》とした風景だ。五百メートル上流の堂橋からの景色とはまるで趣《おもむき》が違う。

「来たか？」

しばらくして声がした。姿は映らず、同じ声が続けて喋《しゃべ》る。

「うん、来た来たー。見えてきたー。秋山選手だぁ」

やや高めの、声変わりしていない男の子のような声——沢井直之である。

画面の奥に黒いものがぽつんと現われる。川の流れにしたがって少しずつ大きくなっていき、黒く見えていたものが紺色のジャージだと認識される。

「いい感じじゃない？　リラックスして泳いでますよ、これは。秋山選手、今、新堀橋を通過」

「死体」がフレームの下に消えていく。

画面が乱れる。十秒ほどで安定を取り戻す。欄干があり、その向こうに川が流れている。しかし先ほどとは緑のトンネルの感じが違っている。川の水がフレームの下から上に流れている。カメラは橋の上で百八十度方向を変え、下流に向かって設置されたのだ。

フレームの下から「死体」が姿を現わし、下流に流されていく。五メートル、十メートル――。

「秋山くーん、行ってらっしゃーい」

フレームの左端にぼやけた影が見え隠れした。沢井が手を振ったのが映り込んだのだろう。

「じゃ、ワタクシはこれから、ゴール地点である拝島の日光橋に向かうとしよう。このあとは茂野リポーターのカキコでお楽しみくだされ。はたして秋山選手は無事拝島までたどり着くこ――」

唐突に沢井の声が途切れた。

「ドッ」とか「ザッ」とか「ガッ」とかいう、荒々しい音が連続する。

画面上は何の異変もない。欄干と緑のトンネルと川。そこを流れる「死体」。五十メートル、六十メートル、七十メートルと遠ざかる。

突然、画面がブラックアウトした。

「私が二人を殺したとおっしゃるわけですね」

第一声は機先を制するように放たれた。油断のならない生徒だと、柿崎は気持ちを引き締めた。

「何を言ってるんだい」

中西は笑った。相手の警戒を解こうとそうしたのだろうが、それこそ相手の思う壺《つぼ》なのだと、経験の浅い彼にはわかっていない。

「駆け引きは時間の無駄です。鶴見は茂野と対立していた——という話を複数の生徒から耳にしたのでしょう？」

鶴見洋司は淡々と、他人事《ひとごと》のように言う。しかし眼鏡の奥の目は挑発的な色を帯びていた。

「亡くなった二人とつきあいのあった生徒さん全員に話を聞いているんだよ」

中西はあくまで人のいい警察官を演じようとする。だからなめられる。

「私だけ特別待遇ですか。ありがたいことです」

鶴見は革張りのソファーで脚を組む。彼の隣には担任の教師がおり、さらに背後の両袖《りょうそで》机《づくえ》には校長が控えている。鶴見洋司の事情聴取はR高校の校長室で行なわれていた。

「君は茂野君と言い争っていたそうだね」

中西に代わり、柿崎が尋ねた。

「言い争うこともありましたね」

鶴見は動じない。十七歳とは思えない落ち着きぶりだ。笑みさえ漏らしている。

「茂野君たちのゲームに文句をつけていた。そういう非常識な遊びはやめろと」

「私は常識的な人間なんですよ。ああいう無軌道な遊びはいけない」

「二十日にも教室で一悶着《ひともんちゃく》あったそうだね。一学期の終業式の日だ」

「そして翌二十一日、茂野と沢井が殺された。だから私を疑っている」

鶴見は不敵に笑う。

「実際のところはどうなんだ」

柿崎はついむきになってしまった。

「茂野、沢井、秋山――ああいう輩《やから》がこの社会をだめにしている。ああいうのは世の中から排除されるべきなんですよ」

「鶴見君」

担任の教師が血相を変えた。

「生前は呼び捨てにしていたのだから、死後もそうするのが礼儀でしょう。死んだからといって敬称をつけるほうが失礼だ」

「そういうことではなくて……」

「軽率な発言は控えなさい」

校長が威厳を込めてたしなめた。それがかえって火に油を注ぐことになった。

「気持ちを口にしたまでです。思っていることと、実際に行なうことは別です。ある女性を好きだと思ったら、彼女の部屋に押しかけてレイプしますか？　ま、世の中にはそういうバカが少なからずいて、ほとほとあきれてしまうのですけどね」

大人に楯突《たてつ》きたがる年頃である。

「君は茂野君に何と言ったんだ？」

柿崎はつとめて感情を抑える。

「トータルで何十分にも及ぶので、一言一句再現するのは無理ですが、あえて一言にまとめるなら、『バカをするのもいいかげんにしとけ』といったところです」

「茂野君の反応は？」

「大きなお世話だと突き飛ばされて、ほら、これです」

と鶴見は上半身をひねり、左サイドの髪の毛を持ちあげた。耳の後ろに絆創膏《ばんそうこう》が貼ってあった。

「治療費は遺族に請求できますか？」と、そんなことより、これでますます私の容疑が濃くなりましたね」

鶴見は無表情で冗談を飛ばす。

「『いいかげんにしとけ』？」

中西が小首をかしげた。

「高校生らしい遊びだとは、とても思えませんね。金も賭《か》けていたのですよ」

「『いいかげんに』ということは、茂野君たちは過去にも同様の遊びをしていた？」

「やつらが撮っていたビデオは見たんでしょう？」

「見た」

「だったらわかるでしょう。見てのとおりです」

中西と柿崎は顔を見合わせた。

「冒頭にでかでかと出ていたでしょう、『チャレンジシリーズ第四弾』と。過去に三回行なわれていたわけですよ、ああいうバカな遊びが。警察官で、その注意力のなさはいささか問題かと」

鶴見はあきれたように首をすくめる。

「過去には何を？」

ムッとしながら柿崎は尋ねる。

「人の家のチャイムを鳴らして逃げる、俗にいうピンポンダッシュを百軒連続で成功できるか。三時間で何人ナンパできるか。青梅線の網棚に寝そべったまま、注意を受けずにいくつめの駅まで行くことができるか」

「毎回賭けの対象としていたのか？」

「金を賭けるようになったのは前回からです。インターネットでの生中継は今回がはじめて。毎回やっているのは、ビデオに撮影して、学校で鑑賞会。某部室で、酒とタバコをやりながら」

「ご存じでした？」

中西が担任に尋ねた。

「まさか。知っていたら注意しました」

担任は顔の前で激しく手を振りたて、校長に向かってぶるぶると首を振り、

「どうして言わなかった」

顔を真っ赤にして教え子を責めた。

「小学生じゃないんですよ。何でもかんでも先生に言いつけてどうします。まずは自分たちで解決を図るよう癖をつけておかないと、社会に出てから困るでしょう。それに、先生方はお忙しいでしょうから、お手を煩わせるのは心苦しい」

鶴見は皮肉らしく応じた。

「君は以前から、茂野君たちに注意を与えていたのだね」

柿崎は確認した。

「ええ。毎回注意して、毎回聞き入れられませんでした。だから堪忍袋の緒が切れて、実力行使に出たと？」

鶴見はふんと笑い、脚を組み直して、

「茂野、沢井、秋山——私はああいった無軌道な若者が大嫌いだ。同じ高校生として恥ずかしい。一度なら、バカをやっても、笑ってすませてやろう。しかし、二度、三度と繰り返す。注意すれば、『自由』だとか『若者の特権』だとか、都合のいい言葉を持ち出して自己を正当化する。加えて許せないのが周囲の反応だ。非常識な行ないで社会に迷惑をかけているやつらをヒーローと祭りあげ、無遅刻無欠席の者を去勢された豚だと軽蔑《けいべつ》する。これは茂野の周辺にかぎったことではなく、今の世の中全般の傾向だ。どうかしている。だから無節操な若者は増長する。もっと注目を浴びたいと、行動がエスカレートする。それを放置しておけば、冗談でなく、レイプもしかねない。ゲームとして。そうなったら取り返しがつかない。私はそれを危惧《きぐ》し、食い止めようとしているのに、やつらときたら聞く耳を持たない。誰も私の味方になってくれない。『社会常識』とか『節度』とかを口にすれば、天然記念物もののカタブツだと物笑いの種だ。それどころか、茂野と沢井を殺したのは鶴見ではないかという噂が校内を駆けめぐる始末。ネットの掲示板に私の実名と自宅の住所、電話番号を書き込んだのは誰だ？　いたずら電話やインターホンが鳴りっぱなして、母親はノイローゼになってしまった」

激しているわけではなかった。抑揚のない、機械的な喋《しゃべ》り方だった。それがかえって憤りの深さを感じさせた。

「君は何もしてないよな？　な？」

担任が、おろおろと、教え子の腕を摑《つか》んで揺すった。

「仮にあなたが心配するような何かをしていたとしても、あなたの責任ではありませんよ」

鶴見は冷ややかに答えた。

「本当に何もしていないのだな？」

「言ったでしょう。思っていることと、実際に行なうことは別です。手を出したらその時点で、茂野たちと同じ、無軌道な若者になりさがってしまう」

こっちのほうがよっぽど大人だった。

「二十一日の朝方、どこで何をしていたか教えてもらえるかな」

中西が尋ねた。

「アリバイですか」

「形式的な質問だよ」

「それも形式的な答ですね」

「五日前のことだ、まだ憶《おぼ》えているだろう」

柿崎が加勢する。

「夏休みなので時間を気にせず遅くまで寝ていた――というのが高校生としての模範解答でしょうか」

「実際はどうだったのだ？」

「四時に起きました。年寄りみたいですか？　今の季節、四時でもうっすら明るいのですね」

「そんなに早い時間のことはいい。五時半から六時にかけては何をしていた」

インターネット中継の記録によると、茂野達弥が担当していた堂橋のカメラに異変が起きたのが五時三十五分、沢井直之担当の新堀橋のカメラがおかしくなったのが五時四十六分。解剖所見からも、兇行《きょうこう》はその頃発生したと考えられた。

「いや、四時台の行動も聞いておいたほうがいいですよ。沢井と会ったから」

「事件の前にか？」

「沢井とは中学校が一緒なんですが、昔はああいうふざけた遊びをするようなやつじゃなかった。変わったのは高校生になってからです。茂野に感化され、おかしくなってしまった。だから、茂野から引き離してやれば、沢井は元に戻る。

それと、無軌道な行為というのはおおむね、群れることから発生するのです。バイクでの暴走行為も、オヤジ狩りも、独りではやらない。したがって、茂野と沢井と秋山を分断してしまえば、彼らは自《おの》ずとおとなしくなると考えられます。

そこで沢井が出かけるところを狙い、説得を図りました。沢井の家はうちから歩いて十分のところにあります。待つこと十五分、大きなデイパックを背負った沢井が出てきました。しかしいくらも話さないうちに逃げられてしまいました。こっちは歩き、向こうは原付、相手になりません」

鶴見は機械的に首を左右に振った。

「それで？」

「それきりです」

「自宅に戻ったのか？」

「ええ。沢井を追いかけていないという証拠は——ありません」

「帰宅したのは何時？」

「五時前ですね」

「自宅に戻って何をしていた？」

「自分の部屋でＰＣに向かっていました。彼らの愚行を見届けようと」

「家族は？」

「両親が起きるのは六時半です。したがって私のアリバイを証明してくれる者はいない。

プロバイダーのログを取れば、その時間、私のPCがインターネットに接続していたと判明するでしょう。しかしそれは私の無実の証明とはならない。インターネットにつなぎっぱなしで外出し、茂野と沢井を殺した、とも考えられるからです。殺害後は、暴走族に罪を押しつけるための偽装を行なった。そうすれば、暴走族という、これまた私の嫌悪する無軌道な若者をこの世から排除できる。一石二鳥だ」

鶴見は眼鏡のブリッジを指先であげてニヤリと笑った。

「でも、実際には何もやってないのだろう？　な？」

担任は相変わらずの調子だ。鶴見は彼を無視して刑事に語りかける。

「私にはアリバイがない。しかし私が殺したという証拠もない。証拠が出たら、もう一度いらしてください。いや、その時には、こちらから福生署に伺いましょう。取調室は何階ですか？」

3

インターホンが鳴った。時計を見ると午後五時を回ったところだった。応答に出なくても、誰の訪問なのか、茂野信子には察しがついた。

「こんにちは」

玄関を開けると、やはり秋山和成が立っていた。

「こんにちは。今日も暑かったわね」

信子は笑顔を作って応じた。

「体調はいかがですか？」

「ええ、おかげさまで」

「おじゃましてもよろしいでしょうか？」

「どうぞ」

昨日と同じやりとりが今日も繰り返される。

信子は一階の和室に秋山を招き入れた。真新しい仏壇があり、その上に夭逝《ようせい》した一人息子の遺影が飾られている。秋山は仏壇の前に正坐《せいざ》すると、線香を立て、目を閉じて手を合わせる。

「忙しいのに、いつもありがとうね」

信子は麦茶を出す。

「暇ですよ、夏休みですから」

秋山は顔の前で小さく手を振る。

「でも、毎日毎日」

「僕、来たら迷惑でしょうか？」

秋山は悲しげな上目遣いで、正坐した両膝《りょうひざ》をぎゅっと摑んだ。

「そんなことはないわよ。あなたが来てくれて、この子も喜んでいる。いいお友達を持ってしあわせだね。ねえ、達弥」

信子は遺影に笑いかける。

達弥が死んでひと月が経とうとしている。通夜と告別式には、幼馴染《おさななじ》みから高校の同級生まで百人を超える友人が集まり、突然の、そしてあまりに若い死を悲しんでくれた。しかしひと月が経った今、達弥の死はもはや過去の出来事である。夏休みで時間はいくらでもあるだろうに、線香をあげにくる者はいない。ただ一人、秋山和成を除いて。

秋山は、ほぼ毎日、茂野家を訪ねてくる。仏壇に線香をあげ、遺影に手を合わせ、遺族にいたわりの言葉をかけていく。

この少年は負い目を感じているのだと、信子には察しがついていた。一緒に遊んでいた友人が殺され、自分だけが生き残った。それを友人の家族に申し訳なく思っている。たしかに信子も最初、この少年に敵意に似たものを感じた。同じ時間に同じ遊びをしに出かけていって、どうしてこの子は今も生きており、うちの子は死んでしまったのか。不公平だ。この子が殺されて、うちの子が生き残ればよかったのに、とまで思ったりもした。

少年はそれに対して謝罪しているのだと信子は思う。自分だけ生き残ってすみませんと。彼が謝るのは筋違いだし、無意味なのだが、そうでもしないことには気がすまない。あるいはもう一歩進んで、どうぞ責めてください憎んでくださいと、遺族の前に姿をさらしているのかもしれない。

けなげだと信子は思った。憎む気持ちも責める気持ちも、今はもうない。彼がそれで気がすむのならと、毎日笑顔で迎え入れてやっている。

「いいですか？」

秋山はもう一度軽く合掌したのち、天井を指さした。「どうぞ」と信子が頷《うなず》くと秋山は、痺《しび》れをこらえるようにゆっくりと立ちあがり、そのまま和室を出ていった。階段を昇る足音がし、やがて二階から音楽が聞こえてくる。

達弥は音楽が好きだった。「今はやっている曲を教えてあげたいから」と秋山は言う。自分が持ってきたCDを達弥の部屋でラジカセにかけ、一曲流す。これも日課の供養だった。

脚を崩し、信子は溜《た》め息をついた。

実はこのごろ、秋山の訪問が憂鬱《ゆううつ》だった。彼の元気な姿を見ると、わが子がこの世にいないことを実感させられる。かといって、少年のけなげな姿を見ていると、もう来てくれるなとは言えない。

溜め息を繰り返していた信子は、テラスの屋根がパラパラと音を立てているのに気づいた。雨だった。まだ降りはじめだが、かなり大粒のものが落ちてきている。

信子はあわてて立ちあがった。二階のベランダに干しておいた洗濯物をまだ取り込んでいなかった。

信子は和室を出、階段を駆け昇り、二階の手前のドアを軽くノックしてから開けた。達弥の部屋だ。

ドアを開けたところで信子は立ちつくした。

秋山がベッドの上にいた。俯《うつぶ》せで大の字になり、ベッドカバーに顔をうずめていた。

「茂野君、茂野君」

甘ったるい声で繰り返し、枕を引き寄せる。それを抱きかかえ、鼻をすり寄せる。

風呂《ふろ》からあがって居間に行くと、久幸がソファーに寝そべって新聞を読んでいた。シャワーを浴びながらずっと、夫に明かすべきか自分の胸にだけしまっておくか悩んでいたのだが答を出せず、明日また考えようと結論を保留したのだが、彼の姿を見て、信子は話す気になった。

信子は久幸の前に坐《すわ》り、夕方の出来事を話して聞かせた。

「頭の中が真っ白になってしまったわ。達弥がそういう趣味だったなんて……。もちろん、秋山君が一方的に好意を寄せていただけなのかもしれないけど……」

話の途中から、信子は目頭を押さえていた。

久幸は何も言わなかった。俯き、頭を抱え、荒い呼吸を繰り返す。

信子は顔の半分を手で覆い、ときどき震えた溜め息をつく。

突然、久幸がおおと吠《ほ》えるような声をあげ、信子に向き直った。

「達弥のことでずっと気になっていたことがあった。だが、それはあまりに恐ろしい想像で、まさかそんなことはあるまいと心の中で打ち消し、おまえにも言うのをためらっていた。しかし今のおまえの話を聞いて打ちのめされた。俺の想像は想像なんかじゃない。現実だ」

久幸は、さっきまでは晩酌の余韻で赤い顔をしていたのだが、今は酔いが醒《さ》めているどころか真っ青な顔をしていた。

「あの子が同性に興味を持っていると、あなたは気づいていたの？」

「勘違いするな。達弥にそっちの気はない」

「じゃあ秋山君が一方的に？」

「それも違う」

「違うって、現に見たのよ」

脳裏をあの光景がかすめ、信子は軽い眩暈《めまい》に襲われる。

「どこから話せばいいか……」

久幸はしばし額に手を当てて、

「玉川上水のビデオは見たよな」

「なに言ってるの。一緒に見たじゃないの、何度も」

生きている達弥が映っている最後の映像なのだ。

「ほかの『チャレンジシリーズ』のビデオも見たよな」

「それも一緒に見たじゃない」

「全体を通じて、何か感じなかったか？」

「感じたわよ。あんなに元気だった子が、どうして……」

テープに遺《のこ》されていた潑剌《はつらつ》とした笑顔を思い出し、信子は涙ぐむ。

「ほかには？」

「べつに……」

「達弥はあまり映っていなかったよな」

「そうね。それは残念だった」

どのテープでも達弥は、「チャレンジシリーズ」という手書きのタイトルが入る冒頭の数分間しか出てこなかった。だから信子は最初の部分だけを繰り返し見ていた。

「どうして達弥はあまり映っていなかったのだろう」

「達弥が撮影していたからでしょう」

「まさにそうなんだよ」

久幸は信子に人さし指を突きつけて、

「チャレンジシリーズ第一弾、ピンポンダッシュ連続百軒に挑戦中、バイクと接触事故を起こしたのは誰？」

「は？」

「バイクとぶつかったのは誰？」

「秋山君だったけど」

信子はとまどいながら答える。

「チャレンジシリーズ第二弾、ナンパ・マラソンに挑戦し、オレの女に何か用かと殴られたのは？」

「秋山君」

「チャレンジシリーズ第三弾、青梅線の網棚に乗り、乗客と小競り合いのすえ車掌に捕まり、西立川駅の駅務室に突き出されたのは？」

「秋山君」

「そして第四弾。玉川上水を死体のまねをして下ったのは？」

「秋山君だけど……」

「ということだよ」

久幸は頭を抱えた。信子は首をかしげる。

『チャレンジ』していたのは常に秋山君。達弥と沢井君は常に撮影担当。秋山君がピンチに陥っても助けに出ていくことなく、隠し撮りを行なっていた」

信子は眉《まゆ》をひそめた。夫の言わんとすることが一瞬で理解できたようであり、しかしそれを理解するのを心のある部分が拒否しているようでもあった。

「秋山君はいつも損な役回りをやらされていた。達弥と沢井君はそれを傍観してニヤニヤしていた。そういうのを『いじめ』というのではないのか？」

久幸は信子をじっと見据えた。信子は息が詰まった。

「先日の川下りにしても、もし警察に捕まったら、受験勉強の気晴らしに単独で行なったのだと言え、賭けのことも絶対に明かすなと、事前に脅しをかけていたのだろう」

信子は一拍遅れて反論する。

「達弥がいじめを？　バカなこと言わないでちょうだい」

「俺も否定したいよ。自分の子供だ」

久幸は溜め息をつき、力なくかぶりを振る。

「達弥がいじめを？　ありえない。あなた、どこに目がついてるの。ビデオの秋山君、ニコニコ笑って、とても楽しそうにしている」

「自己防衛のための作り笑いとは考えられないか？」

「それに、そうよ、達弥が問題を起こしていると、学校から連絡をもらったこともない。

保護者会でも、クラスでのいじめ問題など、一度として話題にのぼらなかった」

「いじめというものは、それとわからないように行なわれるから、問題が表面化しにくいのだよ。それに、いじめられているときちんと主張できるような性格なら、そもそもいじめられたりはしない。また、プライドが高いと、いじめの事実を知られるのは恥だと思い、なんでもないように装いがちになる」

「あなた、いったい誰の味方なの!?」

信子は癇癪《かんしやく》を起こした。

「味方とか味方でないとか、そういう問題ではない。大切なのは、事実がどうであるかだ」

夫はひどく冷静で、それが信子をいっそういらつかせる。

「わが子にあらぬ疑いをかけて、どういうつもり？　あの子はもうこの世にはいないというのに……」

信子は両手で顔を覆う。

「俺も、だから、あえて否定してきた。しかしさっきおまえの話を聞いて、否定しきれなくなった」

「何の話よ」

「今日の夕方の出来事だ。秋山君が達弥のベッドに寝ていたという」

そもそもその相談をしていたのだということを、信子はすっかり忘れていた。

「達弥にその気があったかどうかはおいとくとして、秋山君は達弥に気があるのよ。達弥にいじめられていたのなら、恋愛感情を抱くわけがない」

「おまえは誤解している。秋山君は達弥に恋愛感情など抱いていない」

「でも現に——」

「まあ聞け。秋山君は達弥のベッドで枕を抱きしめていた。おまえはそれを見て、男と男のただならぬ関係を疑ってしまったわけだが、よく考えてみるとおかしくないか？　おまえはいきなりドアを開けたのではない。ドアを開ける前にノックをしている。その前には階段を駆けあがっている。一刻も早く洗濯物を取り込みたかったので、足音は相当なものだったろう。したがって秋山君は、人が来たとはっきり認知できたわけだ。だったら、どうしてさっと起きあがり、何もしていなかったような顔をしなかったのだろう。それだけの行動をするのに一秒もかからない。普通は、同性とのそういう関係は隠したがるものだろう」

たしかにおかしいように信子にも思えた。しかし、では秋山はどうして、人がやってきてもベッドを離れず、甘い声で達弥の名前を繰り返していたのか。ますますわからない。

「こうは考えられないだろうか。秋山君は、人が来ても起きあがらなかったのではなく、人が来たから寝た」

「え？」

「ベッドの上に何かが置いてあった。しかしそれを茂野達弥の母親に見られてはならなかった。といって片づける時間はない。そこで、とっさにその何かの上に覆い被《かぶ》さった。ただ俯《うつぶ》せになっているだけでは行動としておかしいので、故人の名を繰り返し、偲《しの》んでいるふりをした」

「何か？」

「具体的に何なのかはわからないが……、達弥に奪われた物」

「奪われた？」

「いじめの一環で巻きあげられた物」

「えっ!?」

「秋山君はね、達弥に取られたものを取り戻すために、うちにやってきているんだよ。何を巻きあげられたのかは、秋山君本人はすべて把握しているだろう。だが、それらのありかがわからない。だから毎日のようにやってきては、達弥の部屋の中を少しずつ物色し、見つかったものから回収していっている。あまり長居したのでは怪しまれるから、音楽で供養するという名目で一曲流している間だけの探索だ。今日もそうしていた。抽斗《ひきだし》や棚の中の物をベッドの上でより分けていたのだろう。そこにおまえがやってきてしまったので、あわてて体の下に隠した。部屋を引っかき回しているところを見られたら泥棒扱いされてしまう。これはもともと僕の所有物で、お宅のお子さんに無理やり取られたのです、返してもらいます、と訴えたところで、信じてもらえるとは思えないから」

信子は呆然《ぼうぜん》として声もなかった。

「想像が過ぎるわ」

やっとそれだけ絞り出した。

「さて」

妻を無視し、久幸は話を核心に進める。

「仮に秋山君がいじめに遭っていたのだとしたら、この前の事件の見え方がまったく変わってくる」

「嘘……」

何かを予感し、信子は呟《つぶや》いた。

「秋山君には、達弥と沢井君を殺す動機がある」

「ちょ、ちょっ、あなた……」

「すなわち、いじめの被害者による加害者への復讐《ふくしゅう》だ」

「待って、待ってよ。達弥は同級生に殺されたというの？」

「残念だが、たぶん」

久幸は緩慢に首を振る。

「そんなの嘘よ。達弥がいじめの加害者だなんて……」

「だから、それはさっきも言っただろう。外からは見えていなかっただけで」

「だとしても……、ううん、そうよ、ありえない。秋山君は川に入っていたのよ。達弥が襲われた時も、沢井君の時も。彼が川を下っていく様子がビデオにも映っていた。あなたも見たじゃないの。秋山君は違う」

秋山が犯人でないのなら、わが子によるいじめも行なわれていなかったことになる――信子の頭の中にはそういうショートカットができていた。

「見たよ。彼の服が流れていく様子を」

「え？」

「ビデオには、川を流れる秋山君の服は映っていた。しかし顔は映っていなかった」

「顔？　映ってたじゃないの。達弥と肩を組んで笑ってた」

「それはスタート前のことだろう。堂橋の欄干から降りたあと、秋山君の顔は映っていない。あのビデオ、おまえは達弥が映っている冒頭部分にしか興味がなかったのかもしれないが、いや俺もそうだったのだが、この恐ろしい考えが閃《ひらめ》いたあと、後半部分まで繰り返し見て確認した。橋の下に姿が隠れたあと、秋山君の顔はちらとも出てこない。川を流れ出してからも顔はあげない。シュノーケルをしていたなら息継ぎのために顔をあげる必要はないのだが、しかし顔が見えていない以上、それが秋山君本人であるとは断定できない」

「そんなわけない。だってそのあと、おまわりさんに呼び止められて川からあがったのは、秋山君本人だったのよ」

「その時はね」

「その時？」

「警官が追いかけて捕まえたのは秋山君。ビデオに映っていたのは秋山君ではない」

「秋山君は堂橋の欄干を乗り越えていったじゃないの」

信子は髪を両手で鷲摑《わしづか》みにして、いやいやをするように首を振る。

「そこまでは本人。橋の下に入り、達弥の視界から消えたところで、身代わりを川に流した」

「身代わり？」

「そう」

「誰？」

「人間じゃない。長さ二メートル、幅五十センチ程度の、要するに人が両腕をまっすぐ頭の上に伸ばしているような形と大きさの、水に浮く物体だ。空気で膨らませるマリンレジャー用のチューブフロートなんかがいいね。あらかじめそれにジャージを着せ、鬘《かつら》をかぶせ、水中眼鏡とシュノーケルをセットし、堂橋の下に隠しておいた」

「何のためにそんなものを？」

答はもはや明白だった。しかし信子は尋ねずにはおれなかった。

「達弥と沢井君を殺すために」

「待って、待ってよ。ありえない」

現実に抗《あらが》うように、信子は顔の前に両手を掲げ、激しく首を振った。

「秋山君は、自分が水に入るふりをして身代わりを川に流すと、音を立てないように護岸をよじ登り、欄干を乗り越え、達弥を背後からナイフで襲った。達弥は川を流れてゆく秋山君——と思いこんでいた物体——に注意がいっていたので、あっけなく倒されてしまった」

「嘘よ……」

「達弥の死体を橋の下に落とし、暴走族のしわざに見せかけるために落書きをし、そして秋山君は新堀橋に急行した。川の流れは人がゆっくり歩く程度、バイクか自転車を使えば楽に先回りできる。新堀橋では沢井君が撮影を行なっている。そこを背後から襲って殺害。早朝だったので、二件の兇行は誰にも見られることなく遂行された」

「嘘……」

「沢井君の死体を橋の下に遺棄し、落書きの偽装を行なうと、ふたたび自転車等でダミーを追いかける。そして追い越したところで玉川上水に入り、ダミーを捕捉《ほそく》。兇器のナイフで刺して空気を抜き、コンパクトにまとめて兇器とともに護岸に隠す。そしてここからは秋山君本人が死体のまねをして川に浮かび、流れ流され、警官に呼び止められるまで旅を続けた。

　要するにアリバイ工作だ。川下りの序盤の様子はインターネットで生中継されることになっていた。その映像において、川を流れる『秋山』の姿と橋上の晃行が同時に映っていれば、自分には絶対に容疑がかからないと彼は考えた。

　一一〇番通報は、川に入る前に自分で行なったのだろう。川を流れている姿を警察官に見せることで、堂橋からずっと流れていましたよ、自分に殺せたはずはありませんよとアピールしたかった。そして連絡の取れない二人を心配してみせ、警官を連れて現場に戻り、死体を前に迫真の芝居を打った」

「証拠は？」

　信子は頭を垂れたまま、喘《あえ》ぐように尋ねた。

「兇器も、身代わりに使った材料も、あとで回収して処分しただろう。一一〇番通報も、プリペイド式の携帯電話を使うなどして、足がつかないよう配慮していると思う。だから証拠はない。今の話は想像の域を出ない」

　だがその想像は信子をすっかり蝕《むしば》んでしまった。

　達弥をこの世から連れ去った者が一日も早く捕まるよう、信子は日々願っていた。

　願いは叶《かな》う。

しかしそれと引き替えに、殺人事件の被害者であるわが子を、いじめの加害者として差し出さなければならない。

一人息子の死をただ嘆き悲しんでいるだけの時期は終わった。自分たち夫婦には過酷な未来が待っていると信子は直感した。

しかし今日はこれ以上考えたくないと、彼女はその場に横になり、静かに目を閉じる。

殺 人 休 暇

1

ポストを開けたら濃厚なバニラの香りが漂い出てきた。

匂いの正体にはピンときたが、なぜブドワールなのかはすぐにわからなかったし、考えようとする前に手が伸びていた。

ポストの中には封筒が入っていた。住所は記されておらず、切手も貼られていない。赤く太いペンで「塚越理恵様」とだけある。

その丸っこい文字に金ラメが混じっていると気づくのと同時に、それはペンではなくシャネルのルージュ・ルミエールで書かれたものだと察し、枯れ葉色の封筒がヴィヴィアン・ウエストウッドのブドワールの香りを発散させている理由もわかり、わたしは反射的に振り返った。

すぐそこに人の姿があり、思わずひいっと声をあげた。だがそれはガラスに映り込んだわたし自身だった。ガラス戸の向こうは深い闇で、誰がいるのか、あるいはいないのか、判然としない。外に出て確かめるのは恐ろしく、わたしはエレベーターに駆け込んだ。

部屋に帰ると、封筒の中身はあらためず、そのままキッチンのゴミ箱に放り込んだ。けれどブドワールの匂いはきつく、隣の部屋までわたしを追いかけてくる。部屋着に着替えたわたしはキッチンに戻り、封筒を拾いあげ、おそるおそる封を破った。

お帰りなさい。今日も一日ご苦労さまでした。

電話はかけないと約束したので手紙を書きました。今日の気持ちは今日伝えたかったから自分で配達しました。

ぼくがさしあげたフレグランスは使っていただけているでしょうか。それが気になって仕事が手につかなくなりました。

理恵さんに一番似合う香水はヴィヴィアン・ウエストウッドのブドワールです。その宮廷風の甘い香りはあなたの体を豊かに包み込み、あなたの美しさに神秘の彩りを添えます。体だけでなく、心も自然と華やかになることでしょう。

ぼくは理恵さんがいい女であってほしいのです。すれ違う男の誰もが振り返るような女であってほしい。

ぼくはもう理恵さんとはつきあえないけれど、あなたを想う気持ちは誰にも負けません。その美しさに磨きをかけて、その美しさにふさわしい男性を見つけてください。

困ったことやつらいことがあったら、遠慮せずにいつでも電話してください。夜中でも仕事中でもかまいません。ぼくは何でもします。あなたの気持ちをわかってあげられるのはぼくだけなのです。

ぼくは毎日理恵さんのしあわせを祈っています。

たっぷりとふりかけられた香水が枯れ葉色の便箋《びんせん》を波打たせ、青いインクをにじませていた。

ぞっとした。やはり読むべきではなかった。

わたしは便箋を破った。封筒も細かくちぎった。そしてビニール袋に二重三重に包んでゴミ箱に捨てた。

ブドワールの匂いは消えなかった。

わたしはシャワーを浴び、皮が剝《む》けるほど指をこすった。

それでもブドワールの匂いは離れなかった。

2

戸部修司とは突発的な合コンの席で出会った。

当日の午後になるまで、わたしはその合コンの存在を知らなかった。昼休みを早めに切りあげて端末を操作していると、今晩暇ですかと大畑敏江が尋ねてきた。気乗りのしない誘いだった。わたしが人数合わせのために呼ばれたのは明らかだったからだ。

わたしは総合衛生用品メーカーで商品開発に携わっている。当時すでに入社九年目の中堅で、係長代理という肩書きも与えられていた。対して大畑敏江は入社三年目で、合コンに参加するほかのメンバーも彼女と同期だった。その中の一人が風邪でダウンしてしまい、その穴埋めとしてわたしに声をかけてきたのだ。聞くと、相手方の男性陣もみな敏江と同年齢ということで、わたし一人だけが浮いてしまうことは目に見えていた。しかし敏江に、塚越さんは充分若いですよ、黙っていれば二十歳そこそこに見えますよと拝み倒され、無理やり会場に連れていかれてしまった。

相手方は印刷会社の営業マンだった。五人が五人ともヨーロッパ系のしゃれた服に身を包み、聞いたことのない名前の料理やワインをてきぱき注文した。けれどわたしの目には、五人が五人とも、顔立ちも言葉づかいもしぐさも幼く見え、それなりに楽しいひと時であったがそれ以上の気持ちは湧かず、二次会は断わったし、誰とも電話番号を交換しなかった。

しかし合コンの翌日、自宅の電話が鳴った。一次会で帰ってしまうから寂しかったと相手はいった。戸部修司と名乗られても、どの位置に坐《すわ》っていたのか説明されても、わたしは彼の顔を思い出せず、適当に相槌《あいづち》を打っていた。そして、まったくその気はなかったのだけれど、話の流れに身をまかせるうちに、次の週末に彼と食事をすることになった。

いま思うと、なぜ彼と関係を持つようになったのかさっぱりわからない。戸部修司はジャニーズ系の垢抜《あかぬ》けた顔立ちをしていた。身長も高く、無駄な肉も付いていなかった。しかし彼は、その外見的な魅力を完全にうち消すほどの暗いオーラを放っていた。待ち合わせの場所でこんにちはといったきり何も話さない。一人でさっさと歩いていき、店に入り、注文し、黙々とナイフを動かす。しょうがないからこちらから質問を投げかけると、三十字程度の答を返してきてそれでおしまいだった。わたしのことを気に入らないのかしら、こちらが何か失礼な態度をとったかしらと自問してしまうほど彼はむすっとしていて、店を出るなりさよならもいわずに去っていった。

ところが奇妙なことに、帰宅すると彼から電話があった。

「今日はとても楽しかったよ！　今度はいつ会えるかな？」

まるで別人かと思うほどの明るさだった。彼はそして、一人で一時間もしゃべり続けた。電話の中で彼は、自分は人と面と向かってしゃべるのが苦手なのだ、コンパの席だと大勢の中にまぎれることができるけれど一対一ではどう対応していいかわからない、と説明した。なるほどそういう性格なのかとわたしは納得したが、しかしそういう人間に薄気味悪さをおぼえないといえば嘘になる。

なのに戸部修司との関係が半年も続いた理由はわかっている。容姿は捨てがたいと思ったのでも、彼の内気さを哀れんだのでもない。モノに釣られたのだ。

彼は会うたびにモノをくれた。指輪、腕時計、バッグ、靴、服――食事の席で渡されたこともあるし、デパートに連れていかれてその場で見つくろわれたこともある。どれも一流のブランド品で、中には、ブルガリのスネークブレスやロレックスのピンクフェイス・オイスターなど、わたしの給料ではとても手の届かないものもあった。会話がはずまないのは相変わらずで、わたしは少しも楽しくなかったけれど、モノをもらって悪い気はしない。

ところがしばらくつきあううちに、彼は妙な態度に出るようになった。デートの際、プレゼントの品を一つでも身につけていないと露骨に不快を表わすようになったのだ。
「あなたは美しくありたくないのですか？　ぼくはあなたにふさわしいモノを選《え》りすぐってプレゼントしている。それを身につけることであなたの美しさが二倍三倍になるのです。ぼくを信じて、ぼくが与えたものを身につけなさい」
いかれた教祖が吐きそうな台詞《せりふ》を、人目もはばからず、顔を真っ赤にしてまくしたてる。彼が無口なのは機嫌のいい証拠で、不機嫌だと異常に饒舌《じょうぜつ》になるのだ。

次いで彼は、わたしの髪型や化粧の仕方にも口出ししてきた。肩までのソバージュが一番似合う、ただし染めてはならない、口紅はシャネルのルミエールで、瞼《まぶた》には同じくシャネルのリングエクストレーム35番を薄めに塗りなさい――。映画や音楽についても、ハリウッド製の商業映画は観るな、オルタナティブを聴けと命令する。まだ腕を組んで歩いたことも無いのに、あなたの艶《つや》やかで弾力に富んだ肉体を包むのはシルクしかないとランジェリーショップに連れていかれた時には、さすがに気味が悪くなった。

それでもわたしが戸部修司と別れなかったのは、やはりモノに目がくらんでいたからだろう。好みに反したモノであれ、高級品は所有しているだけでなんとなく嬉《うれ》しい。彼と会う時だけ彼好みの恰好《かっこう》をしていればいいと割り切って、わたしは彼の押しつけを受け容《い》れ続けた。

けれどある早春の晩、とうとう我慢の限界が訪れた。

「理恵さんの部屋に行っていいかな？」

例によってお通夜のような食事を終えたあと、戸部修司がおずおず切り出した。わたしはてっきり、肉体を求めてきているのだと思った。

わたしは彼を部屋に招いた。恋愛感情はまるでなかったが、クリスマスにエルメスのバーキンを贈られてから、いずれお礼に一夜をともにしようと考えていた。その時がやってきたのだ。

ところが彼の目的は検査だった。彼は部屋に入るなり不愉快そうな顔をして、まずはブドワールの瓶を取りあげた。

「ちっとも減ってない」

わたしは重ったるい匂いの香水を好まない。学生時代からオーデコロン一辺倒で、オードトワレでさえ抵抗を感じるほどだから、パルファンやブドワールのようなオーデパルファンとなると、自分で使わないのはもちろん、それを振りかけた他人のそばにいるだけで気分が悪くなる。だからブドワールを贈られたのはいい迷惑だった。ただ、ブドワールの瓶のデザインはしゃれていて、透明なガラスと淡いピンク色の液体の調和も美しく、眺めるぶんには悪くないと簞笥《たんす》の上に飾っていた。

「あまりきつい香水をつけていると課長が露骨に嫌な顔をするの」

わたしはとりあえずそう逃げた。

「あなたは上司のために生きているの？　あなたにふさわしい香水はブドワールなんだ」

彼はそして、塚越理恵とブドワールの調和がわからない人間がいかにバカであるか、そんなセンスのない女性課長の下で働いていたら君自身がだめになってしまう、転職したほうがいい、などと滔々《とうとう》と続けたのである。

わたしはあっけにとられ、長広舌をやめさせようと、ねえもういいでしょうと甘く声をかけ、彼の背中を抱きしめた。すると彼はわたしを拒否して壁際に歩み、ポスターに手をかけた。

「幼稚な！」

レオナルド・ディカプリオの笑顔が引き裂かれた。向かいの壁に掛けてあったパネルも払い落とされ、足蹴《あしげ》にされた。

「幼稚なのはそっちでしょ！」

わたしはついにキレた。あとに壊されたパネルは直筆のサイン入りで、ロサンゼルスの映画館に飾ってあったものを、つたない英語を操って三日がかりで手に入れたものなのだ。

「もうたくさん！　わたしはあなたを満足させるために生きてるんじゃない！」

溜《た》まりに溜まっていたものがわたしの中から噴出した。

「ぼくは理恵さんのためを思っていっているんだ。ぼくは毎日、仕事中も、ベッドの中でも、あなたのことを考えている。いやらしい妄想なんかじゃない。あなたの魅力を引き立たせるためにはどうすればいいか、それだけを考えている」

戸部修司も応戦した。けれどわたしが抑えつけていたもののほうが大きかった。

「やめて！　気持ち悪い。わたしはあなたの人形じゃない。そうよ、あんたなんか、おうちで人形ごっこしてればいいのよ。返すわ、全部返す。だいたいなによ、この統一感のなさ。名前さえありゃいいってもんじゃないのよ。こんなバラバラなブランドを全部つけてたらセンスを疑われるわ。さあ、持って帰って！」

わたしはブドワールの瓶を投げつけ、カルティエのトリニティリングを引き抜き、プラダのショルダーバッグを蹴り飛ばし、マックスマーラのワンピースをその場で脱ぎ捨て、あんたが女装すればいいでしょうと突き返した。

彼は涙を流したような気がする。声を立て、幼児のように床を転げ回ったような気も。

わたしも感情的になっていたので、途中の出来事ははっきり憶《おぼ》えていない。一つだけ憶えているのはわたしの捨て台詞だ。

「二度と誘わないでちょうだい。あなたとはもう会わない。さっさと出ていって!」

気づいたら彼が固まっていた。いっているとはこういうことなのだろうか、目の焦点が定まっておらず、小鼻が開き、頬の肉がだらんと弛緩《しかん》していた。名前を呼んでも反応がなく、さわってみると、体温がまるで感じられなかった。

投げつけた何かが頭に当たったのかしらとわたしは蒼《あお》くなり、救急車を呼ぼうかとも考えた。だが、うろたえるうちに彼が表情を取り戻し、口を開いた。

「ぼくはあなたを愛している。恋しているのではなく、心の底から愛しています」

安心したわたしは冷たくいい放った。

「わたしは愛していません」

「たとえあなたに嫌われても、ぼくの気持ちは変わらない」

「あなたがどう思おうと勝手だけど、わたしはあなたが嫌い。もう会いたくない」

この中途半端な言い回しが自分の首を絞めることになろうとは、この時のわたしは思ってもみなかった。

「もう会えないのですね?」

「そうよ。会うのはもうイヤ。会ってもちっとも楽しくない。あなたは何も話さない」

「わかりました。もう会わないことにします」

彼はやけにすっきりした表情で立ちあがった。わたしはこの時とどめを刺しておくべきだった。自分の気持ちを正しく伝えておくべきだったのだ。

「理恵さんはさっき、ぼくのために生きているのではないといいました。けれどぼくは理恵さんのために生きています。この先もそう生きていきます。ぼくの愛は不変です」

最後のつぶやきも、ただの未練だと聞き流したわたしが愚かだったのかもしれない。


戸部修司はたしかに二度と誘ってこなかった。けれど電話をよこしてきた。

最初の電話は、わたしの部屋で喧嘩《けんか》別れしてひと月後だった。実はその時わたしは、不思議なことなのだが、彼の声を聞いてホッとした。彼に対する恋愛感情は、いや好意程度の気持ちさえ、関係を持っている時分にもなかったのだが、彼がその後どうなったのか、仕事に支障をきたしていないだろうかと、多少なりともかかわりを持った以上、やはり気になるところではあった。

声を聞くかぎり、戸部修司は元気そうだった。わたしはまずそれに安心し、電話が切れてしばらくしてから、会いたいといわれなかったことに胸をなでおろした。

ところが電話は一度で終わらなかった。一週間と置かずかかってくるようになったのだ。戸部修司は決して、会いたいとは口にしなかった。自分の近況を一方的にしゃべるだけで、こちらの近況を尋ねてくるようなこともない。けれどわたしの気持ちは彼から完全に離れてしまっており、声を聞くだけでもうっとうしかった。最初の電話で安心してからは、元気でやっているのなら勝手に生きてちょうだいといった気分だった。

そしてわたしは、うんざりするような電話攻勢を受けるうちに一つのことに気づいた。戸部修司は最後にかならず、あの映画をあの服を着て観にいきなさいとか、明日は雨だからあの傘をさしてこのバッグと組み合わせなさいとか、一言いい残すのである。

「わたしはあなたの人形じゃないの!」

十一度目の電話の際、わたしは我慢するのをやめた。

「勘違いしないでください。ぼくはあなたを自分のものにしようとは思っていません。あなたがいい女であってほしい、美しさをほとばしらせてほしい——それがぼくの願いなのです」

彼は飄々《ひょうひょう》と応じた。

「あなたにいわれなくても、いい女であろうと努力してるわ」

「あなたが見逃している点をぼくが教えてあげようと——」

「結構です。もう電話はかけないでちょうだい」

「電話も……、いけないのですか?」

「声を聞くのもイヤなの。かけてきたって絶対に出ないから」

するとと彼は黙り込み、不規則な息づかいを繰り返した。その反応にわたしは、過日のようにいっていっ
てしまったのではと不安になり、彼を気づかうように名前を呼び続けてしまった。あまつさえ、ようやく彼が応じたところで、またも不用意な、彼に行動の余地を与えるような言葉を残してしまった。

「あなたがどう思おうと勝手だけど、わたしの気持ちはあなたに戻りません。いえ、最初からあなたのことなんか好きじゃなかった。とにかく、もう電話はかけないでちょうだい」

戸部修司は素直にわたしの言葉にしたがった。わたしはその後しばらくの間、電話が鳴るたびにドキリとさせられたが、彼からのものは一本もなかった。一番心配した無言電話やガチャ切りもなかった。

けれど最後の電話からひと月経った今日、戸部修司から手紙が届いた。それも彼自身の手で届けられた。ブドワールの香りとともに。

3

「具合が悪いのですか？」

キーボードに指を置いてぼんやりしていると、大畑敏江に声をかけられた。

ひと月前も彼女にそういわれた記憶がある。戸部修司の電話にいらついていた時期だ。彼からの電話が途絶え、わたしの精神は安定を取り戻していた。なのに昨日の手紙により、また仕事に身が入らなくなってしまった。

「うー、ねむー。お昼、食べ過ぎちゃったかしら」

わたしは作り笑顔で応《こた》えた。

「さては、気持ちはもう海外に飛んでいましたね」

「海外？」

「行き先はもう決めました？　ヨーロッパ？　アメリカ？」

「何のこと？」

「旅行しないんですか？」

敏江がきょとんとした。

「予定はないけど。まとまった休みも取れないし」

「やだなあ、ハッピー・ホリデーのことですよ」

「あ」

ハッピー・ホリデーというのはわが社の福利厚生制度で、勤続十年の節目に二週間の長期休暇が与えられる。休みの間は、寝て過ごすもよし、家庭サービスに徹してもよし、陶芸教室に通うもよしなのだが、ほとんどの社員が海外旅行を選択する。事前にプランを提出すれば資金の補助もしてくれるからだ。

わたしもヨーロッパ方面に行きたいとは漠然と思っていた。しかし戸部修司とのごたごたがあって、具体的な計画作りはすっかり忘れていた。

「そうね。もうじきハッピー・ホリデーじゃない」

わたしは敏江があっけにとられるほど笑ってみせ、心の中にハッピーな空気を送り込もうとした。

その日の会社帰り、旅行雑誌を買い求めた。ソファーに寝そべり、地中海グルメ紀行かしら、ハンガリーのスパも捨てがたい、とページに折り目をつけた。

平穏な日々はすぐに終わった。

戸部修司がまた手紙をよこしてきた。今度はブドワールは振りかけられていなかったが、やはり郵便局を介さずに届けられていた。便箋《びんせん》には、グッチのビットローファーが塚越理恵の脚の線、足の形といかにマッチしているかということが切々と綴《つづ》られていた。

数日の間を置いて、三通目、四通目と届いた。いずれも、彼が押しつけたモノが塚越理恵という女性にいかにふさわしいかを一方的に語っているだけで、返事を要求するような一文はなかった。手紙を読んだかという電話もなく、彼がわたしの前に現われるようなこともなかった。

戸部修司はたしかにわたしとの約束を守っていた。わたしにしても無視を決め込んでいれば実害はない。だが、無視したところで手紙は届くし、読めば気味が悪くなり、読まずに捨てるとそれも心を乱す原因となり、結局わたしは彼からの手紙を無視することはできないのだ。

「悩みが深いようですね」

四通目が届いた翌日、ワープロのまっさらな画面の前でぼんやりしていると、大畑敏江に声をかけられた。心の中を読まれたのかとわたしはドキリとしたが、彼女の言葉の意味をすぐに悟り、

「北欧に行きたいんだけど、あっちは物価が高いのよね」

と溜《た》め息をついた。

「北欧かぁ。いいですねえ。もちろんムーミン谷博物館にも行きますよね？　かわいいグッズを買ってきてくださいよぉ」

敏江は胸の前で手を組み合わせ、ロヴァニエミのサンタクロース村にも行くんですか、フィヨルドのクルーズもするんですか、と続けた。わたしは適当に相槌《あいづち》を打ち、彼女の話に区切りがついたところで尋ねてみた。

「ねえ、ずいぶん前の話になるけど、W印刷の営業マンと合コンしたでしょう」

敏江はしばし、そんなことあったっけというような顔をしてから、

「ああ、みんなカッコだけでダメでしたね。田代ちゃんはあの晩、誰かさんと一緒にお泊

まりしたらしいけど、それっきりだって」

「あの中にいた戸部修司という人のこと知ってる？」

「トベシュウジ？　さあ。江本《えもと》なら知ってるかもですよ。彼女が持ち込んできた話だから」

「いいのいいの。あなたが知らなかったらそれでいい」

江本早紀の姿を探す敏江をあわてて止めた。

「その人のことが忘れられないとか？」

敏江がニヤリとした。

「違う違う。そんなんじゃないの」

わたしは大あわてで否定する。何度も二人きりで会っていたとは、とてもいえない。

「歳下の男もケッコーいいですよね。江本なら電話番号知ってますよ」

「違うんだって。ええと、そう、販促の件で広告代理店と打ち合わせたんだけど、おとといよ、その時W印刷の話になって、戸部修司という名前が出てきて、それで、どこかで聞いたことあるなと思ったの。それだけ」

「なーんだ。ハッピー話じゃないのかぁ」

敏江はつまらなそうな顔をして席に戻っていった。

誰かに相談したいという気持ちは強くある。解決策を授けてくれなくても、哀れみや慰めを投げかけてもらえれば、少しは救われる気がする。けれど好奇の目で見られるかと思うと、やはり打ち明けるのはためらわれた。

4

お帰りなさい。今日も一日ご苦労さまでした。

このごろ雨が続いていますが、体調を崩していませんか？

体調といえば、感心しない食生活を送っていますね。朝は抜きで、夜は三日続けてカップラーメン。こんなことでは、体は壊さなくても肌の艶《つや》や張りが失われてしまいます。

失礼を承知でいいますが、理恵さんの肉体に十代の力はありません。一度肌が荒れてしまうと、二度と元には戻らないかもしれません。

ぼくはそうあってほしくない。

ぼくは理恵さんに美しくあってほしいのです。

なお、雨模様の毎日ではありますが、実は相当強い紫外線が出ています。お出かけの際にはシャネルのサングラスをお忘れなく。

五通目の手紙にわたしは戦慄《せんりつ》した。

わたしはたしかにここしばらく、朝食を抜き、夜は買い置きしてあったカップラーメンですませた。新商品のプレゼンテーションの準備に追われ、食事の時間も惜しかったし、食欲もなかったからだ。けれど戸部修司がなぜそれを？

ゴミだ。

彼はわたしが出したゴミ袋を開け、食品パッケージや残飯の状態からわたしの食生活を推測したのだ。ゴミ袋を開けたからには、ほかの種類のゴミも観察しているはずである。

叫び出したいような、目眩《めまい》がするような、吐き気がするような、なんとも得体の知れない感情に襲われた。そしてようやく動悸《どうき》がおさまったあと、一つの恐ろしい想像がわたしの中に芽生えた。

戸部修司はわたしが出したゴミ袋の中身をあらためている。平日にだ。彼の住まいは近所ではない。

手紙は郵便として配達されてくるのではない。彼が自ら足を運んで届けにくる。平日にだ。彼の住まいからここまで二時間近くかかる。

戸部修司は勤めに出ているのだろうか？　彼は仕事を辞めたとは考えられないか？　だから時間がある。そして、仕事を辞めたのなら、ゴミをあさり、手紙の配達をしても、まだまだ時間は余る。

戸部修司はわたしの行動を逐一観察しているのではないだろうか。朝わたしと一緒に田園都市線の五両目に乗り込み、ランチタイムの喫茶店ではパーティションの向こうの席に坐《すわ》り、夜わたしと一緒に多摩川を渡って高津で下車する。

翌日、わたしは会社を休んだ。プレゼンテーションは迫っていたが、とても部屋を出る気になれなかった。天気を窺《うかが》うことさえためらわれた。カーテンを開けると電柱の陰に戸部修司の姿があるような気がしてならなかった。

といってベッドの中で丸まっていても、気分が良くなるどころか、嫌な想像ばかりが頭を駆けめぐり、ますます圧《お》し潰《つぶ》されそうになる。

事実と想像をはっきり区別しようと、わたしは受話器を取った。

「W印刷第三営業部でございます」

女性が出た。

「戸部さんをお願いします」

「戸部でございますか？　失礼ですが、お宅様は？」

「E出版の立川と申します」

旅行雑誌の裏表紙に目をやって適当なことをいうと、戸部さーんと呼ぶ声にかぶるように保留のメロディーが流れはじめた。わたしは受話器を置いた。

戸部修司は退職していなかった。出社もしていた。わたしは少し安心し、カーテンをさっと開け放った。外は曇り空だった。

するとと戸部修司は、働きながら、このマンションに足繁《あししげ》く通っているわけだ。たしかに冷静に考えてみると不可能ではない。彼は営業職にある。外回りのついでにここまで足を伸ばし、手紙をポストに入れていくのだろう。ゴミを出す曜日は決まっているので、その日を狙ってゴミあさりにやってくる。この地区には早朝ゴミ収集車がやってくるので、わたしは前日寝る前にゴミを出す。その習慣は彼に明かしていないが、少し頭を働かせればわかることだ。彼は早朝やってきて、わたしのゴミを持ち去り、出勤していくのだろう。可能とはいえ、異常な行動だ。わたしに対してそれだけのエネルギーを費やす理由がわからない。また以前のようにつきあいたいと迫るでも、せめて声だけでも聞きたいと電話してくるわけでもないのだ。

理由なんてどうでもいい。とにかく正体不明のエネルギーの放出を止めなければこちらの精神状態がおかしくなってしまう。

わたしは受話器を取りあげた。もう一度彼の勤め先に電話して、今の気持ちをぶつけようと思った。しかしリダイヤルのボタンを押したところで受話器を置いた。声は聞きたくない。

わたしは便箋《びんせん》に向かった。思うがまま、恨みつらみを書き綴《つづ》った。五枚目に移ったところで最初から読み返してみると、支離滅裂で、書いた当人も理解に苦しんだ。こんなものを送りつけたら、意味がわからないと返事が来て、それに対して返事を書かなければならない。まどろっこしいラリーが続くのは耐えがたい。といって彼の行動をこのまま放置しておくわけには絶対にいかない。

考えたすえ、極太のフェルトペンで二行だけ記すことにした。

プライバシーを侵害するようであればしかるべきところに訴え出ます。

手紙も送ってこないで。

それで戸部修司からの手紙はぴたりとやんだ。

ところがそれで終わったわけではなかった。

ある土曜日の午前中、一週間分の洗濯をしていると宅配便が届いた。どうせ実家からだろうと、伝票をよく見ないまま受け取り、さて開けようとして、わたしは首をかしげた。差出人は、テレビコマーシャルでおなじみの通信販売専門の化粧品メーカーだった。しかしわたしは化粧水も口紅も注文した憶《おぼ》えはない。平日は朝から晩まで家を空けているので、通販自体、ほとんど利用しない。しかし宛名は「塚越理恵様」であり、住所も間違っていなかった。

怪訝《けげん》に思いながら包装を破いたところ、中身は栄養補助食品の詰め合わせだった。「ご注文ありがとうございました」の紙片も入っていた。

ビタミンCやカルシウムの瓶を取りあげては戻すうちに、ハッと気づいた。

戸部修司だ。

彼がわたし名義で勝手に注文したのだ。忙しいのならせめてこれを飲んで健康の維持に努めろということなのだ。

追い詰められている。彼の進む道を封じたつもりでいたのに、実はわたしの方が逃げ場を失っている。

今までの経過を考えると、ここでわたしがモノも送るなと命じれば、彼は黙ってしたがうと思われる。会えない、電話はかけられない、手紙もだめ、モノだけ送るのも許されない――一見、彼の進む道はもうないように思われる。しかしそれは、気持ちを直接伝える手段がなくなるだけなのだ。

わたしという人間の観察に専念するとは考えられないか？　仕事は辞めないにしても、時間さえあればわたしの生態をチェックして、彼一人の世界の中で一喜一憂する。

たとえ一方通行であれ、相手に気持ちを伝える手段があるうちは、その手段を行使して――たとえば手紙を送って――しばらくの間は心が満たされ、空腹が訪れるまで次の行動を起こさない。いっさいの伝達手段が禁じられてしまうと、常に対象を見ていないことには気がすまなくなる。

戸部修司ならやりかねない。いや、彼のことだ、絶対にそうする。

5

仕事がとどこおり、わたしは夜の職場でデスクに向かっていた。てっきり最後までつきあってくれると思っていた課長は、娘の誕生日だからの一言を残して帰宅していった。経費節減とかで、広いフロアーの明かりは一列だけ残して消されてしまった。集中するにはほどよい暗さだ。誰も話しかけてこない。電話も鳴らない。コピー機の音もない。

けれどわたしは仕事に身が入らなかった。一人取り残されてしまったとたん、頭のモードが私事に切り替わってしまったのだ。戸部修司をどうすればいい?

警察に相談してはどうだろうか。だが警察が一民間人の私生活上の問題をまともに取り合ってくれるだろうか。

いや、わたしが警察に届けるのを躊躇《ちゅうちょ》する理由は体面を考えてのことだ。双方で話し合いなさいと門前払いされるのなら、まだいい。真剣に話を聞いてくれた場合、警察は被害の状況を客観的に把握するために、会社や近所への聞き込みを行なうだろう。つまりわたしのプライバシーが白日の下にさらされてしまう。マスコミに取りあげられるかもしれない。そのとき第三者はわたしのことを、かわいそうな被害者として、やさしく扱ってくれるだろうか。実際にはありもしなかったことを想像し、好奇の目を向けはしないか。歳下の男からモノをもらい続けたことが当方の落ち度とは映らないか。しかもだ、わたしは彼の影を一掃したく、受け取ったモノすべてを処分したのだが、化粧品はともかく、バッグや時計をゴミとして出すのはどうしてもためらわれ、質屋に持ち込んでいた。わたしが手にした現金は百万円にもおよんでいる。

では両親に相談してはどうだろう。彼らなら、一人娘に傷がつかないような解決策を模索してくれそうだ。金で解決してくれるかもしれない。けれど今ここで親に頼ったら、わたしは確実に田舎に連れ戻されてしまう。大学だけという約束で上京させたのに、就職も東京でしてしまい、見合いも断わり続ける困った娘、それがわたしだ。そんな子が気味の悪い男にまとわりつかれていると知ったら、彼らは渡りに船とばかりに、わたしを自分たちの手元に置こうとするだろう。しかしわたしは今の仕事を捨てたくない。女性だけの商品開発チームに入ることができ、やりがいのある毎日を送っている。自分の発案で商品化されたシャンプーをドラッグストアの棚で目にすると、商品化にいたる紆《う》余《よ》曲折が頭の中を駆けめぐり、一人前に成長したわが子のようにいとおしさをおぼえる。結婚するにしても田舎に引っ込むのは嫌だ。今の仕事は続けていきたい。

では戸部修司をどうする？

いつしかわたしの指はキーボードの上で動かなくなった。時計の針だけがいたずらに進む。

廊下で足音が鳴り響き、わたしはハッと顔をあげた。戸部修司だと思った。人気がなくなったのをいいことに、彼が観察にやってきたのだ。

「まだ終わらないのですか。大変ですねえ」

大畑敏江だった。彼氏と食事をしたあと忘れ物に気づき、取りに戻ったらしい。安堵《あんど》と恐怖がないまぜになり、わたしは思わず涙ぐんだ。

「どうしたんですか？」

わたしは顔を覆い、激しくかぶりを振った。

「塚越さん、このごろヘンですよ。ハッピー・ホリデーとは別の悩みがあるんでしょう？心配事があったら話してくださいよ。力になりますから」

そうやさしく声をかけられたとたん、わたしは敏江に抱きついてしまった。そして彼女に戸部修司のことを洗いざらい打ち明けた。

「ストーカーじゃないですか」

敏江も恐れをなした様子で顔をゆがめた。

「ストーカーとはちょっと違う感じなんだけど」

一般にいわれているそれよりは淡泊なのだ。電話や手紙の回数は数日おきだったし、電話をかけるなといえば素直にしたがう。こちらの気を惹《ひ》こうとしているようでもなく、むなしい自己主張を続けているだけに思える。

「充分ストーカーしてますよ。警察に届けたほうがいいですよ」

「警察は相手にしてくれないと思う。無言電話があるわけでもないし」

そう逃げる。

「ご両親に相談したらどうです？」

「心配かけたくない」

これも逃げる。

「カレシにボコらせましょうか。ウチの、極真《きょくしん》やってたから、マジすごいですよ」

少し酒が入っているのか、敏江は空手のポーズをとった。

「暴力はいけないわ」

「じゃあ、もう一度だけそいつと会って、絶対に近づかないでといい聞かせる。念書も取っちゃう」

「うん、それは考えた。でも……」

あなたの心の中から塚越理恵の存在を完全に消し去れといえばそれですむのだろうか。戸部修司がそれを了解したとして、わたしはそれに納得できるだろうか。電話をかけるな、手紙を出すなという要望なら、その結果をわたし自身が確認できる。ところが、わたしを思い続けるか否かは彼の胸ひとつなのだ。わたしは彼の心中は確認できない。彼はわたしに決して悟られないように観察を続けるかもしれないのだ。戸部修司という人間を信じられない以上、こちらの気持ちを伝えたところで何の解決にもならないのである。結局わたしは彼の目を意識し続けることになる。

「そんなことといったら、その男が生きているかぎり、塚越さんはビクビクしていなければなりませんよ」

敏江は怒ったようにいった。

「そうよ。そうなのよ。だからどうしていいのか……」

わたしは頭を抱える。その耳元に敏江が口を寄せた。

「殺しますか?」

「え?」

「戸部修司を殺しちゃえば、塚越さんは安心を手に入れられます。永遠の安心を」

「冗談はやめて」

「冗談じゃないですよ。だって、そうするよりほか、戸部修司の心を断ち切る方法がないじゃないですか。頭ぶん殴って記憶喪失にさせます? 塚越さんの記憶だけ都合よくなくなります? 殺すほうがよっぽど簡単です。なんならウチの人に頼んでみましょうか? ここだけの話、それなりの金を出せば何でもしてくれますよ」

敏江は淡々といってのける。しかしどうして、では殺してくださいと頼めるだろう。押し黙っていると敏江が尋ねてきた。

「ハッピー・ホリデーはどうなりました？」

「まだ決めてない」

計画を練るどころではなかったし、こんな状態で旅行に行っても少しも楽しくないだろう。

「戸部修司のことを忘れるいい機会かと思いますが」

「忘れられないわよ。帰国後のことを考えちゃって」

「旅に出たきり帰ってこないというのは？　彼も外国までは追いかけてこないでしょう」

「そんなことできっこないわよ。殺人より非現実的」

「じゃあやっぱり、その男の存在そのものを消してしまわないかぎり塚越さんは救われないじゃないですか」

「でも……」

「いま自分でいったじゃないですか。塚越さんにとって、殺人はいくらか現実的なのでしょう？」

「それは言葉の綾《あや》よ」

わたしは手を振りたてた。敏江はむすっと黙り込んだ。

「ありがとう。話を聞いてもらって、いくらか楽になった」

それは正直な気持ちだった。しかし敏江はまだ納得できないといった表情で居坐《いすわ》り続ける。気まずくなり、わたしはパソコンに向かった。

「もう一つ、現実的な解決策がありますけど」

しばらくして敏江がつぶやいた。わたしは、どういうことかとは訊《き》き返さず、キーボードを叩《たた》く。

「塚越さんが死ねばいい」

驚いて振り返ると、薄ら笑いを浮かべた敏江の顔があった。

「死んじゃえば、この世のあらゆる呪縛《じゅばく》から永遠に解放されます。手首を切ります？　それとも首吊《くびつ》り？　薬がよければ、よく効くやつをウチのが調達してくれますよ。もう死ぬしかないでしょう、マジで」

敏江はそして、ケラケラと腹を抱えて笑うのだった。

6

戸部修司様
あなたがこれを読んでいる今、わたしはもうこの世にいません。この手紙は、わたしが死んだら投函《とうかん》してくれるよう、両親宛の遺書に書き記しておきました。

わたしは疲れました。あなたの視線に疲れました。仕事が手につきません。夜も眠れません。もう耐えられません。だからあなたの目の届かない場所に行こうと決めました。責任を取れとはいいません。こうなった以上、取れるはずもないし。結局、わたしが弱かったのです。

警察に助けを求めようと何度思ったことでしょう。けれどできなかった。あなたはまだ若く、警察沙汰《ざた》にしてはあなたの将来が傷つくと思いました。会社は馘《くび》になるし、再就職もむずかしいでしょう。

それをやさしさだとは思わないでください。わたしが弱かっただけです。弱いから、こうして死ぬしかなかったのです。

わたしはあなたを恨んでいます。けれどもうどうでもいいことです。今さら詫《わ》びてもらったところで、あなたの言葉はわたしの耳に届きません。

わたしの両親に頭を下げることもやめてください。そんなことをしたら、両親はたぶんあなたを殺します。一人娘ということで、両親はわたしを溺愛《できあい》していました。わたしは両親にあなたのことを話していません。遺書の中でもいっさいふれていません。仕事で疲れたと、ただそれだけ書きました。

今回のことは、あなたとわたしだけの問題です。わたしが一人で決断したように、あなたも一人でけじめをつけてください。わたしのことはもう忘れて、人生の次のドアを開けてください。

最後に、一つだけいっておきたいことがあります。これをいうためにわざわざこの手紙を書きました。

あなたが生前のわたしをどれほど思っていたとしても、わたしの面影は時間とともに薄らぎ、ついには消えていきます。その時あなたはきっと、ほかの女性に目を向けることでしょう。その女性に対しては、わたしにしたような押しつけがましい行動は絶対にとらないでください。

あやまちは二度と繰り返さないでください。

こんなつらい思いをするのはわたし一人で充分です。

さようなら。

塚越理恵

7

塚越理恵様
この手紙を読んでくれるあなたはもういません。そうとわかっていても書かずにはおれませんでした。

あなたの遺書を読み、呆然《ぼうぜん》としました。ほかに表現が思いつきません。何も考えられず、涙を流すこともできず、ただ呆然と床に体を投げ出していました。

気がついたら、通い慣れた高津のマンションの前に立っていました。建物の前にはトラックが停まっていました。見あげると、あなたの部屋の窓は開いていて、見知らぬ人の顔が見え隠れしていました。

行こうか戻ろうか迷いましたが、ぼくはマンションの門をくぐりました。一階に到着したエレベーターから冷蔵庫を抱えた運送屋が出てきました。ワインレッドのそれは、一度あなたの部屋におじゃました際に見た憶《おぼ》えがあります。エレベーターで六階に到着すると、廊下に若い男女が立っていて、嫌そうな顔を608号室に向けながら、ぼそぼそ話をしていました。彼らの横を通り過ぎた時、「首吊りだってね」とのささやきが漏れ聞こえ、胸がズキリと痛みました。

608号室の中はがらんとしていました。運送屋のつなぎを着た若者が荷造りをしている横で、一組の老夫婦が窓の外をぼんやりと眺めていました。出窓には、白菊に囲まれた遺影と、白い風呂《ふろ》敷《しき》に包まれた骨壺《こつつぼ》が置いてあります。

ぼくはその時はじめて事実の重さを思い知らされ、玄関先で泣き崩れました。

老夫婦は理恵さんのご両親でした。そのやつれようはぼくの胸をさらに締めつけました。気丈にも、しゃんと背筋を伸ばして尋ねてこられたお母上にぼくは、「仕事関係の……

…」としか答えられませんでした。お父上には、「手を合わせてやってください」と声をかけていただきましたが、ぼくにその資格があるでしょうか。あなたの遺影を正視することもできず、ぼくは逃げるように部屋を出ていきました。

ぼくは高校生の時に姉を亡くしました。まだ二十五の若さでした。

ぼくは小学生の時に父親を亡くしました。交通事故でした。同乗していた母親も寝たきりになりました。そして姉に育ててもらいました。

保険金のほとんどは借金の返済で消えてしまったため、姉は入学したばかりの短大をやめてパートをはじめました。社員として勤めなかったのは母の看護のためです。短時間のパートをいくつも掛け持ちし、その合間合間に帰宅しては母の世話をしたのです。もちろん家事もしましたし、ぼくに勉強を教えてもくれました。睡眠時間は三時間もあったでしょうか。

姉は美しい人でした。短大をやめる直前の五月祭では準ミス・キャンパスに選ばれもしました。けれど両親が事故に遭って一人で何役もこなすようになってからは、日に日にやつれ、その美しさが蝕《むしば》まれていきました。ぼくはそれがたまりませんでした。早く一人前になって姉を楽にしてあげたいと、毎日勉強に励みました。

けれどぼくは姉に何の恩返しもできませんでした。寝たきりの母が逝ってしまった直後、あとを追うように姉も亡くなったのです。たぶん、緊張の糸がふっつりと切れてしまったのではないかと思います。

　そして、姉に何もしてあげられなかった無念さが、ぼくを理恵さんにのめり込ませました。

　あなたは美しかった当時の姉に生き写しでした。顔も、背恰好《せかっこう》も、声も、字こそ違えリエという名前も。ぼくがあなたの前でうまくしゃべれなかったのは、たんに一対一の会話が苦手だからではありません。そんなことでは営業の仕事はやっていけません。あなたに向かうと亡き姉を感じてしまい、もうどうにも胸が苦しくてたまらなかったのです。あなたはそれほど姉とそっくりでした。

　あなたは姉の生まれ変わりでした。ですから今度こそ美しさを失ってほしくなかった。その美しさに見合った恰好をしてほしかった。ぼくは塚越理恵という女性を通じて姉に恩返ししているつもりでした。

　けれどそれはぼくの身勝手でしかありませんでした。姉ならきっと喜ぶと信じて行なっていたのですが、あなたと姉は別人なのですよね。そんなあたりまえのことがわかっていませんでした。もう会わない、電話もよこすなとあなたに宣言されるたびに、姉に叱られたと思い、では大切な姉の機嫌をそこねない範囲で何ができるだろうかと次の行動を考えました。恩返しという大義があるので、悪いことをしているという意識はまったくありませんでした。まったくもって身勝手でした。

理恵さん、ごめんなさい。ぼくがあなたを追い詰め、死なせてしまったのです。今どれだけお詫びしても、その言葉はあなたに届きません。けれどぼくはいわなければなりません。あなたのご両親にも聞いていただきたい。

夢想の中で生きていたぼくを目覚めさせてくださったのは、あなたのご両親でした。お二人の憔悴《しょうすい》しきった様子を見た時、ぼくはようやく自分の罪を知りました。ぼくはあなたのご両親に感謝しなければなりません。そして、娘さんを死に追いやったのは戸部修司であると告白しなければならないのです。

あなたは遺書の中で、真実は両親にいわないように、いえばぼくが殺されるとおっしゃっていましたが、その心配はいりません。ぼくはあなたのご両親を罪人にするつもりはありません。

ぼくもあなたのあとを追います。

安心してください。ぼくはきっと地獄に回されるだろうから、あなたと再会することはないはずです。

安らかにお休みください。

戸部修司

8

戸部修司の遺書を読んだのは、わたしが死んで一週間後のことである。

わたしは生きて都内のホテルの一室にいた。

「塚越さんが死ねばいい」

大畑敏江はそういって笑った。酔ったうえでの冗談ではなかった。わたしが死んでしまったと戸部修司に思い込ませられれば、彼はわたしを追うのをやめるから、わたしは彼の目を気にすることなく生活できるというのだ。

そんなまやかしがきくのかと思ったが、翌日会った敏江の彼氏は太鼓判を押した。過去に、借金取りから逃れるための架空の葬式をやったことがあるが、嘘が発覚することはなかったという。敏江の彼氏は便利屋だった。追い詰められていたわたしはダメモトで話に乗ることにした。この自殺劇がうまくいけば、わたしは無傷で平穏な生活を勝ち取れる。田舎に引っ込む必要も、世間の好奇の目にさらされることもないのだ。

おあつらえ向きなことにハッピー・ホリデーが迫っていたので、自殺劇の決行はその期間に合わせて行なうことにした。芝居の興行資金は戸部修司からのプレゼントを売り払って得た金である。わたしの懐はまったく痛まない。

まず偽の遺書を投函《とうかん》し、わたしはホテルに身を隠す。便利屋の息のかかった人間が戸部修司を監視しておき、彼がわたしの死を確認しようと家を出たら、彼のマンション到着を見計らって、わたしの両親役のエキストラを部屋の中に配置する。「首吊《くび》りだってね」とささやきあっていたカップルもエキストラである。運送屋は本物で、わたしはこれを機会に引越すことにした。戸部修司が未練がましくマンションの前に花を供えにくるかもしれず、それと出くわしたらせっかくの計略もパーになる。

便利屋の彼はほかにも、葬儀の時の写真やわたしの自殺の原因を調べている偽警官も準備しておいたそうなのだが、それを使う必要はなかった。

計略は見事に当たった。当たりすぎた。戸部修司が自殺するとはまったく予想していなかった。

彼の遺書は便利屋の手の者が見つけた。高津のマンションの郵便受けに入っていたという。封筒の表にはわたしの名前と並んで、「ご両親様」とあった。

わたしは戸部修司を嫌悪していた。わたしの前から消えてほしいと願っていた。いっそ事故に遭って死んでくれればと思ったことも一度ではない。しかしこのような形で消えてしまったのでは胸が痛む。

わたしは自分という人間がわからなくなった。

わたしは戸部修司を憎んでいた。事故に遭って死んでくれればと思ったことも一度ではない。けれど、殺してやりたいと思ったことは一度としてない。敏江にけしかけられた時にも思わなかった。

ところで、事故死を願う気持ちと、殺意を抱くこと、この二つに違いはあるのだろうか。あるとしたら、自分の手を汚すか汚さないかだけではないのか。

わたしは戸部修司を憎んでいた。事故に遭って死んでくれればと思ったことも一度ではない。そして彼は自殺した。

ところで、事故死と自殺とでは何が違うのだろう。死という結果は同じなのだから、わたしの願いは成就したのではないか。

なのにどうして心がこうも重たいのだろう。わたしは自分という人間がわからない。

思い悩んでいると、さらに混乱させるようなことを敏江が口にした。

「彼、本当に死んだんですかね？」

永遠の契り

〈都市交通概論のノートを貸してクダサイ。オネガイシマス〉

〈ＯＫ。明日は一コマ目から出るから、適当な時に声をかけて〉

〈今から取りに行っていいかなぁ？〉

〈うちに？〉

〈迷惑？〉

〈だいじょうぶだよ〉

ミツルはさっきからケータイを開いては、二時間前のメールのやりとりをニマニマ読み返している。

ハヤサカさんがやってくる！

新入生オリエンテーションで席が隣になった時にハートを射貫《いぬ》かれた、けれどせいぜい挨拶《あいさつ》をかわす程度で、お茶にも誘えず、コンパで対面《トイメン》になっても目を合わせられず、どうせ彼氏がいるのだろうからと、二年間ずっと階段教室の後ろから眺めているだけだった、あのハヤサカさんが、この部屋に！

これは夢か？　いや夢じゃない。

〈今から取りに行っていいかなぁ？〉

ケータイを開くと、彼女からのメールがたしかに存在している。

コンビニ弁当の残骸《ざんがい》とペットボトルをポリ袋につっこみ、掃除機をかけ、アダルトビデオは押し入れの奥に。両手で口元を覆い、息を吐き出して臭いを嗅《か》ぐ。歯磨きオッケー。万万万万万万万万万万万万が一の場合に備えてコンドームも買ってきて、枕の下に仕込んでおいた。

チャイムが鳴った。

「急に、ごめんね」

ハヤサカさんは白い息を弾ませていた。純白のミトンが童顔によく似合っている。

「全然。あ、これね」

ミツルはルーズリーフを収めたクリアファイルを差し出す。

「ありがとう。助かるぅ」

ハヤサカさんはクリアファイルを抱きしめる。

「字が汚いのはかんべんね」

「あ、それで、これ、お礼」

ハヤサカさんはケーキの箱を差し出してくる。

「やだなあ、気をつかわなくていいのに」

「甘いもの、嫌い？」

「ううん、好き。ウォッカ飲みながらプリン食べる」

「じゃ、どうぞ。ここの木イチゴのミルフィーユ、すっごくおいしいんだよ」

「へー。じゃ、遠慮なく。そんなにおいしいんだ」

ミツルは両手で捧《ささ》げ持つように受け取る。

「といってもあたしはまだ食べたことないんだけどね。いっつも大行列で。今日は五人くらいしかいなくて、ラッキーだった」

「あ」

「ん？」

「あのさ」

「うん」

「食べてかない？　その、すっごくおいしいミルフィーユを」

「あたしが食べたらお礼にならないじゃん」

ハヤサカさんはくすりと笑う。上唇にちょっとひっかかった八重歯が愛らしい。

「だって、こんなにたくさん、一人で食べきれないし。あ、たくさんもらって迷惑ってことじゃないよ」

ミツルは顔の前でバタバタ手を振る。

「でも、木イチゴのミルフィーユは一個しか買ってきてないし」

「半分こすればいい」

「いいの？」

「いいよ」

「じゃ、おじゃましちゃおっかなー」

「どうぞどうぞ、おじゃましちゃって」

ミツルはぎくしゃくした足取りで部屋に案内する。スリッパを用意しておけばよかったと後悔する。

「わぉ、きれいだね。男の人の部屋って、もっとぐちゃぐちゃなのかと思ってた」

ハヤサカさんは部屋の真ん中に立って、左に右に首を動かす。ミツルの鼻先をブロンズ色の髪の毛がかすめる。南国の果実のような甘い香りが漂う。背中まで十五センチ。

ミツルはハッと彼女から離れた。

「適当に坐《すわ》って。今、お茶いれるから」

逃げるようにキッチンに移動し、薬罐《やかん》を火にかける。そして考える。

彼女はこのぼくに好意を抱いている？

そう思う理由その一、べつに試験が迫っているわけでもないのにノートを借りにきた。

うちを訪ねるための方便ではないのか。

理由その二、ケーキを必要以上にたくさん買ってきた。木イチゴのミルフィーユは食べたことがないなどと、物欲しそうな発言をした。この部屋にあがるための撒《ま》き餌《え》だったのではないのか。

そうだ、ハヤサカさんはぼくに好意を抱いているのだ！

ミツルは体が芯《しん》から熱くなった。しかし同時に、早合点は命取りだぞと言い聞かせる。昨日までまともに喋《しゃべ》ったこともなかったのに、向こうからすり寄ってくるなんてことがあるだろうか。思い過ごしなのに調子に乗ってしまったら取り返しのつかないことになる。ここから先は慎重に行動しなければならない。しかしのんびり構えていたのではアタリを逃してしまう。五感を研ぎ澄まし、迅速かつ的確に釣り竿《ざお》を操らなければ――。

「お皿」

不意に声がかかった。ハヤサカさんが立っていた。

「あ、ああ、皿ね、皿、皿」

ミツルはあわてて食器棚を開けた。ホームセンターで九百八十円で買った、洒脱《しゃだつ》さもかわいさもない代物である。皿とフォークは百円ショップのもの、しかも独り暮らしなのでペアで揃えておらず、皿の一つはケーキ皿だが、もう一つは三十センチの洋皿、フォークはケーキ用とスパゲッティ用である。恥ずかしさを塗り隠すように別の話題に振った。

「何飲む？　コーヒー、紅茶、ココア」

「梅昆布茶」

「え？」

「なわけないやろ」

とハヤサカさん、お笑いのツッコミのように、肘《ひじ》から先を横に振る。ミツルはぽかんと口を開けた。

「紅茶かなー」

「ハヤサカさんって、そういうキャラだったんだ……」

「嫌い？」

ハヤサカさんはちょっと寂しそうに首をかしげる。

「いや、そんな、嫌いだなんて、好きだよ、大好きです、あ、いや、そういう意味じゃなくって、ああ何言ってんだろう、あ、これ、お願いします」

ミツルはうろたえながら皿を差し出した。

ハヤサカさんが笑いながら手を伸ばす。

そのとき二人の手が触れた。

皿が床に落ちた。

あ、と小さく口を開けて、ハヤサカさんが腰をかがめる。

ミツルはハヤサカさんの肩に手を触れた。両肩を摑《つか》み、抱き寄せた。ハヤサカさんは拒まなかった。

ミツルはハヤサカさんの上体を起こし、顔を上向かせた。ハヤサカさんは目を閉じていた。

開きかけた薔薇《ばら》の蕾《つぼみ》のような唇にミツルはむしゃぶりついた。しっとりとして温かく、女の子の唇とはこんなにやわらかなものだったのかと、もうそれだけで卒倒しそうになった。繊細さのかけらもない、レイプ犯のようなキスだった。自分の鼻息が荒いのがはっきりと意識できた。それでもハヤサカさんは拒む姿勢を見せなかった。

ミツルはハヤサカさんを抱きしめたまま、押すような形でキッチンを離れ、ベッドに倒れ込んだ。

「ごめん……」

欲望を吐き出し、息が収まると、ミツルは転がり落ちるようにベッドを降り、裸のまま床に正坐《せいざ》した。

「ううん」

ハヤサカさんは布団に顔をうずめたまま応《こた》えた。声に涙が混じっているように聞こえた。

「好きだったんだ。ずっと好きだったんだ。だからどうしようもなくて……」

「どうして謝るの。あたしもずっと、吉田君とこうなることを望んでいた」

「ホントに？」

「ずっとこうしていたい」

ハヤサカさんの手が布団から出てきてミツルの腕を掴んだ。彼女のほうから唇を押しつけてくる。ミツルは彼女をきつく抱きしめた。彼女の体は湿り気を帯び、熱っぽく、溶けてしまいそうだった。

夢でもかまわない。かまわないから、いつまでも覚めないでほしいとミツルは願った。

＊

では首都圏のフラッシュニュース。一月二十九日午後十一時頃、中野区野方二丁目のハイツ大盛から出火、軽量鉄骨二階建ての建物を全焼し、二時間後に鎮火しました。出火元は二〇五号室吉田充さん方の台所で、ガスの止め忘れによる薬罐の空《から》焚《だ》きが原因と見られています。焼け跡からは男女二人の焼死体が――

In the lap of the mother

出がけに見たテレビで、三歳の女の子が熱中症で死んだというニュースをやっていた。母親が車の中に置いてパチンコ屋に行ったのだという。私は女の子をかわいそうに思い、母親に強い憤りを感じた。

フロントガラスをサンシェードで覆い、サイドウインドウは一センチくらい開けていたので、午前中だし、一時間くらいならだいじょうぶだと母親は思ったのだという。

バカじゃないの。今が何月だと思ってるの。車は鉄板で覆われているのよ。だいたい、一時間でパチンコが終わるわけないじゃない。実際その母親は、娘を六時間もの間放置していた。本当に愚かだと思う。

少し前には、生後八ヵ月の赤ん坊を家に置いてパチンコに行き、死なせてしまったという事故があった。急に具合が悪くなって嘔吐《おうと》し、吐瀉《としゃ》物により窒息死したのだ。授乳させたし、おむつも取り換えたし、すやすや寝息を立てていたし、二、三時間出かけてもだいじょうぶだと思ったなどと、母親はわけのわからない言い訳をしていた。

やるせなく、嘆かわしい。どうしてこういう悲劇が繰り返されるのだろう。起きてはならないし、起きるはずもないのに。幼子《おさなご》からは片時も目を離してはいけないのだ。それは、外出の際には戸締まりをしなければならないのと同じほどの常識である。ドアも窓も開けっ放しで海外旅行に行けば、帰ってきたら家財道具がいっさいなくなっていて当然だ。そんな常識中の常識も備えていない人間は子供を作ってはいけない。それをわかっていてわが子を放置したのだとしたらなお悪質で、過失致死ではなく、殺人として罰せられるべきだと思う。

退屈にまかせてそんなことを考えていたら、小さな手が私を引っ張った。

「ちっち」

亜里亜《ありあ》は内股《うちまた》にした両脚をもじもじさせている。

「やだー。だから、おうちを出てくる時に、しときなさいって言ったのに」

「ちっち」

「もー、どうして今ごろしたくなるのよ」

携帯電話を取り出して時刻を見る。九時四十五分だった。

「もうちょっとでお店が開くから、それまでがまんなさい」

「ちっちー」

「しょうがないわねえ」

と一度は言ったものの、振り返ると、後ろには三十人ほど並んでいた。

「がまん、がまん。いい子だから、ね？」

しゃがみ込み、亜里亜の両肩に手を載せて諭す。

「ちっち、ちっち」

亜里亜はもじもじしながら首を振る。

「おうちを出る時に、お母さん、訊《き》いたよ。ちっちはだいじょうぶなのって。そしたら亜里亜は、全然したくないって言ったよ。あれからまだ三十分しか経ってないよ。なのにどうしてしたくなるの？」

「ちっち、ちっち、ちっち」

亜里亜は機械的に繰り返して足を踏み鳴らす。こちらの話などまったく聞いていない様子だ。それに少々カチンときて、

「したかったのにしたくないと嘘をついたんでしょう。がまんしなさい。がまんしなさいって」

と手をあげかけた時だった。

「行ってきなさいよ」

直前に並んでいた半ズボンの老人が振り返った。不意に言われてまごついていると、

「場所は取っておいてあげるから。さあ」

とタバコを持った手で亜里亜の頭をなでる。名前は知らないが、よく見かける顔だ。私

は言葉に甘えることにし、亜里亜の手を引いて列を離れた。途中からは抱えあげ、隣の公園のトイレに走っていった。

店は十時ちょうどに開き、私は亜里亜を抱えて55番台に直行した。前に二十人くらい並んでいたけれど、さいわい55番台は取られていなかった。今日はこの台の確率が高く設定されていると、前日店員からこっそり教えてもらっていた。子供を連れていると、いろいろ甘くしてもらえる。

いちおう天釘《くぎ》と命釘をチェックしてから、亜里亜を膝《ひざ》に55番台で打ち始めた。七発目で最初の回転があり、二十発目、二十一発目と、連続してスタートチャッカーに入った。悪くない。縁起のいいカド台だし、今日こそはという予感に包まれる。

ピピピピピジャラヒュンヒュンジャラファンファンファンジャラリーチジャラピピピピガラガラヒュンヒュンジャラ40番台本日最初の大当たりファンファンファンジャラジャラジャラ――。

パチンコ台の音にBGMのトランスミュージックが重なり合って、店内は早くも戦争のような騒ぎだ。

この環境が子供にいいわけがない。しかし私はきちんと対策を講じているからだいじょうぶだ。膝の上に乗せた亜里亜にはヘッドホンをかぶせている。ただのヘッドホンではない。ノイズキャンセリングヘッドホンという、外部の騒音を遮断する機能を持ったハイテクなものだ。

ヘッドホンは携帯ゲーム機につながっている。しかしゲームをやらせているのではない。亜里亜はまだ二歳、そんな早い時期からゲームをおぼえさせたら将来が心配だ。このゲーム機ではメモリーカードに入れた動画を再生することができる。いつも、ダビングしてきたディズニーアニメを見せている。今日はリトル・マーメイドとシンデレラだ。

幼子はいつもそばに置いておかなければならない。それが親のつとめだ。わが子を家や車の中に放置して遊び回るなどもってのほかだ。といって、子供にふさわしくない場所に連れていくのも好ましくない。だから私は知恵を働かせた。不愉快な音を遮断し、心地好《よ》い夢の世界にひたらせる。

ゲーム機もヘッドホンも結構な値段がした。だが、それをけちってこんな場所に連れてきたら、デリケートな子供の耳がおかしくなる。脳にも悪影響が出そうだ。それに、不快感で子供が泣き叫び、パチンコどころではない。

たまにそういう子を見かけるけど、首根っこを摑《つか》んで外に放り出したくなる。暇をもてあまし、狭い通路を駆け回っている子は、足を伸ばして転ばせてやろうかと思ってしまう。

もちろん一番悪いのはその親で、自分の子をコントロールできないのなら外に連れ出すなと言いたい。

必要なものに金を惜しんではならないのだ。あとからパチンコで回収すればいいだけの話だ。

亜里亜は私の膝の上におとなしく腰かけ、赤い髪のお姫様に見入っている。目がキラキラ輝いている。

胸が熱くなった。この子のしあわせのためにもがんばらなくっちゃと、ハンドルを握る右手に気合いを込める。

ピピピピピピジャラヒュンヒュンジャラファンファンファンジャラリーチジャラピピピピガラガラヒュンヒュンジャラ7番台本日最初の大当たりファンファンファンリーーーチジャラジャラジャラ——。

「ママー」

亜里亜が膝の上で振り返った。

「何？」

めまぐるしく回転するアニメーションのスロットを見据えながら応じる。

「ママー」

「何？」
３、３ときて、確変のリーチがかかっているのだ。しかもスーパーリーチだ。
「ママー」

「だから何？」

さんざんじらされたあげく、最後は６で止まった。思わず舌打ちが出る。

「ママー」

「何？　どうしたの？　ちっちしたいの？」

亜里亜のヘッドホンを片方はずし、耳元に口を寄せて尋ねる。

「はん、はん」

店内の時計に目をやると十二を回っていた。

「そうだね。おなかすいたね。あとちょっとしたら、ごはん食べにいこうね」

ヘッドホンをかぶせ直し、もう一度頭からアニメを見せてやる。亜里亜はおとなしく画面に目を向けた。

「いい子だね。ママ、絶対に勝つからね。そしたらおいしいもの食べようね。お寿司《すし》がいい？　ケーキも食べようか」

亜里亜のやわらかな髪をなで、台の横の玉貸機に千円札を投入する。

ピピピピピジャラヒュンヒュンジャラファンファンファンジャラリーチジャラ14番台本日最初の大当たりピピピピピガラガラガラヒュンヒュンジャラ72番台本日二回目の大当たりファンファンファンファンリーーーチジャラジャラジャラ——。


「ママー」

亜里亜が膝の上で振り返った。

「もうちょっと待ってね」

そう答え、目は、ブッコミとチャッカーと液晶画面を行き来させる。

「はん、はんっ」

亜里亜が手をばたつかせる。それが私の右手首に当たり、ハンドルが左にずれ、チョロ打ちになってしまった。

「だめじゃないの！」

思わず手を振りあげたが、すんでのところで引っ込めて、

「ママもおなかすいてるの。でもがんばってるの。だから亜里亜もがんばって。もうちょっとだから。いい子だから、おとなしくしていなさい。そしたらおいしいものを食べさせてあげるから。ね？」

亜里亜の耳元でやさしく語りかける。

二時になろうとしていた。空腹で血糖値が下がっているのか、少しめまいがする。大当たりは二度来たのだが、いずれも確変なしの単発で、結果的に二万ほど持っていかれている。

しかし流れは確実に来ている。いま休憩を取るのはバカだ。そう強く思い、玉貸機に一万円札を投入する。

ピピピピピジャラヒュンヒュンジャラファンファンファンジャラリーチジャラピピピピガラガラヒュンヒュンジャラファンファンファンリーーーチジャラジャラジャラ

55番台本日三回目の大当たりおめでとうございます――。

椅子の後ろにはドル箱が積み重なっている。ようやく確変大当たりが来た。それも四連で。パチンコは忍耐だとつくづく思う。

とはいえ、せいぜい一万円くらいしかプラスになっていない。もう少しがんばって、せめてプラス五万にしないと。サラ金の返済もある。

でも、さすがに疲れた。四時？　やだぁ、六時間も打ち続けてたんだ。疲れるはずよ。

休憩、休憩。

「ごめんねー、待たせちゃって」

亜里亜の頭をなで、店員を呼ぶ。〈食事中〉の札が上皿に置かれる。

「おなかすいたでしょう。ママもぺこぺこ」

ヘッドホンをはずして耳元で語りかける。

返事がなかった。

「亜里亜？」

顔を覗《のぞ》き込むと目を閉じていた。

「寝ちゃった？　ごめんねー」

口はだらしなく開けている。

「あらあら」

涎《よだれ》で汚れた口の周りを拭《ふ》こうと抱きあげると、首がかくんと後ろに折れた。

両腕も重力にまかせてだらりと垂れた。

もみじのような手が力なく開き、携帯ゲーム機が床に落ちた。

＊

またパチンコにまつわる痛ましい事故が起きてしまいました。＊＊県＊＊市で、母親に連れられてパチンコ店に来ていた二歳の女の子がパチンコ玉を喉《のど》に詰まらせて窒息死しました。女の子は朝から食事をとっておらず、空腹に耐えかねてパチンコ玉を口にしたものとみられ、母親を保護責任者遺棄の疑いで——

尊厳、死

ムラノが最初に襲われたのは八月の満月の晩だった。

正確にいうと、その時はムラノ自身が襲われたのではなく、住まいが襲撃された。小用を足しに住まいを出たところ、月があまりに美しいので、ついふらふら池の端まで誘われて、水面に揺れる月影を眺めて小一時間を過ごした。そうして住まいに戻ったところ、中が引っかき回され、段ボールの屋根と壁が切り裂かれていた。

ムラノは、世間がいうところのホームレスだった。東京のベッドタウン、T市の鵜野森《うのもり》公園で寝起きしている。

ムラノが鵜野森公園に住み着いたのは、そのひと月前、長かった梅雨がようやく明けたころである。それ以前の半年は、都心のターミナル駅の地下通路で寝起きしていた。根城を変えたのは人間関係がわずらわしくなったからだ。

駅の地下通路には五十人ほどのホームレスが居着いていた。それぞれわけありの人生を経てそこに集まってきたわけで、お互い干渉しないことが暗黙の了解となっていた。しかし、ひとところで寄り添って暮らしていれば、それなりのコミュニケーションは自然と発生する。顔なじみになれば挨拶《あいさつ》するし、どこそこの解体現場で作業員を募集していたと情報交換をする。仕切り役の人間が回ってきて、体の具合はどうかとか、たまには洗髪しないとか声をかけてくる。中には非常な話好きもいて、その半生（実は作り話かもしれないのだが）を朝から晩まで聞かされたこともあった。

そういった近所づきあいが息苦しく感じられるようになり、ムラノは郊外まで流れてきたのである。

鵜野森公園に先住者はおらず、ムラノは一人気ままに日々を送っていた。公園にはたくさんの人が集まってくるけれど、話しかけられることはない。お上のおとがめもなかった。一度警察官の職務質問を受けた際も、仕事も家も家族も失ったと答えたところ、裸火だけは使わないようにとだけ注意され、あとはしみじみ同情された。

そうやってひと月ほど平穏に過ごしていたムラノだったが、八月のその夜、災難が降りかかった。

住まいが荒らされたといっても、何が盗まれたわけではない。薄っぺらで垢《あか》じみた布団と紙袋に詰めてあった着替えが地面に放り出されていただけだ。空き缶に入れてあった小銭は手つかずで残っていた。ただの嫌がらせなのだろう。しかし段ボールに残されたナイフの傷はムラノを少々不安にさせた。

駅の地下通路においては、四六時中、通行人に白い目で見られていた。罵《ば》詈《り》雑言《ぞうごん》を浴びせられることも珍しくなかった。けれど身の危険を感じたことは一度としてなかった。それは集団で生活していたからにほかならない。

迷惑だから出ていけ出ていかないとぶっ殺すと息巻いて殴りかかってくる酔っぱらいがたまに出現した。しかしそんな時はかならず「仲間」が集まってきてその場をおさめた。拾った雑誌を売るなどして小金を貯めている者がいて、彼の留守中に段ボールハウスが狙われたことがあったが、この時も「仲間」の迅速な行動で、犯人はその場で取り押さえられた。不衛生な環境が招く病気の心配はあっても、外敵による暴力被害の危険はまずなかった。

ところが鶉野森公園には「仲間」がいない。自分の身は自分で守らなければならないのだ。それができるだろうかとムラノは自問して、できはしないと即答した。

人は無抵抗であれば無抵抗であるほど、強者の勢いに油を注ぐことになる。段ボールの傷を指でなぞりながらムラノは、ナイフはいずれ自分の体に向けられるかもしれないと予感した。

しかしムラノは駅の地下通路に戻らなかった。警察に被害届を出すことも、もちろんなかった。

ムラノは死というものに恐れを抱いている。死ぬのはとても怖い。けれど、あえて生に執着する理由も持っていない。

次のひと月は大禍なく過ぎた。

鵜野森公園は住宅密集地からややはずれた場所に位置していた。敷地を囲むように桜の木が植えてあり、春にはずいぶんにぎわうことだろう。しかし桜の季節を除けば、あえて訪れる理由のない公園だった。池はあったが、黒く濁った水の中に魚の気配はなく、水鳥も遊んでいない。芝生も季節の花も植わっていない。砂場やブランコといった遊具もなく、ボール遊びもローラースケートも花火も禁止だった。園内の街灯も少なく、日が暮れるとぱたりと人がいなくなる。こんもりとした丘に立つ鳥居が不気味だからなのだろうか、夜陰にまぎれて戯《たわむ》れ合うカップルの姿も見かけない。

そんな忘れ去られたような公園が最もにぎわうのが早朝である。トレーニングウェアを着た老人が三々五々集まってきて、体操や太極拳《たいきょくけん》、禁止されているはずのゲートボールをはじめるのだ。

老人たちの登場を合図に、ムラノは段ボールの小屋を畳んで公園を出る。小屋は、雨露をしのぐために、東屋《あずまや》の中にたてている。それをわざわざ畳むのは、日中もそのままだと他人に迷惑がかかるからだ。世間に波風をたてたくないという気持ちがそうさせる。

畳んだ段ボールは公衆便所裏の藪《やぶ》に隠す。わずかな家財道具はショッピングカートに押し込んで常に携行する。盗まれる心配はないが、処分される不安があるからだ。

公園を出たムラノが向かう先はいつも決まっていた。駅の南北に広がった商店街をひとめぐりし、今日の糧を探すのである。残飯をあさるのではない。ムラノはホームレスになりたてのころ、残飯にあたって高熱と腹痛で三日三晩寝込んだことがあり、その苦い経験から、どんなに飢えていても残飯にだけは手を出すまいと決めていた。

自動販売機をチェックするのである。返却口を指で探り、取り忘れた小銭を求める。販売機の下を覗《のぞ》くと見つかることもある。駅周辺をくまなく巡回すれば、パンや牛乳を買うには充分な小銭が集まる。収穫に乏しい時、あるいはどうしても酒を飲みたい時には、奥の手がある。持ち金を投入したのち、商品の選択ボタンではなく返却ボタンを押すのだ。これを繰り返していると、はずみで投入額以上の金が戻ってくることがある。

金策がすむとムラノは鵜野森公園に戻り、拾ってきた新聞雑誌を広げる。読みたい気持ちがそうさせるのではなく、そうしないことには時間が潰《つぶ》れないので読む。何の興味もないけれど、朝鮮半島情勢も介護保険の仕組みも阪神《はんしん》タイガースの新しい監督も少年ジャンプの人気連載も、ムラノはリアルタイムで知っている。朝方拾ってきたものすべてに目を通し終えたころ、いいあんばいに日が暮れて、それでムラノの一日が終わる。

ムラノの毎日はその繰り返しだった。八月の満月の晩に小屋を荒らされたことを除けば、変化のない時間の中を漂っていた。

ただ、その日その日で寝覚めが違うように、雲間から月が覗いてまた隠れるように、うつろう時間の中にあっては小さな波が発生する。

新聞雑誌のほかに暇つぶしの種ができた。電池で動く小さなキーボードを拾い、それを演奏するようになった。といってもムラノには音楽の素養がなかったので、指一本での演奏である。

ある日の午後、うろ覚えの童謡や唱歌を弾いていると、目の前に小銭が投げられた。

「じょうず、じょうず」

男はにこにこ手を叩《たた》いた。

その一件があってからムラノは、周りに人がいないことを見定めてから、あるいは夜の帳《とばり》がおりてから、一人静かに鍵盤《けんばん》に向かうようになった。

九月になると、かわいらしい集団が公園にやってくるようになった。エプロン姿の保母さんに率いられた近所の幼稚園児だ。教室でのお遊戯ばかりでは息が詰まるだろうと、天気の良い日には野外に連れ出すのだろう。

子どもは無邪気なもので、ムラノの姿を見つけると、しばしじっと見つめ、それからとことこ近寄ってくる。なにしてるのーと声をかけてくる子もいる。子どもはきっと、ムラノのことを珍しい動物とでも思って興味を示してくるのだろう。ムラノはそれに笑顔で応《こた》えはしなかったが、だからといって迷惑に感じて邪険に扱うこともなかった。

ところが保母が決まって声をあげるのだ。

「そっちに行ってはだめですよ！」

悲鳴にも似た声である。子どもがそれに応じなかったら、保母は血相を変えて飛んできて、

「ばっちいでしょう！」

と子どもを抱きかかえて走り去る。「ばっちい」の代わりに「あぶない」や「おっかない」が使われることもある。大人は大人で、ムラノのことを動物扱いしてくれる。もっと不当な扱いを受けたこともある。

鶉野森公園には遊具がないので、乳幼児を連れた母親たちのたまり場とはなっていないのだが、それでもたまにランチボックスをさげた母子《おやこ》連れがやってくる。ムラノの姿に気づいた母親は、ぎょっと目を見開き、あわてて体の方向を変え、ムラノから遠く離れた場所に移っていく。

そういうふるまいには慣れっこになっているからいいとして、ある母親はムラノに目を剝《む》いて公園を立ち去ったあと、しばらくして一人で戻ってきて、ムラノを見おろし、ここから立ち去れと敢然と言い放ったのだ。

うちの子が伝染病に罹《かか》ったらどうしてくれるのですと彼女はいきりたった。うちの子があなたのまねをしたらどうしてくれるのですとも言った。あんたがいると私自身が不快を覚えるとは、決して言わなかった。

ムラノはあくまで無言を貫いた。すると彼女は、おぼえてらっしゃい警察を呼んでやるからと捨て台詞《ぜりふ》を残して去っていった。そこまではっきり言われたのははじめてだったので、留置場で温かな飯を食べるのも悪くないかとムラノは覚悟したのだが、警察官はついにやってこなかった。

逆に、気味が悪いほど丁寧な扱いも受けた。

旧盆が明けたころの、台風一過の午後だった。横殴りの雨には東屋の屋根は用をなさず、段ボールの小屋が浸水してしまったので、ムラノはそのあとしまつを行なっていた。そこに一人の女性が近づいてきて、こんにちはと快活に声をかけてきた。五十歳前後の、身なりのよい婦人である。

「あらあら、雨で大変だこと」

彼女はそう言って大仰に手を広げた。だからといって作業を手伝う気はないらしく、ムラノを見おろして、

「あなた、お名前は？」

と尋ねてきた。ムラノは一瞥《いちべつ》しただけで自分の作業に戻った。

「あなた、ご家族はどうしていらっしゃるの？」

彼女は腰をかがめ、小首をかしげ、子どもを相手にするような調子で話しかけてくる。故郷は？　歳は？　仕事は？　食事は？

ムラノが無視を決め込んでも、それに不快を示すことなく、穏やかな口調で質問を続ける。

「あなた、お名前は何ていうのかしら？　教えてちょうだい」
やがて質問が最初に戻った。ムラノは無視するのもめんどくさくなって、

「ムラノ」
とぶっきらぼうに答えた。
本名ではない。地下通路時代、仲間からそう呼ばれていただけだ。先年無縁仏となった
ムラノなるアル中のおやじと顔立ちが似ていたらしい。縁起のよい名前ではないが、縁起
がよくてもこの人生はよくなりようがないので、ムラノの名前をちょうだいすることにし
た。

「そう、ムラノさんなのね、ムラノさん。しっかり憶《おぼ》えておくわ。私はフジエダといいま
す」
彼女は大げさなしぐさで胸に手を置き、ようやく自分の正体を明かした。フジエダは近
所に住む主婦で、地域のボランティアサークルに加わり、独居老人宅を巡回訪問している
という。

「それでムラノさん、お仕事は何もなさってないの？」
ムラノは黙ってかぶりを振った。

「この不況じゃ、仕事もなかなか見つからないわよね」

事実と異なっていたが、ムラノはあえて訂正しなかった。

地下通路の仲間の中には、不況で職を失い、やむなく路上生活者に身を落としている人間もいた。そういうホームレスはまだ人生を捨てておらず、日雇いの合間合間に職安に通っていた。

自らの意志で一般的な社会生活を拒んでいる者の中にも、リヤカーを引いて段ボールを回収したり、古雑誌を拾い集めて路上で販売したりと、立派な定職を持っている者が少なくなかった。

しかしムラノの労働意欲はゼロだった。働きたくないからホームレスをしている。死なない程度に肉体を維持していくだけなら、小銭拾いで充分である。

「ご家族はいらっしゃらないの？　ご両親、お子さん、ご兄弟」

ムラノはかぶりを振った。

「まあ、それはおかわいそうに。いつからお一人なの？」

ムラノは眉間《みけん》に皺《しわ》を寄せた。

「ごめんなさい。つらいことを思い出させてしまって」

フジエダはハッと頬に手を当てた。ムラノは少しもつらくなく、ただうっとうしかった。

「そうよね、いま知り合ったばかりですものね。お話はおいおいうかがいましょう。困ったことがあったら遠慮なく相談してくださいね」

フジエダは勝手に納得し、勝手に話を決め、また来ますねと腰をあげた。その柔和な表情は最後まで崩れることはなかった。

それからというもの、フジエダは週に一、二度やってくるようになった。おおかた、子どもが独立し、家もそこそこ裕福で、時間を持てあましているのだろう。

フジエダはいつもにこにこしていて、いつも何かを聞きたがった。

郷里はどちら？　おいくつ？　体の具合は？　お仕事はまだ見つからないの？

ムラノは沈黙を守り続けた。気が向けば適当に相槌《あいづち》を打ったが、具体的なことは何一つ語らなかった。それでもフジエダは根負けすることなく顔を出し、あれやこれや話しかけてきた。そして好き勝手にムラノの半生を想像し、哀れみの言葉をかけるのだった。

去り際、フジエダはいつも弁当を置いていった。独居老人に配る仕出しの余りだとのことで、冷めきってはいたが、ご飯とおかずが別の折に詰められたなかなか豪華なものだった。

しかしムラノは決して箸《はし》をつけようとしなかった。弁当の中身はまるごと便所に捨て、自分で買ったパンをかじった。

ムラノは知っているのだ。弁当を置いて立ち去ったフジエダが、公園入口の水飲み場で手をごしごし洗うことを。

九月の満月の晩がやってきて、ムラノはふたたび襲撃を受けた。真夜中のことである。何か音を聞いたような気がしてムラノは目覚めた。そのまま布団の中でじっとしていると、どしんという音とともに小屋全体が激しく揺れた。しばらく経って、また揺れた。揺れの間にはぼそぼそした話し声が聞こえた。誰かが小屋を叩《たた》いているのだ。案内を請うているのでないことは明らかで、ムラノはどう対処してよいかわからず、半身を起こした状態で固まってしまった。不穏な余震が何度か繰り返されたのち、それまでになく大きな音がして、段ボールの壁がめくれあがった。

三つの影が月明かりに照らし出された。顔はさだかではないが、背恰好《せかっこう》から判断して男子中学生のようだった。一人の片脚は宙に浮いていた。小屋を蹴《け》りあげていたらしい。

ムラノの姿があらわになると、三人は奇声をあげて駆け出し、あっという間に闇に吸い込まれていった。

だが、それで終わらなかった。

突然、ムラノの顔面に激痛が走った。闇の向こうから石が飛んできて、ムラノの右目を直撃したのだ。

ぎゃっと叫んでムラノは横ざまに倒れ、右手を痛む目に、左手を頭に当てて、次の襲撃に備えた。

次はなかった。

しかしその晩ムラノは、痛みと恐怖で一睡もできなかった。

あくる日は、いつもどおり、老人グループの登場と同時に小屋を畳んだ。駅の便所で鏡を見ると、右の上瞼《うわまぶた》が青黒く変色していた。不幸中の幸いというべきか、腫《は》れの程度はさほどではなく、出血もない。瞬きの際違和感を覚えるが、視力の低下は感じられない。

ムラノはそのまま自動販売機を巡回し、目標金額を達成すると、新聞雑誌を拾って公園に戻った。途中、交番の前を通ったが、前夜の出来事を訴えることはなかった。

夕方、フジエダがやってきた。

「大ニュースよ、大ニュース！」

彼女はそう言って胸の前で手を組み合わせた。

「北新町ってわかる？　駅の向こうの商店街をずうっとまっすぐ行ったあたり」

ムラノはうなずいた。

「そこの池田商会さんがね、いつでもいらっしゃいって」

ムラノはきょとんとした。

「ああ、ごめんなさい。私、興奮しちゃって。古紙回収の業者さんなの、池田商会というのは。あなた、そこで働けるの。さっき約束を取りつけてきた。社員としてではないけれど、いいでしょう？　街で段ボールを集めて、それを池田商会に持っていくとお金がもらえるの。一キロ二円で買い取ってくれるの。池田商会の場所はここね」

とフジエダは地図のコピーを差し出してくる。

「どうしたの。もっと喜んでちょうだいよ。ああ、信じられないのね。本当よ。段ボールを運ぶリヤカーも貸してくださるって。善は急げ、明日にでも行ってらっしゃ――、まあ！　ひどい怪我！」

フジエダはようやくムラノの異状に気づいた。

「いったいどうしたの？」

彼女はそして、よく見せてごらんなさいといった感じで手を伸ばしてきたが、しかしその指先がムラノの肌に触れることはなかった。そのくせ、

「いったいどうしたの？」

と事情を聞きたがる。

「転んだ」

ムラノはそれだけ言った。

「あらあら。痛い？　痛いわよね。痛み止めを持ってきてさしあげる」

ムラノは首を振って拒否した。

「そう。でも、よく冷やすのよ。そうだ、これをお使いなさい」

フジエダはプラダのポーチからフェイスタオルを取り出すと、ムラノの前にぽいと放り投げた。

彼女が立ち去るとムラノは、弁当と一緒にタオルを捨てた。

翌日、ムラノはいつもと変わらぬ一日を過ごした。その翌日も池田商会には足を向けなかった。


駅と公園の往復で五日が過ぎ、六日目の夕方、予測された展開が訪れた。

「ムラノさん、いったいどうしたの？」

駆けるようにフジエダがやってきて、困惑した表情をムラノに投げかけた。

「今、池田商会さんに行ったのよ。あなたの様子を窺《うかが》いに。そしたら、まだ来てないって。どうして行かないの？」

ムラノは顔を伏せた。

「目の具合が良くないの？」

痛みはすっかり消え、痕《あと》もほとんどわからなくなっている。

「遠慮してるの？　遠慮はいけないわ」

ムラノはうつむいたままかぶりを振った。

「一人で行くのが恥ずかしいの？　でもムラノさん、あなたは子どもじゃないのだから、一人で行かなくっちゃ」

ムラノは服の裾《すそ》を握りしめた。手慰みにやったにすぎないのだが、そのしぐさがフジエダにストーリーを作らせた。

「ああ、そうなの。服ね。その恰好では雇ってもらえないと心配している。だいじょうぶよ、ムラノさん。池田さんのとこにはあなたみたいな人がたくさん出入りしているわ。池田さんはそういうことは全然気にしないの。きちんと仕事をすれば何も言われない」

ムラノがそれに黙っていると、フジエダはその日はじめての笑顔を見せた。

「全然心配いらないから。あした行ってらっしゃい」

ムラノはその翌日も公園の中で一日を終えた。

三度目の襲撃は、ひそやかに、しかしかつてない激しさでムラノの身に降りかかった。

襲撃を受けたその時、ムラノは何が起きたのかさっぱりわからなかった。兇悪《きょうあく》な音がした。高く、短い、ものが爆《は》ぜるような音だ。それが連続して、しかもいくつも重なり合って、全身にのしかかってきた。自動小銃の乱射をまともに受けたような感じだった。十秒、それとも二十秒続いただろうか。耳を聾《ろう》するとはまさにこのことで、爆発がおさまってもなおしばらく耳の奥にキーンと甲高い音が鳴り響いていた。

ムラノは両耳を手で押さえながら、夢の中を漂っているのだろうかと考えた。そうするうちに、涙を流している自分に気づいた。突然の出来事に恐怖を感じたからではない。呆《ぼう》然《ぜん》としているだけなのに、あとからあとから涙が湧き出てくる。そして咳《せき》も止まらない。鼻の神経にまで気が回るようになり、あたりにきな臭さが充《み》ちていると感じた時、ムラノはようやくことの次第を理解できた。

涙と咳と臭いの原因は硝煙である。寝込みを襲われ、小屋の中に大量の爆竹が投げ込まれたのだ。

そうわかってはじめてムラノは恐怖を覚え、小屋を這《は》い出した。這い出しながら、手ぐすね引いて待ちかまえる賊の姿が頭をよぎったが、息苦しさに耐えきれず、そのまま外に出た。両腕で頭を抱え、二次攻撃に備える。

しばらくうずくまっていたが、何も起きなかった。

ムラノはゆっくり体を起こし、周囲を注意深く窺った。人影はなく、気配も感じられない。ただ虫の音が鳴り響いている。

今日のところはこれで終わったようだった。そう、今日のところは。

犯人はおそらく前二回と同じだろう。彼らはこのゲームに味をしめている。彼らはかならずまたやってきて、ムラノに害をなす。その害はゲームを重ねるたびに大きなものとなる。

恐怖を、そしてその先にある死を感じ、ムラノは痩《や》せ細った自分の体を抱いた。だが、だから警察に保護を求めようとも、今すぐ荷物をまとめてこの場を離れようとも思わなかった。

ムラノは生きる意味を失っている。家を捨て、友を捨て、職を捨て、名前を捨てるずっと以前から、自分はこの世に存在する価値がないと思っていた。家族があり、仕事を持っていたあの日にも、死んでしまおうと何度思ったことか。

だが死ねなかった。庖丁《ほうちょう》を握ったし、睡眠薬を買い求めたし、マンションの屋上にも立った。だが死ねなかった。

ムラノは死ぬのが怖いのだ。死そのものは何ら恐れることはない。その世界に行きたいと強く願っている。だが、死にいたる過程が怖くて仕方ない。一瞬ですむことだと言い聞かせても、その一瞬に凝縮された苦しみを想像すると恐怖に身がすくんだ。

どうしても死ねなかったムラノは、生きる意味を求めようと神にすがった時期もあったが、どの神様も金銭を欲しがるばかりで救いの手は差し伸べてくれなかった。

ムラノは生きることも死ぬこともできない人間なのだ。死なないために生きている。ただそれだけの日々を送っている。

三人組に目をつけられ、ムラノは死の恐怖を感じている。この場から逃げ出したいという気持ちは、たしかにある。けれどどこに逃げればよいのだろう。

ホームレスのコミュニティーに加われば、生命の安全はとりあえず保障される。けれどコミュニティーにおいては人づきあいを避けられないし、そこにも敵は存在する。

ホームレスは弱者であり、弱者だからみんな仲良く肩寄せ合って生きている——わけではない。人が集まって群れを作れば、そこにはかならず力関係が生じる。立ち回りが下手な者はたちまち鬱憤《うっぷん》晴らしの材料にされる。言葉によるいじめもあれば、拾い集めた小金を騙《だま》し取られることもある。男女の見境なく物陰に連れ込み、陵辱におよぶ野獣もいる。外部の敵には一丸となっても、内部においては強者が弱者を支配している。

それならば、このまま公園に居続けて、何かの拍子に殺されてしまうのも悪くないという気持ちがムラノにはあった。

結局、ムラノは鵜野森公園にとどまった。理由はとくにない。即断できない問題をいくら考えたところで解決されず、ただ泥沼でもがき苦しむだけだと、ムラノは知っている。無駄に苦しみたくないから何も考えず、何も考えなかった結果として、現状維持は必然のことであった。

現状維持の結果として、フジエダの訪問を受けるのもまた必然だった。

「どうして池田商会さんに行かないの？」

襲撃の翌々日、彼女は血相を変えてやってきた。

「行かない理由を聞かせてちょうだい」

むろんムラノは答えない。

「そりゃ、割のいい仕事じゃないわ。買い取りはキロ二円ですものね。百キロ集めても二百円にしかならない。でもムラノさん、よく考えてちょうだい。そうやっていつも新聞を読んでいるあなたには、今の日本がどういう状況だかわかっているでしょう？　こんな不況の時に仕事があるだけでもありがたいと思わなくっちゃ。あなたのような人、よそでは雇ってもらえないわよ。絶対に」

ムラノはふっと口元を緩めた。

「何がおかしいの？」

ムラノは首を左右に振った。

「まさか、はなから働く気がないわけではないのでしょう？」

ムラノは首の動きを止めた。

「甘えちゃだめよ。あなた、立ち直りたいのでしょう？　だったら何はさておいても働かなくっちゃ。ムラノさん、おいくつ？　まだリタイアするような歳じゃないでしょう。世の中にはね、働きたくても仕事がなくて困っている人がたくさんいる。あなたは運良く仕事がもらえたのにぐずぐず言っている。仕事を探している人たちに申し訳がたたないでしょう」

フジエダの目は血走り、涙を流さんばかりに潤んでいる。神にすがろうとしていたころムラノは、このような目をした人間に囲まれていた。

「そのぐずぐずした性格を直さないと、今のままクズで終わってしまうわよ」

ムラノはうつむいている。

「あしたこそ行くのよ」

ムラノは黙っている。

「『あしたはかならず行きます』と言ってちょうだい」

しかしムラノは黙っている。

「あなたの口からその言葉が出てくるまで、ここを動かないから。さあ、約束してちょうだい」

約束を取りつけるまでは梃子《てこ》でも動かないといった様子だ。

ムラノは、一言だけ、自分の気持ちを言ってやる気になった。

「うっとうしいんだよっ」

また襲撃の夜が来た。

ムラノはそのとき小屋を出ていた。虫の音を聞いているうちにふとその気になり、ベンチに腰かけて鍵盤《けんばん》をなでていた。

た。

「あー、き、の、よ、な、が、を——」

と鍵盤を探り探り口ずさんでいた時である。

カツンと音がして足下で何かが跳ねた。拳大《こぶし》の石だった。ムラノはハッとして腰を上げた。

「クセェー」

闇の向こうから若い男の声が届いた。続いて、けらけら笑う声も。

ムラノは中腰のまま次の行動を失った。このままではまた石を投げつけられるかもしれず、といって小屋に隠れたところで段ボールの壁は自分を守ってくれないだろう。

人影は先日と同じく三つだった。くすくす声をあげながら、互いにくっついたり離れたり、ふざけあっている。ムラノに注目している様子は感じられない。

三人はやがてじゃれあうのをやめ、チョーダルイだのゲロムズイだの言いながら、横一列に並んで東屋《あずまや》への階段を昇ってきた。三人とも男である。それぞれ、顔立ちが幼かったり、体の線が細かったり、声が高かったりと、やはり中学生であると思われた。

彼らはムラノには一瞥《いちべつ》もくれず、小屋を取り囲むように足を止めた。また蹴《け》りあげるのかと思ったら、そうではなかった。スプレー式の塗料で、小屋の壁に、屋根に、落書きをはじめた。

死ね、テンチュー、FUCK OFF!——毒々しい血の色の文字を眺めながら、三人はけらけら笑った。

「こんばんはー」

突然、サンダル履きの男がムラノに声をかけた。

「一人ですかぁ」

だぶだぶズボンの男が言った。

「何してるの？」

バンダナを巻いた男が言い、そして三人揃ってムラノの方に近寄ってくる。ムラノは相変わらず中腰のまま固まっている。

「ライヴとかやるんですかぁ？」

だぶだぶズボンがベンチの上のキーボードを指さした。

「どんなカンジの曲やるの？　ハウスっぽいやつ？」

バンダナが言った。

「レゲエに決まってるじゃん」

サンダルが言い、三人は腹を抱えて笑う。

笑い声がおさまった刹那《せつな》、怒声が轟《とどろ》いた。

「なんかしゃべれよ！」

だぶだぶズボンが駄々《だだ》っ子のように足を踏み鳴らした。

「そーだよ。こんな夜中にわざわざ相手してやってんだぜ。礼儀を知らねーのかよ」

バンダナが脚を伸ばし、靴の裏でムラノの肩口を小突いた。そうされてもムラノは口を開かなかった。

「しゃべれないのか？　じゃあ一曲聴かせろよ。『ネコふんじゃった』でいいからよ」

だぶだぶズボンもムラノを足蹴にした。

「一曲最後まで弾けたらヒャクマンエーン」

サンダルが財布を取り出し、ムラノの鼻先で千円札をぴらぴらさせた。

ムラノは動かなかった。

「なんか言えってば！」

だぶだぶズボンの脚が弧を描いた。回し蹴りを受け、キーボードがコンクリートの床に吹っ飛んだ。すかさずバンダナがジャンプして、両脚揃えてキーボードの上に着地した。悲鳴のような不協和音を残し、鍵盤が弾《はじ》け飛んだ。

ムラノは身じろぎしなかった。

「ホントに口きけないのかも」

サンダルが首をかしげた。

「なんか、すごいムカつく」

だぶだぶズボンが壊れたキーボードを拾いあげ、頭上に振りかぶったかと思うと、ムラノの左腕に打ち落とした。振りかぶっては、何度も何度も打ちつけた。

ムラノは歯を食いしばり、痛みを受け流した。

「あー、なんか、つまんねー」

だぶだぶズボンはキーボードを投げ捨て、ぷいとムラノに背を向けた。サンダルとバンダナもそれに続いて東屋を出ていった。やがて三人の背中も足音も消え、それきり戻ってくる様子はなかった。

今日のところはこれで終わったようだった。そう、今日のところは。

ムラノの左腕は赤く腫《は》れあがっていた。ところどころから出血もしている。ムラノはぼんやり立ちあがり、手洗い場で腕を洗うと、まだじくじく血を流しているその部分にタオルを巻いて東屋に戻った。

ムラノはふるえていた。人は無抵抗であれば無抵抗であるほど、強者の勢いに油を注ぐことになる。次は何をされるのだろうか――。

しかし心の一方では、どうしてひと思いに殺してくれないのかと嘆いていた。

空気はひんやり湿り気を帯び、季節が変わりつつあることを実感させる。

ムラノは心を空っぽにした。何を考えたところで解決には結びつかない。何も考えないようにすることは、いつもそう努めていたおかげで造作なくできる。

空っぽの心で眠りにつき、ゲートボールの音で目を覚ます。いつもと同じ一日のはじまりに、しかしムラノはいつもと違う自分に気づいた。

左腕に違和感があった。一言で言えば痛いのだが、前夜のそれとは感じが異なっていた。あてがったタオルをこわごわめくってみると、二の腕が自分のものではなくなっていた。ふくらはぎかと思われるほどぱんぱんに膨れあがっていた。出血は止まっていたが、その代わりに黄みがかった汁が流れ出ていた。傷口にふうふう息をかけると痛みはやわらぐが、吹きかけるのをやめると、焼けるような感覚が戻ってくる。

体全体も熱っぽい感じである。どうにか右手一本で小屋の撤収はできたものの、日課の巡回に出ていく気力が湧かない。患部に濡《ぬ》れタオルをあててベンチで安静にしていても、回復するどころかどんどん気分が悪くなる。首筋や脚の付け根にも刺すような痛みを感じ、逆に左腕の感覚がなくなってきた。手洗い場との往復もままならず、ムラノの意識は次第に朦朧《もうろう》としてきた。

「こんにちは」

聞き慣れた声がして、ムラノはわれに返った。

「ごめんなさいね。私、あなたの気持ちを充分くみ取っていなかった」

フジエダが神妙な面持ちで頭を下げていた。

「私、あれから、あなたの気持ちになって考えてみて、それでわかった。仕事だけではだめなのね。もっと根本的なところから不安を取り除いてあげないと」

ムラノは具合が悪いことも手伝って、帰れという感情を込めて腕を動かした。その拍子にタオルが地面に落ちた。

「まあ！　どうしたの⁉」

フジエダが目を剝《む》いた。

「お薬を持ってくる――、いいえ、お医者さまに診てもらわなければだめだわ。ああ、どうしましょう」

フジエダは頰に手をあてておろおろ歩き回る。

「救急車ね。救急車を呼んでくる」

ムラノは彼女の申し出を拒否しようとしたが、うめき声しか発せなかった。

やがて救急隊員がやってきて、ムラノは近くの総合病院に運び込まれた。医師の質問にムラノは、階段を踏みはずしたと答えた。医師は、納得できないといった顔を見せたが、追及はしてこなかった。

怪我そのものは軽い部類だった。単純な打撲と切り傷だ。患部にあてた不衛生なタオルが状態を悪化させたらしい。貧しい食生活で体の抵抗力が落ちていたこともわざわいした。

ムラノの熱は四十度近くあり、その日は病院のベッドで夜を明かした。

翌日も、目覚めては眠るの繰り返しで一日を終え、三日目の午過《ひるす》ぎに目覚めた時、ムラノの体はすっかり軽くなっていた。出された食事も残らず平らげた。

夕刻、フジエダが様子を見にやってきた。

「もう退院してもいいそうだけど、どうせだからもうしばらくお世話になりなさいよ。この際、徹底的に検査してもらうといいわ」

「金……」

とだけ言ってムラノは口をつぐんだ。

「お金のことは心配しないで。ええ、もちろん返してもらうわよ。でもそれは、働いて、お金ができてから。一年後でも二年後でもいいから。そうよ、これでもう、働きたくないなんて言ってられないわよね」

フジエダはにっこり笑った。

「それで、この前言いかけたことなんだけど、仕事があればそれで万事解決というわけではないのよね。私、うっかりしてた。おうちよね。住むところがないと、そりゃ安心して働けないわよね。でも安心なさい。池田商会さんが用意してくださるって。作業場の二階が寮になってるの。そこがちょうど一部屋空いているというから、私がかけあって、あなたのために取っておいてもらった。三畳一間だけど、ムラノさんは荷物がないから問題ないわよね。賄いはないけど、共同の炊事場があって、そこで自由に煮炊きできる。共同の冷蔵庫も備えてある。水道光熱費は向こう持ち。銭湯までは歩いて三分。それでお家賃は、なんとたったの三千円！　池田さんはね、ご自身も長い間食うや食わずの毎日だったらしくて、似たような境遇の人を黙って見てられないんですって。とってもいい人なの。ムラノさんにとってこれ以上の働き口はないわ」

　フジエダの目は、いつかのように血走り、潤んでいる。

「それにムラノさん、もう十月になる。朝晩は肌寒いくらいだわ。これからの季節、公園で寝起きするのは無理よ。あなた、冬のことを考えてないでしょう。ここを出たら、寮にお入りなさい。今回のように、何かあった場合も、周りに人がいれば安心でしょう」

　ムラノは顔をそむけている。フジエダはそれを、感激の涙を見せまいとしていると解釈したらしく、

「新生活に向けて英気を養うと思って、もうしばらく入院してらっしゃい」

と笑顔で病室を出ていった。

　その晩、ムラノは病院を抜け出して鵜野森公園に戻った。

——うっとうしいんだよっ
あの時の一言でフジエダとは絶縁できたとムラノは思っていたのだが、彼女はまったく無自覚だった。
　ムラノは鵜野森公園を離れる決意をした。冬の寒さには耐えられても、フジエダのおせ

っかいには寒気を覚える。中学生グループの襲撃には肉体が蝕《むしば》まれるが、それを甘んじて受け容《い》れようという気持ちもどこかにあり、だから鵜野森公園を動かなかった。しかし善意の押しつけには精神が蝕まれる。それはムラノがもっとも望んでいないことだった。人生の望みを捨てきったムラノにも一つだけ望みがある。心安らかに死神を待っていたい。なのにフジエダはそれを許してくれない。

ホームレス・コミュニティーでの生活もまたうっとうしいかぎりなので、ムラノは別の公園を探すつもりだった。そう決意して病院を脱走し、荷物を取りに鵜野森公園に戻ったところ、その荷物が消えていた。

救急車で運ばれる前、荷物はカートと一緒にベンチの下につっこんであった。ムラノは丸二日以上公園を離れていた。その間に掃除に来た人間に処分されてしまったのだろうか。

荷物の大半は着替えである。全部拾い集めたもので、価値も思い入れもない。ただ、ゴミの中から使える衣類を探しあてるのは案外難しいのだ。生ゴミの汁をたっぷり吸っていたり、サイズが合わなかったりで、下着は切り刻まれて捨てられていることが多い。

ムラノは公園内をめぐり、ゴミ箱を一つ一つ調べていった。その最中だった。

「サガシモノハナンデスカァ」

近くの闇から聞き慣れた声が響いた。

「ミツケニクイモノデスカァ」

そしてげらげら笑う声が重なった。

「『探すのをやめた時、見つかることもよくある話で』by井上陽水」

ムラノの手提げ袋が宙に舞い、ゆるやかな放物線を描いて闇の奥に吸い込まれていった。わずかな間を置き、水面が弾《はじ》ける音がした。

「こんばんはー」

サンダルが姿を現わした。

「小屋がないからさぁ、逃げちゃったのかと思ったよ」

バンダナがスキップするように近づいてきて、ムラノに向かって左右の拳《こぶし》を交互に打ち出した。危害を与えるためのパンチではない。彼の拳はムラノの手前数センチで引き戻された。

「やめとけ。当たったらまずいだろう」

だぶだぶズボンが止めた。しかし彼はこう続けた。

「変な病気をうつされるぞ」

そして三人はげらげら笑い出す。

「なあ、ホントに口きけねーの？」

だぶだぶズボンがそう首を突き出した次の瞬間、ムラノはぎゃっと声をあげた。スプレー塗料を顔面に噴きかけられたのだ。ムラノは両手で顔を覆ってその場をのたうち回った。

「しゃべれるじゃねーかよ。つーことは、オレらをシカトしてたわけ？」

サンダルが言う。ムラノはのたうち回るだけで答えない。

「しゃべりたくもないわけ？　しゃべると口が腐るってか？　腐ってるのはそっちだろっ」

ムラノは臀部《でんぶ》を蹴《け》りつけられた。

「あんまりなめるとキレちゃうかもよ」

ムラノは引きずり起こされ、羽交い締めにされた。

「うー、クセー！　マジでゲロりそう。サクサクやっちゃってー」

バンダナがうめいた。

「どうして出ていかないんだよ？」

だぶだぶズボンが圧《お》し殺した声で言った。

「死にたいの？」

サンダルが右腕を前方に伸ばした。その手には光るものがあった。

「じゃ、死ねば」

軍用ナイフの刃先がムラノのポロシャツの襟に押しつけられた。ナイフはそのままゆっくり下降して、第一ボタンを飛ばした。第二、第三のボタンも弾け飛ぶ。ナイフはなお下降を続け、布地を切り裂きにかかる。刃先がムラノの肌をかすめ、血がにじみ出る。

ムラノはたまらず声をあげた。獣のように喉《のど》を鳴らしながら、羽交い締めしているバンダナの腕に嚙《か》みついた。同時に、サンダルの股間《こかん》を蹴りあげた。

バンダナはぎゃっと声をあげ、羽交い締めを解除した。サンダルは声もなく地べたで悶《もん》絶《ぜつ》している。

「ぶっ殺す！」

だぶだぶズボンが躍りかかってきた。膝蹴《ひざげ》りを腹部にまともに受け、ムラノはその場に崩れ落ちた。だぶだぶズボンはなお容赦なくムラノにのしかかってきた。馬乗りになって首をぐいぐい絞めあげる。

あっという間にムラノの意識が遠のいた。とうとう死神が迎えに来たのだと、ムラノは恐れ、覚悟し、そして喜んだ。

ところが死神は警察によって排除されてしまった。

パトカーが来てしまったのだ。実はサイレンを鳴らしながら公園の横を通過しただけだったのだが、中学生をふるえあがらせるには充分だった。三人組は泡を食って退散し、そのまま戻ってこなかった。

空が白みはじめたころ、ムラノはやっと起きあがったが、その場を立ち去る気力さえなく、地面に腰をおろしたまま、上半身だけベンチの座部にあずけた。ゲートボールがはじまっても、試合終了で解散となっても、ムラノはぼろ雑巾《ぞうきん》のようにうずくまっていた。フジエダの声がした時も、ムラノはまだ同じ体勢を保っていた。

「どうして逃げ出したの？　お金がないから？　お金は立て替えておくと言ったでしょう。出世払いでいいと言ったでしょう。なのにどうして逃げたりするの？　それはつまり、働く気がないということなの？」

ムラノはぼんやり顔をあげた。フジエダは目をつりあげてムラノを見おろしていた。ムラノはふっと笑った。

「そうなのね!?　まったく、あなたって人は！」

フジエダが地団駄を踏んだ。はみ出した口紅のラインが妙におかしかった。

「いいかげん、甘えるのはよしなさい。逃げちゃだめ。そう、人生から逃げてはいけない。前を向いて歩いていれば、しあわせはかならずやってくる。しあわせのほうから寄ってくる。私はあなたみたいな人にしあわせになってほしいの。人並みの人生を送ってもらいたいの。みんながしあわせに生きていける世の中にするために、私はこうやって走り回っているの。世の中を良くしたいの」

フジエダは自分の言葉と幻想に酔っていた。そのテンションの高さに、いつもは無関心を決め込んでいる散歩客が、一人、二人と寄ってきた。

「今日こそは池田商会さんに行ってちょうだい。いいえ、私が引っ張っていく。あなたのことを池田さんに諒解《りょうかい》させるために、私がどれだけ頭を下げたと思うの？　寮の部屋もね、実は入居希望者がいたんだけど、私が、どうしてもと頭を下げて、あなたに回してもらったのよ。言っときますけどね、あなたみたいな人が自分で仕事や部屋を探しても、だーれも相手にしてくれないわよ、絶対に。信用がゼロですもの。私という人間が保証人になったからこそ、仕事もできるし部屋も借りられる。人の厚意を踏みにじるなんて、最低の最低。そんなことでは今後一生救われないわよ。これが人生最後のチャンスと思いなさい。さあ、行くわよ」

フジエダがスーパーマーケットの買物袋を投げ置いた。

「服よ。着替えてちょうだい」

ムラノは動かない。

「そんな汚い服じゃ、うちの車に乗せられないでしょう。さあ、着替えて」

ムラノは動かない。

「なにぐずぐずしてるのっ」

ムラノは動かない。

「ほら、脱ぎなさい」

フジエダは腕を伸ばし、一瞬躊躇《ちゅうちょ》したが、さらに伸ばしてムラノの服に手をかけた。ムラノは激しく身をよじった。ベンチの下に光るものが見えた。

「抵抗しても無駄。今日という今日は絶対に連れていく」

フジエダは力ずくでムラノを着替えさせようとする。前夜襲われて切れかかっていたポロシャツの胸元がびりっと裂けた。

「さわるな！」

ムラノは叫び、フジエダの胸を突いた。

「どなたか手伝って！」

ギャラリーに呼びかけながらフジエダが躍りかかってくる。

ムラノは右腕をベンチの下に差し入れた。やはりあの光はナイフだった。中学生が落として、そのまま忘れていったのだ。

「寄るな！　さわるな！」

ムラノは右腕をベンチの下から抜き、闇雲に振り回した。

手応《てごた》えがあった。

フジエダの体がムラノに覆いかぶさってきて、そのまま動きを止めた。

フジエダの首筋から血が流れている。水鉄砲のように噴き出している。

取り調べの席で、ムラノは滔々《とうとう》と語った。

生い立ちも、失った家族のことも、仕事のことも、自殺未遂も、すがった宗教も、世を捨てた理由も。他人に自分の人生を語るのははじめての経験だった。

フジエダのおせっかいがわずらわしかったのだとムラノは言った。自分は何も望まず、何を望まれたくもなく、ただ静かに死を待っていたいのに、彼女はそれを許してくれず、人でなしと罵《ののし》られ、ついに耐えきれず切りつけたのだと説明した。

フジエダは己と価値観の違う人間を許せないのだ。目ざわりに思い、社会から排除したいと思っている。今回の行動はその気持ちのあらわれにほかならない。価値観の違う人間を矯正することで、目ざわりでなくしてしまう。ところで三人の中学生も、価値観の違う人間に嫌悪を抱き、排除をはかった。フジエダと中学生の行動は、実は同じ根っこから生まれたものなのである。中学生は感情をストレートに表現し、フジエダはさも美しいもののように飾って表現した。

ムラノはそういう思想めいたことまで熱弁した。

しかしフジエダに刃《やいば》を向けた本当の理由はついに語らなかった。

フジエダのおせっかいがわずらわしかったのは事実である。あれは善意という名の暴力だった。その蓄積で、ムラノの心は疲れきっていた。だがストレスだけでは彼女に刃を向けはしなかっただろう。

善意の押し売りは、いわば火薬である。そして火薬はそれだけでは爆発しない。発火するためには火が必要だ。

——ほら、脱ぎなさい

これが火である。

ムラノはそれが火薬庫に飛び火するのを恐れ、拒んだのに、フジエダは無遠慮に投げ込んだ。ムラノの服を脱がせにかかった。やはり彼女はムラノを人として扱っていなかった。

前夜ムラノが中学生に抵抗したのも、ナイフを恐れたからではない。服が切られ、裸にされることを予感し、だから激しく抵抗した。

どうして公衆の面前で裸になれるだろう。

ムラノにも女としての尊厳は残っている。

解説

香山二三郎

物語愛好者にはふたつのタイプがある。ハッピーエンドを好むタイプと、そうじゃないタイプだ。ハッピーエンドが好きじゃないなんてヒネくれてるなあ、などというなかれ。もしかすると世の中には悲しいエンディングのほうが好きな人のほうが多いかもしれないのだ。

たとえばの話が、ウィリアム・シェイクスピア。シェイクスピアといえば、まず思い浮かぶのが四大悲劇（『オセロ』『ハムレット』『マクベス』『リア王』）だろう。彼はこの四作で愛憎と背信、狂気と復讐、権勢欲と殺人等、暗い衝動が引き起こす様々なドラマを描き出して見せた。いや、シェイクスピアなら『ロミオとジュリエット』を引き合いに出したほうがわかりやすいか。敵同士の名家に生まれた少年少女が恋に落ち、何とかそれを成就させようとするが……というお馴染《なじ》みの恋愛悲劇であるが、シェイクスピアの凄《すご》さは単なる別れ話に持っていくのではなく、いったんうまくいきそうに運んだところでどんと奈落《ならく》に突き落とすところ。そのほうが一段と悲劇性も増すわけで、観客たちも改めて涙にくれるのである。

そう、人の不幸は蜜《みつ》の味。人は悲しいドラマが大好きなのだ。

だからといって、本書がストレートな悲劇集だなんて思ったら大間違い。そのタイトルから、ハッピーエンドにならないお話を集めた短篇集であろうことは察しがつくだろうが、ただ不幸な結末を見るというだけではない。うまくいくと見せかけてどんと突き落とすシェイクスピア流がここではさらに進化しているのである。

『ハッピーエンドにさよならを』は二〇〇七年八月、角川書店から刊行された。全一一篇から成る短篇集である。

冒頭の「おねえちゃん」は大学の附属病院の勤務医である新村美保子が姪《めい》っ子の女子高生・理奈に会うため和泉家に赴くところから始まる。理奈は何か相談があるらしく、家族も出かけているようだった。美保子は恋愛絡みの相談だと思っていたが、理奈の話は意外なものだった。自分は家族から嫌われている、姉とも差別されてきたし、自分は拾われっ子だというのだ。

その昔世の親は、いうことを聞かない子供相手に「聞き分けが悪いと橋の下に捨てちゃうぞ」などと脅かしたもの。家族から冷たくされた子供が自分は「拾われっ子」だと思うというのもちょっと懐かしい。そんな昔ながらの教訓話めいた展開を予想した読者はしかし、後半の展開にドギモを抜かれるだろう。しかもそこにはいかにも今日的な「出生の秘密」も凝らされているのだ。仕掛けに満ちた日本推理作家協会賞受賞作『葉桜の季節に君を想うということ』（文春文庫）から著者の世界に入った人は短篇世界にも仕掛け人ぶりを期待するだろうが、本篇はそれを裏切らない。

続く「サクラチル」にもまたアクロバティックな仕掛けが駆使されている。ある町内に常盤さんという一家が引っ越してくる。奥さんの芙美子は人当たりもよく働き者だったが、主人の泰三は普通っぽい見た目とは裏腹に働きもしないで酒を飲んでは暴力を振るうヤクザな男。しかし一家にはどうやら東大を目指す受験生の息子もいるらしかった……。

お話はご近所のおばさん語りで一家の様子が綴《つづ》られていくのと並行して常盤家のひとりひとりの視点からも内情が明かされていく。外から見るとちょっと問題を抱えた家族というくらいにしか見えないが、実はこの一家にはトンデモない秘密があった。その衝撃たるや――まさに語り＝騙《かた》りの魔術師たるに相応《ふさわ》しい一篇といえよう。

「天国の兄に一筆啓上」はショートショートで、一五年前に兄が殺された事件の真相がその弟の筆によって明かされる犯罪譚《たん》。その次の「消された15番」は高校野球のラジオ中継を聞いている「わたし」こと沼田紀美恵の回想録。一八歳のとき、男と逃避行した彼女は苦労の多い人生を歩むことになるが、そこからさらに転落する羽目になったのは、高校野球がきっかけだった。臨時ニュースのおかげで予約しておいたＴＶ番組が録画出来ず腹立さにこのことか。

たしい思いをした経験をお持ちなら、思わず共感してしまうこと必至。運命の皮肉とはま

「死面」はドメスティックな犯罪話から一転、平家の隠れ里と伝えられる山間《やまあい》の村を舞台にしたおどろおどろしいホラーサスペンスだ。まだ夜行列車が走っていた時代、東京に住む少年が夏休みのたびに母親の田舎《いなか》の実家を訪れていた。広い屋敷の中でいとこたちと遊ぶのを楽しみにしていた彼だったが、ひょんなことからあかずの間に入ってしまい、その部屋にまつわる秘密を知ってしまう。祖父たちに叱られもして懲《こ》りたはずだったが、数年後、彼は再び同じ過ちを犯してしまう。ここでは著者のショッカー演出に注目。著者の怖いホラーが読みたくなること請け合いの、恐るべき因果応報譚である。

「防疫」は再び現代の日常的な犯罪譚に戻る。専業主婦の水内真智子は六歳の娘・由佳里を厳しく育てていた。身だしなみはもちろん、教育にも力を注ぎ、お受験にも熱心だったが、当の由佳里には大変な負担になっていた……。かつて世を騒がせた東京・音羽のお受験殺人事件を予言するような一篇だが、表題の意味がわかる最終章に、著者の社会批判とともにこの作品集に相応しいブラックな落ちの工夫がうかがえよう。

「玉川上死」は作家の太宰治が情死したことでも知られる東京・武蔵野《むさしの》の玉川上水で、死体らしいものが流れている場面から始まる。だがそれは生きた高校生だった。彼、秋山は友だちとジュースを賭《か》けて川流れのゲームに興じていたという。だが一緒にゲームに参加

していたはずの友だちは同じ頃相次いで刺殺されていた。殺人の現場は友だちが撮っていたヴィデオにも映っていたが……。

というわけで、少年たちのアブないゲーム嗜好《しこう》といい、『ブレア・ウィッチ・プロジェクト』などドキュメンタリータッチの低予算ホラー映画を髣髴させる道具立てといい、アクロバティックな謎解き趣向といい、本格ミステリー作家としての卓抜したセンスがうかがえよう。ホント、著者の奇想にはあ然とさせられる。犯罪加害者／被害者問題をも見据えた現代ミステリーの最前線をいく一篇である。

「殺人休暇」は総合衛生用品のメーカーに勤めるキャリア女性が合コンで知り合ったジャニーズ系の二枚目と付き合うが、自分のスタイルを押し付けてくるのに嫌気がさして別離。だが彼はその後も手紙や贈り物を通して間接的に彼女につきまとう。直《じか》に会わずとも関係性は継続したい、というちょっと変わったストーカーに悩まされる彼女はサバけた同僚女子に相談するが……。新人類から草食系へと変わりつつある昨今の青年キャラ。だがヒロインに付きまとう男は案外、いつの時代にもいそうな気がする。現実ではストーカー被害にあっている女性は少なくないはずだが、本篇ではシニカルなエンディングを迎える。

「永遠の契り」と「In the lap of the mother」はいずれも短めな短篇で、前者は憧《あこが》れの彼女を自室に招き有頂天の学生・ミツル君（と彼女の）の悲劇を描いた黒い艶笑譚《えんしょうたん》。後者は、パチンコに夢中になって車に残したわが子を熱中症で死なせた女を批判するパチンコ好きの母親が幼い娘ともども店に入り、プレイを始めるが……。こちらも黒々としていて、なおかつ笑える風刺劇だ。

最後の「尊厳、死」の主人公はホームレス。仲間もいない公園でのひとり暮らしはそれなりに満足のいくものだったが、やがていろいろな邪魔者が現われる。それは必ずしも自分に暴力的な害を及ぼす者だけではなかった。死への願望はあるものの死ぬのは怖いとか、ホームレス社会にも強弱の関係はあってそのシステムに縛られるのは嫌だとか、中高年読者にはいろいろ身につまされる記述が多いが、クールな筆致にはハードボイルドな風格さえ漂っている。エンディングもアンハッピーとはいえ、ちゃんと落ちも付いている。

著者のデビューは一九八八年刊の『長い家の殺人』（講談社文庫）。九〇年代に入ってからは本格ミステリーを軸にしつつも実験的な試みを積極的に仕掛けるようになり、九八年刊の『ブードゥー・チャイルド』（角川文庫）以降、エンタテインメントとしても高質で独自の作品が続くようになる。本書はハッピーエンドを忌避するというそれだけを意図したイロモノ作品集ではない。ここ一〇年の軌跡を反映させた多彩な作風が堪能《たんのう》できる第一級の作品集なのである。

〈作品初出リスト〉

おねえちゃん　「野性時代」二〇〇七年五月号
サクラチル　「小説すばる」一九九九年三月号
天国の兄に一筆啓上　「野性時代」二〇〇四年十二月号（「亡き兄を送る手紙」改題）
消された15番　「小説すばる」一九九八年一月号
死面　『異形コレクション　マスカレード』二〇〇二年一月
防疫　「小説すばる」一九九八年七月号
玉川上死　「ミステリーズ！」二〇〇四年十月号
殺人休暇　「問題小説」二〇〇〇年九月号
永遠の契り　「野性時代」二〇〇六年五月号
In the lap of the mother　「野性時代」二〇〇六年十二月号
尊厳、死　「小説すばる」一九九九年九月号

本書は二〇〇七年八月、小社より刊行された単行本を文庫化したものです。

ハッピーエンドにさよならを

歌《うた》野《の》晶《しよう》午《ご》

平成22年 9月25日 初版発行
令和4年 4月10日 15版発行

発行者●堀内大示

発行●株式会社KADOKAWA
〒102-8177 東京都千代田区富士見2-13-3
電話 0570-002-301(ナビダイヤル)

角川文庫 16442

印刷所●株式会社KADOKAWA
製本所●株式会社KADOKAWA

表紙画●和田三造

●お問い合わせ
https://www.kadokawa.co.jp/(「お問い合わせ」へお進みください)
※内容によっては、お答えできない場合があります。
※サポートは日本国内のみとさせていただきます。
※Japanese text only

ISBN978-4-04-359507-5 C0193

◆◇◇

角川文庫発刊に際して

角川源義

第二次世界大戦の敗北は、軍事力の敗北であった以上に、私たちの若い文化力の敗退であった。私たちの文化が戦争に対して如何に無力であり、単なるあだ花に過ぎなかったかを、私たちは身を以て体験し痛感した。西洋近代文化の摂取にとって、明治以後八十年の歳月は決して短かすぎたとは言えない。にもかかわらず、近代文化の伝統を確立し、自由な批判と柔軟な良識に富む文化層として自らを形成することに私たちは失敗して来た。そしてこれは、各層への文化の普及滲透を任務とする出版人の責任でもあった。

一九四五年以来、私たちは再び振出しに戻り、第一歩から踏み出すことを余儀なくされた。これは大きな不幸ではあるが、反面、これまでの混沌・未熟・歪曲の中にあった我が国の文化に秩序と確たる基礎を齎らすためには絶好の機会でもある。角川書店は、このような祖国の文化的危機にあたり、微力をも顧みず再建の礎石たるべき抱負と決意とをもって出発したが、ここに創立以来の念願を果すべく角川文庫を発刊する。これまで刊行されたあらゆる全集叢書文庫類の長所と短所とを検討し、古今東西の不朽の典籍を、良心的編集のもとに、廉価に、そして書架にふさわしい美本として、多くのひとびとに提供しようとする。しかし私たちは徒らに百科全書的な知識のジレッタントを作ることを目的とせず、あくまで祖国の文化に秩序と再建への道を示し、この文庫を角川書店の栄ある事業として、今後永久に継続発展せしめ、学芸と教養との殿堂として大成せんことを期したい。多くの読書子の愛情ある忠言と支持とによって、この希望と抱負とを完遂せしめられんことを願う。

一九四九年五月三日